상검 5

이현 新무협 판타지 소설

초판 1쇄 찍은 날 § 2003년 4월 23일
초판 1쇄 펴낸 날 § 2003년 4월 30일

지은이 § 이현
펴낸이 § 서경석

편집장 § 문혜영
편집책임 § 박영주
편집 § 장상수 · 김희정 · 유경화
마케팅 § 정필 · 강양원 · 이선구 · 김규진 · 홍현경
펴낸곳 § 도서출판 청어람
등록번호 § 제1081-1-89호
등록일자 § 1999. 5. 31
어람번호 § 제2-0205호

주소 § 경기도 부천시 원미구 심곡1동 350-1 남성B/D 3F (우) 420-011
전화 § 032-656-4452 팩스 § 032-656-4453
http://www.chungeoram.com
E-mail § eoram99@chol.net

값 7,500원

ISBN 89-5505-591-9 (SET)
ISBN 89-5505-665-6 04810

商劍

이현 新무협 판타지 소설

5
월로(月路)

도서출판 청어람

목

차

제5권 해로(海路)

제1장 　니가 나가라

　남궁화는 남경에서 내리지 않고 그대로 지나쳤다.

　그녀는 무영이 남경에 없다는 사실을 잘 알고 있었다. 지난번 소주
로 가는 섬서 상방의 상행에 보표로 나섰다는 얘기를 무영으로부터 들
은 적이 있었기에 그리로 가려는 생각이었다.

　배에 탄 선객들의 대부분은 짐을 싣고 멀리 장사를 오가는 상인들이
었는데 그런 사람들 사이에 남궁가 무호 분타주 남궁석강이 분타의 당
주 두 명과 함께 끼어 있었다. 그들은 배의 구석진 곳에 자리를 잡고
은밀히 남궁화를 감시했다.

　남경에서 한 떼의 장한들이 배에 올랐다.

　그들은 남경의 뒷골목 화염회(火焰會)라는 패거리의 건달들로 진회
하에서 상인들에게 자릿세를 받거나 색주가에 여자 대주는 일을 주로
하고 있었나.

타수(打手)나 타곤(打棍), 또는 건아(健兒)라 불리는 건달 무리들은 타행(打行)이라는 건달 조직을 만들어 일반 백성들을 괴롭히거나 송사(訟事)를 조작해 중간에서 돈을 뜯어내는 등 폐해가 심했다. 하지만 타수들은 대게 무도관에서 몇 수의 재간을 익혔거나 각대문파에서 몇 년씩 수련을 하다가 품행이 방정치 못해 쫓겨난 자들이 많았기에 함부로 시비를 걸어도 누구 하나 감히 제지하지 못했다.

중원 전체에서도 진회하를 무대로 결성된 타행인 화염회는 조직원들만 해도 수백에 이를 정도로 그 세가 만만치 않았기에 남경 관아에서도 함부로 건들지 못할 정도로 악명이 높았다. 음지의 조직이라 할 수 있는 하오문조차도 조직이 큰 타행과는 공생 관계를 유지하며 한 수 접어주고 있는 것이 현실이었다.

진회하를 따라 줄을 지어 자리 잡은 수많은 기루에 여자를 대는 일은 큰 이문이 있기에 남경의 모든 주먹패들 중에서도 세력이 가장 큰 화염회가 맡아 하고 있었는데, 이번 행로는 항주 전당강의 걸개선(乞丐船) 무리들에게서 여자를 공급받기 위해 배를 탄 것이었다. 걸개선은 전당강 일대에서 배를 몰고 다니며 강을 오가는 선객들의 돈을 빼앗거나 인근의 어린 여자들을 납치해 팔아먹는 인신매매 조직이었다.

화염회 자체에도 여자를 공급하는 하부 조직이 있기는 하지만 항상 그 수요를 맞출 순 없기에 다른 지역의 타수들과 연계해 여자를 넘겨받는 것이 관행이었다.

통상 외지로 나가는 경우 현지 건달들과의 마찰을 우려해 패거리들 중에서 제법 무술깨나 한다는 타수들이 동행했는데 이번에는 화염회 외당주 사진(史進)과 휘하의 십삼태세(十三太歲)들이 그 일을 맡았다.

배 안에서 그들은 마치 자신들의 세상인 양 설치고 다녔다.

원래 배를 타는 선부들이야 거칠기로 유명하지만, 장강 물길만 십수년인 눈치 빠른 선장과 선부들은 이미 한눈에 놈들의 정체를 눈치 채고 모른 척 배만 몰고 갈 뿐이었다.

"어, 이놈, 입은 건 꾀죄죄하지만 바탕은 그럴듯한데?"

설치고 다니던 타수 중 하나가 남궁화를 발견했다.

비록 남루한 옷으로 바꿔 입고 얼굴에 대충 흙칠까지 한 터였지만 사람 감별에 남다른 안목을 가진 건달들이었기에 대번에 그녀의 원판을 알아본 것이다.

미소년은 원래 계집보다 수요는 적지만 제대로 된 남색(男色)을 만나면 값을 더 받을 수 있었는데, 그들은 그쪽 방면의 수요처도 꿰뚫고 있었다.

놀란 남궁화는 얼른 몸을 움츠리며 고개를 숙였다.

"허, 이거 봐라? 보면 볼수록 물건일세. 당주님, 저기 괜찮은 물건이 하나 있는데요."

그 건달은 뱃전에서 술판을 벌이며 소동을 피우고 있던 당주 사진을 불렀다.

"뭐야, 배에서 술이나 먹지 않고 좋은 물건이라니?"

그렇지 않아도 배 안에서 술만 먹기가 심심했던 일행들이 사진을 따라 우르르 남궁화에게 다가갔다.

남궁화 주위에 있던 선객들은 그녀에게 안됐다는 눈길을 주면서 혹시라도 화가 자신들에게 미칠까 두려워 얼른 자리를 피했다.

건달의 손에 의해 남궁화의 턱이 들어 올려졌다.

"왜, 왜 이래요?"

세가의 무공이면 웬만한 뒷골목 건달쯤이야 어렵지 않게 해치울 수도 있지만 겁에 질린 남궁화는 벌벌 떨며 사내의 손길만 치우려고 애쓸 뿐이었다.

"호오~ 제법 돈이 되겠는데."

사진은 수하에 의해 들어 올려진 남궁화의 얼굴을 보고는 고개를 끄덕였다.

"혹시 계집 아니야? 어째 사내치고는 체격이 너무 왜소해 보이는데? 목소리도 이상하고."

사진은 말과 함께 손을 쭉 뻗어 남궁화의 젖가슴으로 가져갔다.

"아악!"

남궁화는 깜짝 놀라며 얼른 상체를 돌려 손길을 피하려고 했으나 사내들의 억센 팔이 남궁화를 붙잡았다.

"오호, 목소리를 들어보니 계집이 틀림없구나."

사진은 말을 하면서도 손길을 멈추려 들지 않았다.

"멈춰라!"

남궁석강과 두 당주가 남궁화 근처에서 사태를 관망하다가 사태가 위급해지자 얼른 나섰다. 비밀리에 따르라는 남궁우의 지시에 따라 미리 나서지 않은 것이었다.

"웬 놈들이 겁대가리를 상실하고 화염회의 일에 나서느냐!"

건달들이 다가서는 세 명을 에워싸며 그중 하나가 화염회를 들먹거렸다. 남경에서 화염회를 모르는 사람은 없었다.

"네놈들의 짓거리는 차마 눈 뜨고 보기 힘들구나. 그냥 두었다가는 사람들이 강호에는 황법이 없다고 여기겠다."

남궁석강의 말에 사진이 앞으로 나섰다.

주위에 십여 명의 수하들이 각각 무기를 꺼내 들고 세 명을 에워싸

고 있는 형편이라 화염회 당주로서 배 안의 사람들에게 한껏 위세를
보일 생각이었다.

"흐흐흐, 본인은 화염회 외당주 사진이다. 보아하니 검을 찬 것이 어
디서 무술 몇 수 익힌 재간은 있는 모양인데, 나설 자리와 못 나설 자
리를 구별하지 못하는구나."

"닥쳐라! 지금이라도 조용히 하겠다면 네놈들에게 훈계를 내릴 생각
은 없다!"

남궁석강은 분통을 터뜨리며 일갈했다.

남궁세가라고만 밝히면 꼬리를 내리고 달아날 것들이었지만 남궁우
의 지시가 있었기에 그러지도 못하고 속에서 치미는 화만 겨우겨우 삼
키고 있는 처지였다. 남궁화만 건드리지 않는다면 놈들이 무슨 지랄을
하던 배 안에서 말썽을 일으킬 생각은 추호도 없었다.

"흐흐, 얘들아, 손님 모셔라."

사진은 거만하게 턱짓으로 수하들에게 지시했다.

화염회에서도 제법 한다하는 수하들이라 나들 웬만한 한 수는 가지
고 있었다.

채앵!

일전을 피할 수 없다고 느낀 남궁석강과 두 당주가 검을 빼 들었다.

화염회 수하들은 저마다 박도며 쇠스랑, 철곤 등 잡다한 무기로 세
명을 에워싸고 공격해 왔다.

"으악!"

기세 좋게 앞장섰던 수하 하나가 무심코 당주 한 명에게 박도를 휘
두르다가 그 길로 세상을 하직했다.

"헙!"

철곤을 들고 설치던 다른 한 명도 남궁석강의 일검에 목에 피를 뿌리며 쓰러졌고, 이어 또 다른 한 명이 당주의 공세에 팔을 감싸 쥐며 뒤로 물러났다.

십삼태세가 전력을 다했다면 수십 초의 드잡이질로 이어질 정도는 되는 무공들이었지만 대수롭지 않게 여기고 설치다가 순식간에 세 명이 쓰러진 것이다.

사진이 박도를 뽑아 들고 가세했다.

그는 수하들만으로도 충분하다고 여겼는데 의외로 놈들은 보통이 아니었다.

그는 가장 세 보이는 남궁석강을 목표로 했다. 화염회의 당주답게 그는 그리 만만하지 않았다. 아무리 뒷골목 건달패라고는 하지만 남경 건달패 중에는 중원 대문파에서 파문을 당한 놈들도 적지 않기에 웬만한 실력으로는 남경 최대 패거리인 당주 자리에 오를 수 없었다.

사진의 박도가 허공을 갈라 남궁석강의 목줄기를 노렸다.

남궁석강은 예기치 못한 강렬한 기세에 얼른 남궁가의 신법인 창궁신보(蒼穹神步)를 전개해 옆으로 비켜서며 사진의 옆구리를 베어갔다.

사진은 갑작스런 반격에 당황했으나 재빨리 허공으로 뛰어오르며 남궁석강의 머리를 노렸다. 쇠스랑을 든 수하 하나도 수시로 남궁석강의 등을 노리며 협공을 가했다.

하지만 싸움이 계속되자 화염회의 건달들은 점차 수세에 몰리며 실력의 격차가 드러났다.

"으악!"

뒤에서 둘러싸고 연신 등을 노리는 자의 간헐적인 공격에 신경이 쓰였던 남궁석강이 사진을 치는 척하다가 재빨리 검을 돌려 그자의 허리를 베어버렸다.

　사진은 당황했다. 몇 수의 드잡이질로 사진은 이미 상대가 무림고수들이라는 것을 알았다. 자신이 보기에 상대는 명문정파의 중견 제자들이 틀림없었다. 화염회가 아무리 대단한 기세를 올린다고 해도 명문정파의 문도들을 건드릴 정도는 아니었다.

　싸움판에서만 이십 년을 넘게 구른 그는 진퇴의 자리를 잘 알았다. 자신도 십여 수 후면 이미 명을 달리한 부하의 뒤를 이을 것이라는 생각에 그는 달아나기로 했다.

　"모두 물러서라!"

　그는 수하들을 향해 소리치고는 재빨리 배 난간을 짚고 장강의 물길 속으로 뛰어들었다.

　풍덩, 풍덩, 풍덩.

　눈치 빠른 부하들도 이미 불리한 사태를 피부로 절감하고 있었으나 규율이 엄격한 화염회인지라 감히 달아날 생각을 못했는데, 당주가 먼저 시범(?)을 보이자 주저하지 않고 물속으로 뛰어들었다.

　남궁석강은 기세등등하던 건달들이 갑자기 물속으로 뛰어들자 당황했으나 이내 쓴웃음을 지으며 검을 거두었다. 그는 남궁화를 향해 가볍게 포권을 한 후 두 당주에게 눈짓을 하여 물러났다.

　'창궁신보(蒼穹神步)!'

　무공을 숨기려고 했지만 십수 년을 몸에 익은 보법마저 감춘다는 것은 쉽지 않았기에 남궁화는 한눈에 그것을 간파했다.

　'본가의 사람들이야.'

　가전무공을 십 년을 넘게 연마한 그녀였다.

　남궁화는 세 명의 일행이 펼치는 무공이 남궁가의 무공임을 한눈에 알아보고는 그들과 같은 배에 타고 있다는 사실에 놀랐다.

'나를 알아보았을까?'

자신에게 가볍게 포권을 하고 물러서는 남궁석강 일행에게 고맙다는 인사를 하는 것도 잊은 채 다시 더 큰 걱정에 싸였다.

하지만 그녀도 바보는 아니었다.

이런 경우 웬만하면 한마디 말이라도 건넸을 터인데 굳이 말 한마디 없이 포권만 하고 물러선 것도 이상했다. 싸울 때에도 초식의 전개가 어설픈 것이 은근히 무공을 숨기려는 기색이 역력했다는 것도 생각났다. 하기는 본가를 거쳐 간 제자들 중에 자신을 몰라볼 제자는 없었다.

'몰래 뒤를 따르고 있었어.'

자신이 반항하면 붙잡아둔다는 것도 쉽지 않으니 아마 본가의 인물들이 도착할 때까지 뒤를 몰래 따르라는 지시를 받지 않았나 하는 생각이 들었다.

남궁화는 아무 일도 없었다는 듯이 갑판의 기둥에 몸을 기댔다.

같이 탄 사람들 몇몇이 다가와서 큰일 날 뻔했다는 위로의 말을 건네기도 했으나 그녀가 가볍게 눈인사만 하고 대꾸를 않자 더 이상 간섭하지 않았다.

배는 몇 시진 후에 진강 입구에 닿았다.

배 난간에 서서 전혀 내릴 기색을 보이지 않고 경치만 구경하던 남궁화는 배가 떠날 무렵이 되자 몰래 남궁석강 일행을 살폈다. 그들은 남궁화가 진강에서 내릴 기색이 없자 안심하고 있었다. 게다가 눈치가 보여 남궁화만을 주시할 수도 없어 자기들끼리 이런저런 얘기를 나누기도 하며 무료한 시간을 보내고 있었다.

때마침 호화선 한 척이 진강을 지났다. 한눈에 보아도 자주 보기가 쉽지 않은 호화스러운 배였다.

'이때다!'

남궁화는 사람들의 시선이 그리로 몰려 있는 틈을 타고 재빨리 배에서 내렸다. 타는 손님에 대해서는 뱃삯을 받아야 하는 관계로 멈추게 했지만 내리는 손님은 제약이 없었는지라 손쉽게 포구를 오가는 인파 사이로 스며들 수 있었다.

그녀는 포구의 건물 한구석에 몸을 숨기고 배가 떠나는지를 확인했다. 배는 그녀가 내린 직후에 닻을 감아 올리고는 서서히 포구에서 멀어져 갔다. 그때까지 세 명의 세가 제자들 중에 아무도 배에서 내린 사람은 없었다.

남궁화는 바로 소주로 떠나는 배를 잡아탔다.

자신이 진강 포구에서 내린 사실은 그들에게 이내 발각될 것이기에 곧바로 소주로 가는 배를 탄 것은 뒤를 쫓는 사람들에게 허를 찌르는 효과도 있다는 생각이었다.

소주에 도착한 그녀는 어디서부터 무영을 찾아 나서야 할지 막막했다. 객잔에 방을 잡은 그녀는 타지에서 온 사람들이 점소이들에게 뭔가를 묻는 것을 여러 차례 목격했다.

그녀는 점소이가 의외로 아는 것이 많다는 사실을 알고는 점소이에게 은자를 한 냥이나 주고 섬서 상방 사람들의 행방을 물었다. 사실 동전 몇십 문이면 충분한 일이었지만 물정을 잘 모르는 그녀였는지라 거금을 썼다. 막막한 이곳에서 유일하게 무영과 닿을 수 있는 끈은 섬서 상방밖에 없었다.

섬서 상방이 비록 몰락을 해서 중원 상계에서 족보가 사라졌다고는 하지만 세상 돌아가는 소식을 훤히 꿰고 있는 점소이들마저 그들을 잊은 것은 아니었다.

은자의 효과는 즉시 나타나 다음날 오후에는 섬서 상방의 상인들이 묵고 있는 객잔에서 막혜를 마주할 수 있었다.

막혜는 무영으로부터 들은 바가 있었기에 남루한 옷차림의 남장 여인이 남궁화라는 사실에 놀랐고, 그 유명한 중원제일가인 남궁세가의 막내딸이 홀홀단신 사랑을 찾아 이곳 소주까지 찾아왔다는 것이 믿어지지가 않았다.

막혜는 남궁화에게 무영이 북경성을 벗어나다가 실종된 사실을 말해 주었다. 유명한 포쾌였던 추명이 계속 행방을 찾고 있으니 걱정 말라는 위로의 말도 덧붙였다.

한 달 안에 세가를 찾아온다고 약속했던 무영이 나타나지 않아 그렇지 않아도 큰 문제가 있으리라 짐작하던 남궁화는 이미 어느 정도 각오를 하고 있었기에 크게 충격을 받지는 않았다. 아직도 행방을 모른다니 안절부절못했지만 그래도 무영이 죽지 않은 것 같다는 말만을 약간의 위안으로 삼았다.

막혜는 영후발에게 은밀히 사람을 보내 남궁화를 동가장에 데려다줄 것을 부탁했다. 영후발은 지난번 양주에서 염장과 염방을 상대로 물을 먹였기에 염방에서 눈에 불을 켜고 찾는다는 소문에 본인이 직접 나서지 못하고 대리인을 내세워 장사하며 몸을 숨기고 있었다.

그는 남궁화가 무영의 여자라는 말에 적극 나서서 도와줄 태세였다.

"언니, 혹시 세가에서 저를 찾더라도 절대 알려주시면 안 돼요."

남궁화가 가장 두려워하는 일이었다.

그녀는 두 번 세 번 막혜의 다짐을 받고서야 영후발의 뒤를 따랐다.

남궁화와의 관계를 대충 알고 있는 달운은 풍요림에게 얘기를 해서 아담한 후원 한곳을 비워 남궁화가 거처할 수 있도록 했다. 원래 손님을 맞는 빈관(賓館)으로 쓰려고 준비해 둔 곳이었지만 당장 맞을 손님도 없고 해서 일부를 개조했다.

재건당주(再建堂主) 감일웅(邯一熊)은 입맛이 썼다.

자금은 바닥나 가는데 며칠 동안 급히 빈관을 개조해 남궁화의 거처를 만드느라고 예상치 못한 은자가 삼백 냥이나 들어갔다. 물론 그것도 문도들이 상당 부분 몸으로 때웠기에 가능한 일이었다.

'에이구, 이럴 줄 알았으면 재건당주 자리를 사양하는 건데… 그래도 감투라고 받아났더니……'

그렇지 않아도 여기저기에서 손을 내미는 통에 죽을 맛이었다.

원래 자금을 관리하는 사람은 이래저래 욕을 먹기 마련이었다. 이런저런 명목으로 손을 내미는 사람들을 정리해 가며 꼭 필요하고 긴급한 곳에만 은자를 투입하다 보니 거절을 딩한 쪽에서는 차별을 한다고 면전에서 노골적인 불만을 토로하는 것은 물론이고, 자신이 없는 자리에서 뒤지게 욕을 하고 다닌다는 것쯤은 알고 있었다.

'니미럴, 나도 팍팍 밀어줄 만큼 자금이 넉넉했으면 좋겠다. 에이, 이걸 떠벌리고 다닐 수도 없고.'

지금 자금이 충분하지 않다는 것은 간부급 몇 명을 제외하곤 모르고 있었다. 당장 꾸려갈 자금이 없는 것도 아닌데 공연히 문도들의 사기를 죽일 필요가 없다는 이유에서였다. 그 같은 사정으로 감일웅은 하루에도 몇 번씩 금고 문을 뒤져 남은 전표와 은자에 동전까지 세고 또 세는 형편이었는데, 그 피 같은 은자를 좋은 자리에 가더니 사람이 바꿰었다는 욕까지 먹어가며 아끼고 아끼는 중인데 느닷없이 남궁화가 처들어와 단단히 축을 냈다.

물론 반항도 해보았다.

"장문어른, 지금 재정이 바닥을 향해 미끄럼 타고 있습니다. 너무 무리하는 것이 아닐는지요? 다른 간부들도 방이 한두 칸짜리 조그만 살림집을 쓰고 있는 형편입니다."

"허어, 내가 왜 모르나? 은자가 얼마나 남아 있는지는 나도 감 당주만큼 잘 알고 있네. 하지만 생각해 보게. 우리가 이렇게 번듯한 건물을 올리고 문파를 연 것이 다 누구 덕분인가? 다 장무영, 그 사람 덕분이 아닌가? 남궁 소저라면 감찰단주의 안사람이 될 사람, 가문의 이름을 봐서라도 소홀히 할 수 없는 남궁세가의 따님일세. 다른 사람들도 다 이해할 터이니 그렇게 해드리게."

장문인의 입장을 모르는 바도 아니었기에 답답하기는 풍요립도 마찬가지라 체념했다.

남궁화의 거처가 새로 꾸며지자 풍요립을 비롯한 문인들이 모두 빈관으로 모여 입주식을 축하해 주었다.

그런데 문제는 건물만 세운다고 되는 일이 아니었다.

"제가 입을 옷이라도 몇 벌 지으려면 비단이 몇 필 필요한데……."

"비, 비단이오?"

"저, 제 방에 서화(書畵)라도 몇 점 들여놓으면 안 될까요?"

"서, 서화요?"

"자기(瓷器)가 몇 점 있었으면 좋겠어요."

"자, 자기도?"

"서탁(書卓)이 마음에 들지 않더군요."

"그럼 금방 구입한 서탁을 바꾸겠다는?"

'으아악!'

감 당주는 터져 나오는 비명을 겨우 참았다.

이래저래 추가로 들어간 은자가 오백 냥을 헤아렸다. 물론 그때마다 풍 장문인에게 하소연했지만 그인들 뾰족한 수가 있는 것이 아니었다. 사실 감일웅도 나중에 혹시라도 돌아올 책임을 지지 않으려는 면피용이었다.

"험, 험, 어, 어쩌겠나? 준비해 드리게."

처음에는 싼 비단을 사 오거나 난전에서 파는 막도자기 중에서 괜찮아 보이는 것을 골라서 갖다 바쳤으나 그건 큰 실수였다.

"이런 것 말고 괜찮은 것이 있을 텐데요. 괜찮으시다면 다른 것으로 바꿔오셨으면 좋겠군요."

물론 남궁화가 감 당주에게 억하심정이 있거나 무영과의 관계(?)를 빌미로 삼아 한밑천 뜯어내려는 것은 결코 아니었다. 세가의 막내딸로 태어나 말 한마디면 모든 것이 착착 대령되는 분위기에서 자란 그녀로서는 일상적인 소소한 것을 자기 딴에는 최대한 자제해 가며 부탁한 것에 불과했다.

남궁화 자신으로서도 감 당주가 구입해 온 것들이 마음에 들었던 경우는 단 한 번도 없었다. 하지만 체면치레하느라 심하다 싶은 경우를 제외하고는 최대한 불평을 자제하고 있었다. 직접 상점에 가서 좋은 물건을 골라보고도 싶었지만 자신을 찾아 천하에 깔렸을 세가의 눈이 무서워 감히 장원 밖으로는 나갈 생각조차 못했다.

그렇다고 그녀가 빈손으로 털레털레 집을 나선 것은 아니었다. 집에 있을 때 생일날이나 오라버니가 먼 곳을 여행하고 돌아올 때 선물로 사 온 각종 진귀한 패물과 금덩이를 값으로 환산하자면 은자 수천 냥에 이를 정도였다.

동가장에 사는 사람들이 겉만 번드르르한 개털들이라는 것을 진즉 알았다면 패물을 몽땅 내어놓을 수도 있었지만, 설마 새로 지은 커다란 장원에서 사는 사람들이 자신에게 약간의 실내 장식을 해주는 은자가 아까워 쩔쩔매리라고는 전혀 상상조차 하지 못했다.

부탁할 때마다 안색이 거무튀튀해지는 감 당주를 보고는 그저 '몸이 불편한가?', 아니면 '이것저것 부탁하는 것을 귀찮아하는구나' 하는 정도로 나름대로 열심히 이해하고 있었다.

며칠이 지나자 감 당주의 입에 거품을 물게 할 일이 생겼다.

"하미국의 아라 공주라는 분이 감찰단주님과 혼약을 맺은 사이라면서 찾아왔습니다. 수행원만 백여 명이 넘더군요."

장원의 문을 지키는 제자가 턱까지 숨이 차서 급히 달려왔다. 빈객당이 따로 있는 것이 아니어서 접객을 비롯한 웬만한 잡일은 거의 감일웅이 처리하는 터라 그에게 가장 먼저 보고가 들어온 것이다.

'허걱! 또? 그것도 백여 명?!'

손님 맞을 생각은 나중이고 우선 들어갈 은자 생각에 하늘이 노래진 감일웅은 장주의 거처로 부리나케 뛰었다.

"허엉~ 장문인, 이번에는 백 명이랍니다."

"밑도 끝도 없이 그게 무슨 소린가?"

"장 단주인지 장딴지인지의 새마누라랍니다."

"아니, 그게 무슨 소린가? 장 단주의 새마누라가 백 명이라니?"

"그게 아니고 새마누라는 하난데 수행원까지 백 명이 찾아왔습니다. 무슨 왕국에 공주라고 하던데 정말 큰일 났습니다!"

"그럼 남궁 소저 말고 장 단주와 장래를 약속한 여자가 또 있다는 말인가?"

"수행원도 백 명이나요. 허엉~"

"장 단주가 삼처사첩(三妻四妾)을 맞은들 그게 무슨 큰일이라고 이렇게 호들갑인가? 그 친구 보기는 그렇게 생기지 않았는데 그쪽 방면에 남다른 재주가 있었구만. 허, 참 부럽구만."

"예?"

"아, 아닐세. 그냥 혼잣말일세."

"그게 문제가 아니고 수발이 문젭니다. 이번에는 공주마마 행차라니 은자가 얼마나 들지 벌써부터 머리가 아픕니다."

"흠, 그렇구만. 흠, 흠."

풍요립도 그제야 사태를 파악했다.

뒷짐을 지고 방 안을 서성이며 고민했지만 그렇다고 혼약까지 했다며 찾아온 장무영의 마누라감을 내칠 수도 없었다.

"거처는 어디에 정해 드렸나?"

풍요립은 당장 머물 곳부터 마련해 주어야 할 것 같아 그렇게 물었다. 공주마마라니 소홀히 할 수 없었다. 문득 일전에 아들 풍진악에게 대충 들은 하미왕국에서의 일이 떠올랐다. 생각이 거기까지 미치자 공주 일행이 하미왕국의 아라 공주라는 것을 감일웅이 얘기하지 않아도 알 수 있었다.

"옛? 아차! 아직 대문 밖에 계신데요."

감일웅은 장원 대문을 향해 다시 부리나케 뛰었다.

인사를 하고 영접하기는 했으나 백여 명이나 되는 식구를 맞을 거처가 없었다.

감일웅이 난처해하자 아라 공주의 명으로 수행원 십여 명을 제외한 호위무사며 마부들 등은 바로 돌아갔다. 하지만 신분이 공주인데다 장무영의 처라고 하니 구색을 맞춘 거처가 필요했다.

"빈관의 나머지 공간을 개조해서 공주마마의 거처로 만들게."

얼굴을 찡그리며 찾아온 감일웅을 보며 풍요립이 말했다.

"그러면 앞으로 손님은 어디서 묵게 합니까?"

"그건 그때 가서 걱정합시다. 발등에 불부터 꺼야지. 그렇다고 공주 일행에게 단칸방을 내줄 수는 없는 일이 아닌가?"

"……."

그렇게 해서 다음날부터 남궁화의 거처 바로 옆에서 새로운 공사가 시작되었다. 공사가 끝날 때까지 공주 일행은 감일웅의 양해를 받아들여 자신들이 가져온 천막에서 생활하기로 했다.

감일웅은 머리가 복잡했다.

다시 몇백 냥은 족히 들어가게 생겼다. 군이 위안으로 삼으라면 수행원들 대부분이 식사도 않고 바로 돌아가 식비를 크게 아낄 수 있었다는 사실이었다.

"휴우……."

이미 한 번의 경험이 있었기에 공사는 별 차질 없이 진행되었다.

갑자기 벌어지는 공사에 영문을 몰라 하던 남궁화가 아라 공주에 대한 얘기를 듣고는 자지러졌다.

"뭐라구요?! 그분과 결혼한 여자라구요? 어떤 미친 계집이 감히 그따위 흰소리를 하고 다닌다는 말이에요?"

번을 서던 무사로부터 자신의 거처 바로 옆에서 벌어지는 공사의 내막을 듣고 난 남궁화는 얼굴이 새빨갛게 될 지경으로 열을 받았다. 자신이 아는 그분은 결코 그럴 남자가 아니었다.

'어떤 계집이 함부로 그분의 안사람이라고 떠들고 다니는 게야? 공주는 무슨 빌어먹을 공주!'

그녀는 필시 그분을 사모하는 어떤 계집이 그분의 이름을 팔고 다니는 것이 분명하다고 짐작하고는 소매를 둥둥 걷어붙이고 한달음에 아라 공주가 묵고 있다는 천막으로 내달았다.

사실 그녀가 조금만 내정하게 생각을 했더라도 그렇게 설칠 일이 아니라는 것을 금방 알 수 있었다. 아무런 증거도 없이 불쑥 찾아와 '내가 장무영이란 사내의 안사람 될 사람이오' 한다고 해서 누가 비싼 은자를 펑펑 써가며 새 건물까지 짓는 등 부산을 떨겠냐마는 이미 눈이 돌아버린 남궁화에게 그런 것은 아무런 고려 대상이 되지 못했다.

"아라 공주라고 사기 치는 계집이 여기 있느냐!"

앞을 막아서는 호위무사들 때문에 안으로 들어가지 못한 남궁화가 허리에 손을 얹고 앙칼지게 소리쳤다.

"어느 막된 계집년이 감히 공주마마의 거처 앞에서 시끄럽게 구는 게냐!"

직속 시녀 단단이 천막 앞에서 나는 시끄러운 소리에 웬 개가 짖나 하고 나왔다가 그녀를 발견하고는 지지 않고 허리춤에 손을 얹고는 맞고함을 질렀다.

"공주는 무슨 얼어죽을 공주! 어떤 계집이 감히 장 오라버니의 안사람을 사칭하고 다니느냐!"

"뭐, 뭐얏! 고, 공주마마께 계집이라니?! 그, 그러는 너는 웬 년이냐?!!"

싸가지없는 말투에 화가 잔뜩 치민 단단은 어눌한 한어로 상대하자니 벅찼던지 말까지 더듬었다.

"이 계집들아, 사기를 치려면 말이나 똑바로 배우고 쳐라. 오라버니가 어떤 분이라고 감히 그런 헛소리를 내뱉느냐?"

상대가 버벅거리자 기세가 오른 남궁화가 쌍심지를 잔뜩 올리고 소리쳤다.

"웬 소란이냐?"

아라 공주는 밖에서 들리는 소리를 다 듣고 있었다.

공주 신분인 자신을 두고 웬 여자가 천막 앞에 쳐들어와 계집 운운하며 소리를 버럭버럭 질러대니 망신도 이런 망신이 없었다. 더 이상 듣기가 민망했던 그녀는 자신이 나서야겠다는 생각에 천막 밖으로 나왔다.

"흥, 사기를 치고 다니는 것들이 그래도 부끄러운 것은 알아서 얼굴은 가리고 다니는구나."

면사를 한 그녀의 모습에 남궁화가 비아냥거렸다. 하지만 말투는 이미 많이 수그러들어 있었다.

밖으로 나온 공주의 모습은 비록 면사를 했다고는 하나 은연중에 기품이 있어 보였고 몸에 잔뜩 호화로운 장식을 한 것이 왠지 모르게 주눅이 든 까닭이다.

"무언가 오해가 있는 것 같군요. 저는 하미왕국의 아라 공주로서 명나라의 대장군 장무영 장군과는 온 나라 백성들의 축하를 받으며 정식으로 혼약한 몸이랍니다."

"흥, 미친년 헛소리를 하고 있구나. 그분과 장래를 약속한 여자는 바로 나다! 내 아버님은 중원일가문인 남궁세가의 가주님이시다. 어서 이곳에서 썩 꺼지지 못하겠느냐!"

남궁화도 상대가 공주라고 거들먹거리자 질 수 없다는 생각에 남궁세가를 내세우며 반격했다. 웬만한 사람들은 남궁세가의 이름만 듣고도 꼬리를 내린다는 것을 잘 알고 있었다.

"네년이 남궁세가인지 북궁세가인지는 모르겠지만 우리 공주마마께서 그분과 혼인한 것은 틀림없는 사실이다. 네년이야말로 웬 개뼈다귀인지는 모르겠지만 썩 이곳에서 나가라!"

옆에 있던 단단이 거들었다.

"뭐, 뭐라고! 저년이 아무래도 쓴맛을 보아야 할 것 같구나!"

남궁화가 분을 참지 못하고 허리춤에 차고 있던 연검을 빼 들었다.

감히 공주마마께 무례를 하는 계집을 단칼에 쳐 죽이고 싶었지만 남의 동네라 참고 있자니 손이 근질거리던 호위무사들이었다. 그들은 남궁화가 무기를 뽑는 것을 보고는 이때다 하며 재빨리 칼을 빼 들고 공주의 앞을 막아섰다.

"자, 잠깐!"

멀리서 달운이 달려오다가 그것을 보고는 소리부터 질렀다.

달운의 출현에 모두 안도했다.

두 상대는 각각 달운을 알고 있었기에 모든 것을 밝혀줄 것이라는 생각에 그를 반겼다.

달운은 이미 아라 공주하고 인사를 한 처지였다. 그렇지 않아도 두 사람이 좋게 지낼 것으로 보지는 않았지만 먼저 얘기를 꺼낼 수도 없는 처지라 간만 조마조마 줄이고 있었는데, 남궁화가 소매를 둥둥 걷어붙이고 달려갔다는 소식에 '일이 터졌구나' 하고는 만사 제쳐 두고 곧바로 달려온 것이다.

"아, 글쎄 저 계집이 공자와 혼인을 한 처지라고 거짓말……."

"저 계집은 누구기에 감히 우리 공주마마의 처소에 함부로……."

양측은 동시에 달운을 반기며 저마다 한마디씩 했다.

"자, 자, 두 분은 고정들하시고 제 말부터 들어주십시오."

"말할 필요가 뭐가 있어요! 당장 저년들을……."

남궁화가 기세등등하게 소리 질렀다.

"잠깐, 잠깐만요. 제가, 제가 모든 것을 밝혀 드리겠습니다."

달운으로서도 일단 싸움은 말려놓았지만 뭐라고 얘기해야 할지 난감했다. 하미왕국의 부마라는 사실도 잘 알고 있고 남궁화와 그렇고 그런 사이라는 것도 잘 알고 있는 자신이었다. 하지만 그게 어디 꺼내기 쉬운 말인가?

"그, 그게 그러니까… 험, 험."

입장이 난처한 달운이 여러 차례 말을 꺼내려다 도로 삼키고 하는 통에 무슨 소리가 나오나 하고 긴장하던 다른 사람들도 숨이 넘어갈 지경이었다.

'에이, 더러워서. 어떤 놈은 사십 줄이 다 되도록 장가도 한 번 못 갔는데 어떤 망할 놈은 스물도 안 되어서 마누라 될 년들이 줄을 서서 싸움질까지 하지 않나. 에이, 이 짓도 더러워서 못해먹겠군. 전생에 내가 무슨 죄를 지었기에…….'

달운의 마음속에서는 온갖 욕이 난무했지만 차마 입으로 뱉지는 못했다. 하지만 언제까지 입을 닫고 있을 수만은 없는 노릇이었다.

'에라, 모르겠다. 어차피 내가 데리고 살 마누라도 아닌데.'

달운은 땀을 뻘뻘 흘려가며 반 시진이 다 되도록 세 사람의 관계를 손바닥을 비벼가며 열심히 설명했다.

"으앙, 난 몰라. 난 이제 어떡해!"

자신보다 아라 공주가 먼저 혼인을 치렀다는 달운의 설명에 남궁화가 땅바닥에 자리를 깔고 대성통곡했다.

"엉엉, 사기꾼, 나쁜 자식. 멍게, 해삼. 말미잘……."

부모님이 돌아가셨어도 그보다는 더 서럽게 울지 못했을 것이다. 남궁화는 땅바닥을 손으로 쳐가며 배신감에 섧게 울고 또 울었다.

배신당했다고 생각한 것은 그녀뿐이 아니었다. 면사를 쓴 아라 공주의 상체가 미미하게 흔들렸다.

달운이 직접적으로 표현하진 않았지만 남궁화와 며칠 밤을 함께 보냈다면 무슨 일이 있어도 단단히 있었을 것이 틀림없다. 그 증거로 남궁화라는 여자가 눈앞에 땅까지 쳐가며 섧게 울고 있지 않은가 말이다. 배신감은 물론이고 별 생각이 다 들었다.

'어쩐지 꼭 찾아오겠다는 사람이 편지만 달랑 보내놓고 오지 않더라니…… 젊은 남자가 여자도 없이 홀로 지내려니 외로웠던 것이 틀림없어. 달랄 때 아끼지 말고 그냥 줘버릴(?) 걸 그랬나? 아무래도 쟤가 먼저 준 것 같은데.'

생각을 하다 보니 끝이 없었다. 문득 아랫사람들이 있는 자리에서 망신스럽게 이러고 있을 수는 없다는 생각에 아라 공주는 말없이 자신의 천막 안으로 들어갔다.

하지만 회회교를 믿는 그녀로서는 무영의 아내 될 사람이 하나 더 늘었다고 해서 크게 충격을 받진 않았다. 물론 여자로서 질투가 없진 않았기에 선수(?)를 빼앗긴 아쉬움이 더 컸다.

아라는 거울 앞에서 면사를 걷어 올렸다.

이제껏 미모 하면 누구에게도 뒤지지 않는다고 자신했던 그녀였다. 하지만 오늘 찾아와서 떼거지를 쓰던 남궁화의 미모는 결코 자신의 아래가 아니었다.

아라가 안으로 들어가 버리자 어느 정도 이성을 찾은 남궁화는 주변에서 자신을 지켜보고 있는 호위무사며 달운 등의 눈길을 의식하고는 부끄러움에 어쩔 줄 몰라 했다.

"흐흐흑."

남궁화는 얼굴을 가리고 흐느끼며 자신의 거처로 돌아왔다.

"나쁜 사람. 흑흑."

방으로 들어온 남궁화는 한참을 침상 위에 그렇게 엎어져 있었다.

문득 절대 그 계집에게 질 수 없다는 생각이 든 그녀는 거울 앞에 앉았다. 눈이 퉁퉁 부어 얼굴은 엉망이 되어 있었다. 빗을 집어 든 그녀는 머리를 곱게 빗었다.

'네까짓 것이 그래 봐야 얼마나 잘났겠어? 나도 한미모 한다구.'

얼굴은 비록 면사로 가려져 볼 수 없었지만 고상한 걸음걸이에 기품 있는 움직임 하며, 언뜻언뜻 보이는 새하얗게 반짝이던 치아… 아무래도 만만찮은 상대 같았다.

그녀는 패물함에서 노리개들을 골라 몸에 치장했다. 그동안 무영도 없는 데다 검소하게 사는 이곳 사람들의 눈치가 보여 몸에 치장하는 것을 자제했지만 이제는 아니었다. 남궁화는 머리카락 한 올까지 일일이 신경을 써가며 다듬었다.

감일웅은 아라 공주 수행원들의 위세에 손해를 봤다고 느낀 남궁화의 요구 때문에 그녀의 시중을 들어줄 두 명의 시비까지 구해야 했다. 시비는 인근 농가의 열세 살 먹은 쌍둥이 딸들이었는데, 위로 줄줄이 자식이 여섯이라 한 입이라도 줄이려는 부모가 그저 데려가 잘 먹여만 달라고 부탁했기에 은자가 들지 않은 것이 천만다행이었다.

"그저 잘 먹여주시고 나이가 차면 적당한 혼처를 골라 배나 곯지 않을 곳으로 시집만 보내주십시오."

'시집은 남궁화가 알아서 보내주겠지.'
감일웅이 걱정할 일도 아니었다.

두웅.
드디어 새 집이 완성되어 아라 공주의 입주식이 있는 날이었다. 사람들은 관례대로 축하해 주기 위해 빈관으로 몰렸다.

축하하기 위해 모인 자리였지만 주변은 두 사람의 관계를 반영하듯 싸늘한 냉기만 풀풀 날렸다. 동가장에 사는 모든 식솔들도 이미 전말을 아는지라 내심 은근히 무슨 재미있는 일이 일어나지 않을까 기대(?)하는 사람들이 한둘이 아니었다.

하지만 실망스럽게도 우려할 만한 사건은 일어나지 않았다.

그토록 평온하게 그날이 지나간 데에는 남모르게 이쪽저쪽 떠다닌 달운의 숨은 노력이 있었음은 물론이다.

경비를 아끼느라 담도 없이 바로 앞뒤로 지어진 집에서 조석으로 마주치며 지내는 일도 쉬운 일은 아니었다.

남궁화는 시비들에게 쌍쌍과 영영이라는 이름을 새로 지어주고 단단에게 밀리지 않게 하기 위해 무공을 가르쳤다. 뿐만 아니라 글도 가르쳤는데 공주의 시비인 단단이 어려서부터 교육을 받은 관계로 글줄을 제법 깨우쳤다는 사실을 들었기 때문이다.

남궁화는 겁을 줄 요량으로 아침저녁으로 무공 연습을 핑계 삼아 앞

마당으로 나와 살기가 풀풀 날리는 검풍을 일으켰다. 그녀의 무공이 예사롭지 않다는 것을 알게 된 아라 일행은 수적인 우세에도 불구하고 함부로 경거망동하지 못했다.

하지만 남궁화의 공세는 집요했다.

순하디 순해 보이는 얼굴 어디에서 그런 악다구니가 있는지 모를 정도였는데, 대개 사건의 경우 점잖은 아라 공주가 손해를 보는 선에서 일단락되곤 했다.

그런 상황에 아라 공주보다 오히려 단단의 속이 뒤틀려 미칠 지경이었다.

아라 공주의 거처는 남궁화 바로 앞이었다.

여자들의 은밀한 빨래는 앞쪽에 버젓이 내걸 수도 없고 해서 뒤뜰에 널어야 했는데, 그런 날이면 남궁화의 거처에서는 기다렸다는 듯이 집 안 대청소가 시작됐다.

마당에 물도 뿌리지 않고 쓸어대니 그 먼지가 고스란히 빨래로 날아들어 더럽혔고, 이제쯤 청소가 끝났나 싶어 먼지 묻은 옷을 다시 빨아다 널어놓으면 마당에 물을 좍좍 뿌려 깨끗이 빨아놓은 빨래에 흙탕물이 튀게 만들었다.

그렇다고 그런 빨래를 건물 앞에다 널 수도 없는 일이었다. 하는 수 없이 실내에 널어두는 수밖에 없었는데, 한두 번도 아니고 계속 그러자니 세탁물에서 퀴퀴한 냄새가 났다.

그뿐이 아니었다.

회회교도인 아라 공주 일행이 하루에도 몇 번씩 서쪽을 보고 절을 해가며 기도를 드린다는 사실을 알고는 그 시간만 되면 손수 비파를 타거나 쌍쌍과 영영을 시켜 노래를 부르게 하니, 엄숙해야 할 기도 시간이 엉망이 되기 일쑤였다.

처음 몇 번은 단단이 소매를 걷어붙이고 달려오기도 했지만 그럴 때마다 남궁화는 대답도 않고 검부터 뽑아 들었다. 말이 검술 연습이지 새파랗게 날 선 검이 수시로 목이며 팔다리를 스칠 듯 오가는데 무얼 더 따지겠는가?

'역시 천한 것들은 어쩔 수 없어.'

그렇게 치부하는 것으로 분을 삭이며 돌아서곤 했고 그 후로도 겁을 먹은 단단은 남궁화가 무얼 하든 얼굴도 내비치지 않았다.

아라 공주 일행이 동가장이라는 곳이 겉만 멀쩡하지 속은 텅 빈 수수깡 같은 곳이라는 것을 알아버린 계기는 바로 감일웅을 찾아가 건물을 서로 마주 보게 새로 짓거나 아예 멀찍이 떨어뜨려 지어달라고 부탁했을 때였다.

"말씀드리기 송구스럽지만, 장원 내의 재정이 허락하지 않습니다."

"아니, 이렇게 크고 넓은 장원에 그만한 자금이 없어서 조그만 건물 하나 짓지 못한다니 이해하기 어렵군요."

혹시 자신을 왕따시키려는 음모인가 해서 아라 공주가 기분 나쁘다는 듯이 되물었다.

"사실이 그렇습니다. 장원만 크면 뭐 합니까? 수입은 없고 군식구는 늘고… 휴……."

감일웅은 군식구라는 말에 힘을 주면서 슬쩍 아라 공주를 쳐다보았다.

면사로 가렸지만 아라 공주는 얼굴이 뜨뜻해져 오는 것을 느꼈다. 은근히 자신과 남궁화를 빗댄 말이 틀림없다고 느낀 까닭이었다. 게다가 남궁화는 단출한 세 명이지만 자신은 열 명 가까이 되는 수행원이니 적지 않은 숫자였다.

조용히 돌아온 아라 공주는 마당으로 나와 하늘을 보았다. 오지 않는 님을 찾아 어렵게 헤매며 찾아온 이역만리 길이었다. 낙양 마방 사람들이 아니었으면 이곳을 찾지도 못했을 것이다.

'상공, 보고 싶어요.'

무심하게 구름만 띄우고 있는 하늘이었다.

이곳 사람들과도 소식이 끊어진 지 몇 달이 되었다고 했다.

일국의 공주로서 혼인식까지 치른 자신이 군식구 취급을 받으며 버텨야 하는 현실에 가슴이 터질 듯 서러웠지만, 그님은 생사도 알 수 없는 현실이니 어디 마땅히 하소연할 곳도 없었다.

면사로 가린 아라 공주의 얼굴에서 눈물이 한 방울 떨어졌다. 하미 왕국을 떠나 멀리 중원 항주까지 와서 이런 취급을 받는 자신이 너무나 처량했다.

울고 있는 사람은 그녀뿐이 아니었다.

남궁화는 날마다 설거지한 개숫물을 아라 공주 처소로 퍼붓게 하며 못살게 굴어도 마음이 풀리지 않았다. 기실 그녀가 괴롭히고 싶은 사람은 아라 공주가 아니라 무영인지도 몰랐다.

"나쁜 사람."

눈물을 글썽이는 남궁화의 머리 속으로 진회하에서 납치되어 함께 보냈던 날들의 기억이 하나도 빼지 않고 선명하게 떠올랐다.

"아가, 너무 슬퍼하지 마라. 여자가 한 남자를 받아들인다는 것이 그렇게 쉬운 일은 아니란다."

"어멋!"

갑자기 뒤에서 들려오는 목소리에 남궁화는 저도 모르게 비명을 질렀다. 자신을 끔찍이도 아껴주었던 남궁우 할아버지의 목소리였다.

돌아서는 남궁화의 눈에 낯익은 얼굴이 나타났다.

"할아버지!"

"화아야."

"으앙, 앙, 앙, 앙~"

남궁화는 남궁우의 품으로 뛰어들어 서럽게 울었다.

"허허허, 녀석."

다 큰 처녀가 된 남궁화가 채신없이 자신의 품속으로 뛰어들어 서럽게 울어댔지만 싫지는 않았다. 어렸을 때는 자주 그랬었다. 언니 낭궁옥과 싸운 날이면 마땅히 하소연할 데가 없었던 남궁화는 그에게 달려와 품속에서 서럽게 울었었다.

남궁우는 그녀가 울음을 멈출 때까지 가만히 기다려 주었다.

"힘들지?"

남궁우가 어깨를 토닥여 주며 위로하듯 물었다.

"앙~"

설움에 겨우 잦아들었던 울음이 다시 나왔다.

한참을 다시 울던 남궁화는 문득 할아버지가 여기를 어떻게 알고 찾아왔을까 생각하니 겁이 덜컥 났다.

"그런데 어, 어떻게 여길……"

"헛헛헛, 할아비의 외호가 왜 대안검호인지를 잊었더냐?"

일단 한 번 점찍은 먹이는 대호처럼 두 눈을 부릅뜨고 끝까지 쫓는다 해서 대안검호였다.

"피, 제가 무슨 사냥감인 줄 아세요?"

"헛헛헛."

"저… 아버님도 아시나요?"

남궁화는 주저했지만 묻지 않을 수 없었다.

"핫핫핫, 왜? 걱정되느냐? 걱정하지 말거라. 이 할아비는 얘기하지 않을 셈이니까."

"정말이세요?"

아버지가 어떻게 나올지 몰라 걱정이 되었던 남궁화는 그 말에 얼굴이 환하게 퍼졌다.

하지만 남궁우의 그 말은 거짓이었다.

남궁우에게 있어 남궁화의 행적을 추적하는 것은 식은 죽 먹기보다 쉬웠다. 그는 남궁화가 사라진 곳에서 행방을 수소문하기보다 올 만한 곳에서 기다리는 것을 택했다. 무영과의 관계를 잘 알고 있는 그는 무영의 항주에서의 행적을 토대로 동가장을 주목하고 있었는데, 오히려 남궁화는 그보다 하루 늦게 이곳을 찾았다.

그동안 나타나지 않고 시간을 끈 것은 이 일을 어떻게 처리할 것인가를 내심 고민했고, 자신의 결정에 대한 남궁철상의 추인을 얻기 위한 것이었다.

그의 선택은 그대로 두고 보자는 것이었다.

이미 사내에게로 마음이 떠난 그녀를 다시 본가로 불러들이는 것은 부녀 간에 갈등만 키우는 일이라는 생각이었다. 어차피 나이가 찼으니 멀찍이서 은밀히 두고 보며 자신의 결정에 맡기는 것이 집안을 위해 오히려 강호에 추잡한 소문이 나지 않고 조용하게 일을 처리하는 길이라는 것이 그의 내심이었다.

성격이 대쪽같은 남궁철상이지만 자식을 어찌지 못하는 것이 부모 마음이라 마지못해 응낙했고, 대신 그가 곁에 남아 지켜줄 것을 부탁했다.

그동안 은밀히 숨어서 관찰만 하다가 남궁화가 무영의 실종과 아라 공주 일로 상심이 도를 넘자 친손녀 같은 그녀가 마음 아파하는 것을 더 이상 지켜보고만 있을 수 없어 나선 것이었다.

"허허허. 인석아, 언제 이 할아비가 거짓말을 하든?"

"힝, 할아버지."

그동안 오직 무영만을 기다리며 낯선 곳에서 고독하게 자신과 싸워 왔던 남궁화에게 있어 그의 출현은 천군만마를 얻은 것보다 더 든든하게 느껴졌다.

"아무래도 이곳 주인에게 양해를 구해야 할 것 같구나. 그동안 몰래 숨어서 너를 지켜봤는데 이곳 사람들의 무공도 보통이 아니니 나중에 들켜서 망신당하는 것보다 지금 인사를 하고 편하게 함께 지내는 것이 좋겠다."

"그렇게 해요. 제가 인사를 시켜 드릴게요."

한참 어리광을 섞어가며 이런저런 얘기를 하던 남궁화의 얼굴이 갑자기 붉게 물들었다. 그동안 몰래 지켜봤다면 자신이 아라 공주에게 못된 짓 하는 것을 다 보았다는 말이 아닌가?

"왜 또 갑자기 얼굴을 붉히느냐?"

"아, 아니에요."

제2장 해풍(海風)

이미 중원은 가을로 들어섰건만 백무도의 태양은 여전히 뜨거웠다.

사계의 변화는 사람들의 입에서만 바뀌는, 일 년 내내 이렇게 뜨거운 햇볕이 내리쬐는 곳이었다.

바다와 비스듬히 맞닿아 있는 백무도 남쪽에는 바람이 실어온 검은 모래로 된 작은 언덕이 있었다. 섬에 하나밖에 없는 이 모래사장을 이곳 사람들은 흑사평(黑砂坪)이라 불렀다. 감히 '평(坪)'이라는 이름을 붙이기에는 민망한 수준이었지만, 언젠가부터 사람들의 입을 통해 그렇게 불러왔다.

언덕을 조금 지나 산등성이로 연결되는 곳에는 섬을 마치 낙타 등과 같이 둘로 나누는 계곡이 있는데 이 역시 호리병의 주둥이를 연상케 하는지라 호로곡(葫蘆谷)으로 불렀다.

흑사평을 스치고 간 바람이 두 개로 갈라진 산등성이를 만나 그 사이의 호로곡으로 빠지며 강풍으로 바뀌어 가끔은 먼지를 일으키는 돌풍을 만들기도 했다.

백무도의 제왕 호소가와는 돌개바람이 흙먼지와 모래를 쓸고 다니는 광경을 창을 통해 보았다.

돌풍은 마치 살아 있는 뱀과 같이 길을 이리저리 돌아다녔다. 이런 조그만 섬에도 대자연의 조화는 비껴가지 않았다. 그의 거처는 언덕을 돌아 비탈을 끼고 지어졌기에 계곡에서 힘을 받은 돌풍의 영향을 받지는 않았다.

"올해는 이렇게 끝나는가?"

누구 하나 듣는 이도 없는 혼잣말이었다.

본국에서 밀려나 한동안 배 안에서 떠돌다 그동안 이 섬에 둥지를 틀고 자리를 잡은 지도 십 년이 다 되었지만 이룬 것이라고는 조그만 섬 하나를 마치 정원처럼 꾸며놓은 것이 전부였다.

가을에는 계절적으로 서북풍이 불기에 왜국으로 돌아가 다시 자신의 손발이 되어줄 만한 무사들을 모아온다는 것도 불가능했다.

"하하하, 하기는 가 봐도 나를 따라 이곳으로 올 놈이 있을라구?"

허망한 웃음이었다.

하기는 떠나온 지 십 년이 다 되어가니 본국으로 간다 해도 무사들을 모아오기는커녕 오히려 붙잡혀 죽임을 당하기 십상이었다.

이제 사십 줄에 들어선 자신의 인생도 그냥 이렇게 끝나가는가 싶은 것이 매사에 좀체 흥이 일지 않았다.

호소가와는 상처를 치료한 후에도 좀처럼 밖으로 나오지 않았다.

그는 지난번 화란상선에 당해 바다에 수장된 자식 같은 부하들 생각에 기운을 차리지 못하고 있었다. 심한 자책감이 밤낮없이 그를 싸고 돌아 심각한 우울증 증상마저 보였다.

처음 십여 일간은 그래도 남아 있는 자신의 터전을 보며 재기를 불태웠고, 자신이 포획해 온 하경 등의 아름다운 미녀들 생각에 그런대로 만족했다. 하지만 지금 남아 있는 수하들은 채 십여 명도 되지 않았고 그나마 모두 하급 무사였다. 게다가 오랜 섬 생활로 포로로 잡혀와 생활하고 있는 다른 사람들과 동화되어 무복(武服)을 입지 않은 경우에는 구별조차 모호할 정도라 굳이 무사라고 할 것도 없었다.

섬의 단 한 척뿐인 양 선장의 작은 배는 그를 더욱 답답하게 했다. 하기는 소선 한 척에 태워 나갈 병력도 없으니 큰 배가 있더라도 별무 소용일 터였다.

문득 자신이 할 수 있는 일이라고는 이 섬에서 제왕처럼 지내는 것 외에는 아무것도 없다는 것을 깨달았다.

한동안 하경과 결혼하고 사향을 첩으로 맞겠다며 서둘렀지만 그건 평범한 생활에의 안주를 의미했다. 그것은 자신의 성격과 도무지 어울리지 않는 일이었다. 모든 것이 허무하다는 생각에 칩거에 들어가다시피 한 그는 일절 밖으로 모습을 보이지 않았다.

낙타의 등을 연상한다고 해서 타구봉(駝丘峯)이라 명명된 백무도의 산마루에는 바닷바람에 깎인 큰 돌들이 몇 개 놓여 있었다.

저녁 식사가 끝나면 가장 앞쪽에 나와 있는 돌 위에 자리 잡고 앉아 바다를 보는 것이 무영의 일과 중 하나였다. 몸이 회복되어 거동이 자유로워진 다음부터 생긴 버릇이었다.

항상 그래 온 것처럼 곡완주가 그의 곁에 섰다.

"어떻게 하시려고요?"

호소가와와의 관계를 어떻게 정리할 것인가를 묻는 말이었다.

곡완주의 몸은 아직 회복되지 않았다.

화령속근단이 영약이기는 했지만 치명적인 요혈에 심한 상처를 대여섯 군데나 입은 그녀에게는 큰 보탬이 되지 않았다. 하지만 그로 인해 약간의 진기나마 모을 수 있었던 것을 부정할 수는 없었다.

곡완주는 그가 가는 곳은 어디든 따라다녔다. 따지자면 오히려 무공이 회복된 무영이 호법을 서주어야 할 형편이었지만 한사코 무영을 호위하듯 붙어 다니는 그녀를 어떻게 할 수 없었기에 그냥 그렇게 됐다.

무영의 무공은 절정의 경지에 올랐다 해도 과언이 아니었다.

물론 호소가와 일당을 자극하지 않기 위해 검을 들고 무공을 펼쳐 연습을 한다거나 하는 행위는 하지 못했지만 언덕 구석진 곳에 약간의 공터만 있으면 연마가 가능한 이나 회선표 연마는 그의 무료한 시간을 달래주기에 충분했다.

비엽신공에서 그가 할 수 있는 진기의 운용은 다섯 가닥이었다. 그 정도면 남괴에 육박하는 수준이었는데, 남괴가 그 무공을(?) 수십 년 연마했다는 것을 생각하면 획기적인 진보라 할 수 있었다.

무영은 그 원인을 몸속에 뭉쳐져 효능을 다하지 못하고 남아 있던 만년설삼이 묵환과 신검에 의해 자신의 것으로 되었기 때문으로 보았다.

"그 사람이 별로 잘못하는 것이 없으니 그게 고민이야."

무영이 담담한 어조로 대답했다.

호소가와의 행동에는 해적이라는 말에 어울리지 않는 면이 많았다.

우선 백무도에는 노예나 감금 생활을 한다거나 가혹 행위 등이 없었다.

그동안 중원에서 듣기로는 왜구들은 민가를 습격하여 불을 지르고 임산부의 배를 갈라 뱃속 태아의 성별(性別)을 가지고 내기를 한다거나, 젊은 여자들은 실컷 농락하다가 노예로 팔아버린다는 얘기가 전역에 퍼져 있었다.

하지만 이곳에서의 생활은 듣던 바와 많이 달랐다.

잡혀온 사람들 중에는 오히려 예전의 중원 생활보다 낫다는 사람들도 많이 있을 정도였다. 자신이 맡은 일만 끝나면 제한된 몇 곳을 제외하고는 자유로이 오가며 여가를 보낼 수 있고 가정을 꾸린 사람들도 상당수 있었다. 단지 단조로운 섬 생활이라는 것을 제외하면 하나의 조그만 낙원이라 해도 좋을 곳이었다.

사람들의 말에 의하면 가끔 일 년에 한두 번씩 배를 타고 나가 재물을 약탈하고 양민을 잡아와 노예로 팔아넘겼다고 했지만, 배라곤 양 선장의 소선이 한 척뿐이어서 그런지 무영이 이곳에 온 지 몇 달이 지났건만 밖으로 나서는 것을 보지 못했다.

무영 자신은 이 섬에 끌려와 부당한 대우를 받았다고 느낀 경우가 단 한 번도 없었기에 알게 모르게 호소가와에 대해 내심 호의적인 감정이 생긴 것도 부인할 수는 없었다.

"하지만 그는 양민들을 포획해 노예로 팔았고 강제로 이 섬으로 끌고 와 일을 시키고 있어요."

"나는 그가 노략질한 사실을 보지도 못했거니와 설사 보았다 하더라도 관아에서 할 일이지 내 일이 아니야. 게다가 섬에 끌려온 사람들은 중원에서보다 더 나은 생활을 하며 만족하고 있다고 들었어. 노예로 팔려갔다는 사람들도 개인적으로 살기가 더 나아졌는지 모르지."

"자신을 합리화하기 위한 억지처럼 들리는군요."

"그래, 나도 알아. 하지만 그 사람이 나쁘다고 생각되지 않으니 이상하지?"

무영이 고개를 돌려 곡완주를 올려다보며 말했다.

"사실은 저도 그래요. 그리 나쁜 사람은 아닌 것 같더군요."

"맞아, 마치 백무도를 누구의 간섭도 받지 않는 자신의 왕국처럼 만드는 것에만 열중하는 사람 같더군."

"우리가 중원으로 나가겠다면 내보내 줄까요?"

"그렇지는 않겠지."

"한번 부딪치는 것은 피할 수 없군요."

"호소가와 몰래 배를 몰고 섬을 떠나 버릴 수도 있어."

"저는 차라리 이곳에 남고 싶어요."

"……."

그 마음을 왜 모르겠는가?

알고 있다는 것이 그로 하여금 대답할 수 없게 만들었다.

중원으로 돌아간다면 자신이 남궁화나 아라 공주에게 가버릴 것을 알고 있기에 이곳을 떠나기 싫은 것이다.

무영이 섬을 떠나기로 작정한다면 막을 수 있는 사람은 아무도 없었다. 이미 묵환과 신검의 효능으로 무공이 일취월장해 호소가와나 섬을 지키는 십여 명의 왜인들은 그의 상대가 되지 않으리라는 것이 그녀의 예상이었다.

곡완주가 떠나자는 말을 하지 않기에 무영도 감히 그 말을 입 밖으로 내지 못했다. 자신을 살리기 위해 무공을 잃었고 아름다운 얼굴에 상처까지 나서 여자로서는 치명적인 아픔을 당한 그녀였다.

잘생긴 이목구비의 빛을 가리게 하는 눈 위에서 뺨으로 길게 난 검상을 볼 때마다 무영은 가슴이 아팠다. 젖가슴 아래와 허벅지에도 검흔이 있다는 것을 하경에게 들어서 알고 있었다.

무영은 말없이 손을 들어 곡완주의 손을 잡았다.

순간 가벼운 떨림이 전해졌다.

그동안 헤어질 것이 두려워 감히 떠나자는 말을 하지 못했지만 언젠가는 중원으로 돌아가야 한다는 것은 알고 있었다. 그 사실은 마음 한 구석의 조바심으로 남아 항상 그녀를 불안하게 했다.

행여 무영이 먼저 그 말을 꺼낼까 두려워 무공을 더 높은 경지로 끌어올리라느니 자신이 검술을 지도하겠다느니 하며 시간을 끌어온 것을 서로는 잘 알고 있었다. 그의 무공은 이미 곡완주의 예전 경지를 넘어 중원에서도 적수가 몇 되지 않을 정도였다.

섬에 같이 있는 기간이라도 늘려보려고 사문의 절초인 산화수나 애화만천 같은 검술을 가르치기도 했으나, 그런 초식들이 애초에 여자들을 위해 만들어진 검초로 무영에게는 적합하지 않다는 것을 알고는 그만둘 수밖에 없었다.

'무슨 뜻인가요?'

손을 잡힌 곡완주가 상기된 표정으로 무영을 빤히 내려다보았다.

무영이 일어서며 손목을 잡았던 손을 들어 곡완주의 어깨에 둘렀다.

가녀린 곡완주의 몸이 휘청거렸다.

잠시 말없는 시간이 흘렀다.

두 사람은 그저 먼 곳을 구경하듯 그렇게 바라만 보았다.

바다에서 밀려온 커다란 파도가 섬 주변의 암초들과 부딪치며 여기저기 물기둥을 만들더니 허공에 숱한 물방울을 튕겼다.

"너는 나한테 참으로 과분한 여자야."

"······?"

"만약, 만약 네가 화아를 용납할 수 있다면 나도 너를 좋아할 수 있을 것 같아. 음, 정말 이런 말을 해도 좋을지 모르겠군. 험."

화아란 남궁화를 말함이었다.

쉽게 말하자면 남궁화와 곡완주 둘 다와 결혼을 하겠다는 말이다. 무영은 말을 하면서도 아무래도 낯이 뜨거워 연신 헛기침이 나왔다.

곡완주가 몸을 돌려 어깨에 두른 무영의 팔에서 빠져나왔다.

'자존심이 상했나?'

무영의 얼굴이 조금 굳어졌다.

곡완주의 눈에서 굵은 눈물이 흘렀다.

"상공."

곡완주가 그대로 품으로 안겨들자 무영은 얼떨결에 그녀를 품에 안았다. 그 순간 안겨 있는 곡완주는 보지 못했겠지만 무영의 입은 크게 찢어져 귀에까지 걸쳐졌다.

"험, 정말 네게 미안하구나. 화아만 아니었다면 진즉에 너를 쉽게 받아들일 수 있었을 텐데."

곡완주가 그의 얼굴 표정을 보았더라면······.

무영은 귀밑에까지 찢어진 입 때문에 헛나오는 발음을 억지로 가다듬어 가며 점잖을 떨었다.

밀착한 앞가슴을 통해 그녀의 열기가 따스하게 전해져 왔다. 무영의 손이 절로 곡완주의 가냘픈 등을 부드럽게 오르내렸다.

"상, 상공, 누가 보면······."

백무도에도 중추절을 지내는지 사람들이 며칠 앞으로 다가온 명절 준비를 하며 분주하게 준비하고 있었다.

　무영은 자신 때문에 몸이 크게 상한 곡완주를 회복시킬 궁리를 했지만 마땅한 방법이 떠오르지 않았다.

　자신이 가지고 있는 영단인 화령속근단은 곡완주에게 약간의 내공만 일으킨 후로 별무반응이었다. 혹시 하는 마음에 만년설삼을 복용한 자신의 피라도 먹여볼까 하는 생각까지 했지만 효력이 있을지는 고사하고 곡완주가 받아 마시려 하지도 않을 뿐더러, 시도하는 것 자체도 끔찍한 일이었다.

　기껏해야 날마다 곡완주가 운기할 때에 등에 내력이나 불어넣어 주는 것이 고작이었는데, 그것이 제법 도움은 되었는지 약간의 공력은 회복한 것 같았다. 그녀가 입은 상처를 생각하면 그것만 해도 다행이라는 생각이 들었지만 자신 때문에 겪는 고초라고 생각하니 영 마음이 개운치 않았다.

　무영 자신이 그랬던 것처럼 묵환과 신검을 이용해 상처를 고칠 수도 있겠다는 생각이 들어 그걸 빌려줄까 하는 생각에 묵환을 벗으려고 몇 번이나 애를 써보았지만, 어떻게 생겨먹은 물건인지 신검과 궁합을 맞춘 이후로는 몸에서 떨어지질 않았다. 그저 자신이 급살을 맞아 죽어버리거나 손목을 누가 잘라야 가능한 일 같았다. 하지만 그럴 수는 없는 일이었다.

　그날도 저녁 무렵에 평상시와 마찬가지로 운기조식을 하고 있던 그는 문득 묵환에 내공을 주입해 벗어버리면 안 될까 하는 생각을 했다.

　'해보자.'

　운기 중에 몸을 움직인다는 것은 보통 고수들은 상상도 못할 일이었지만 분심공(分心功)과 같은 비엽신공을 계속 연마해 온 터라 못할 것도 없다는 생각이 들었고 자신감도 생겼다.

내공을 통해 뜨거운 열기를 팔목에 집중시킨 그는 마음을 가다듬고 또 다른 내공을 팔목으로 흘려 왼팔에 차고 있던 묵환의 고리를 조심스레 젖혔다.

마치 몸을 움직이지 않고 진기만으로 물건을 움직이는 능공섭물(凌空攝物)과 같은 내력의 운용이었지만 운기조식을 하면서 진기를 운용한다는 것은 전혀 다른 문제였다.

찰칵. 툭!

고리가 젖혀지면서 팔목에서 벗어난 묵환이 침상 위로 떨어졌다.

옆에서 보고 있던 곡완주가 놀란 토끼눈이 되었다.

운공 중이니 함부로 나설 수도 없어 그녀는 무엇이 잘못되었나 하는 심정으로 불안하게 그를 지켜볼 수밖에 없었다. 혹시 미리 말했다가 후에 실패해서 실망하거나, 아니면 위험하다고 시도 자체를 아예 말릴 가능성이 있어 무영이 미리 귀띔해 주지 않은 까닭이었다.

다시 정신을 집중시켜 오른손에 있는 묵환의 고리를 벗겼다.

이번에도 '찰칵' 소리와 함께 손쉽게 묵환이 벗어졌다.

무영은 내력의 구 할은 진기를 운용하고 일 할은 팔목으로 보내 고리를 벗기는 데 썼다. 평소의 그라면 비엽신공으로 간단히 할 수 있는 정도였지만 운기행공 중이라 자칫하면 주화입마당할 수도 있다는 점을 의식해 상당히 주의를 집중해서 한 일이었다.

일을 마친 무영이 운기를 끝냈다.

"휴우!"

그는 마치 큰일을 치른 사람처럼 긴 한숨을 몰아쉬었다.

"무슨 일이지요?"

곡완주가 걱정스런 표정으로 물었다.

묵환이 벗겨져 나가 상당히 불안했던 그녀지만 일단 무영이 눈을 뜨자 상당히 안도하는 모습이었다.

"묵환을 네게 주려고 벗었어. 너도 묵환을 이용한다면 어쩌면 상처를 말끔히 치료할 수 있는 것은 물론이고 내력도 예전보다 훨씬 높아질 수 있겠다는 생각이 문득 들어 그동안 마음의 준비를 하다가 오늘 시도해 본 거야. 후후후, 별거 아니던데? 괜히 겁먹었잖아."

"가가!"

자신 때문에 무영이 위험에 처할 뻔했다는 생각에 곡완주는 눈물을 흘렸다. 하지만 이내 자칫 주화입마를 당할 수도 있었다는 생각에 화가 치밀었는지 언성을 높였다.

"아니, 그러다가 잘못되면 어쩌려고 그런 무지막지한 일을 했단 말에요! 누가 언제 제 무공을 돌려달라고 했나요? 아니면 빚지고는 못 사는 그 알량한 자존심 때문인가요? 왜 저한테 한마디 의논도 없이 일을 벌이고 그래요? 흑흑."

마치 속사포처럼 퍼부어대던 그녀는 마지막에 마치 억울한 일을 당한 사람처럼 울었다.

"그, 그게 아니라……."

"닥치세요! 무얼 잘했다고 계속 말하려 하는 거예요!"

한 번도 들어보지 못한 과격한 언사에 기가 죽은 무영은 그저 입을 닫고 곡완주의 눈치만 살폈다.

"……."

자신을 위한 마음이라는 것을 알기에 나무랄 수도 없어 그저 마음속으로 불평을 하는 것이 고작이었다.

'씨, 그래도 잘됐잖아.'

눈물이 그렁그렁하면서도 한동안 매서운 눈초리로 무영을 보던 곡완주가 고개를 숙였다.

"…정말 고마워요."

"험, 험, 뭘 그런 걸 가지고."

머쓱해진 무영이 짐짓 기침을 해가며 은근히 생색을 냈다.

"저를 그렇게 생각하는 줄은 몰랐어요."

"주매, 나만 믿어."

"……."

곡완주가 눈을 동그랗게 뜨고 그를 바라보았다.

'주매.'

얼마나 듣고 싶었던 말이었나?

"흑!"

곡완주는 희열에 가득 차 울음소리를 내가며 침상에 앉아 있는 무영에게 그대로 안겼다.

"어이구!"

미처 대비를 하지 못한 무영은 안겨오는 곡완주에게 밀려 침상에서 그대로 뒤로 자빠졌다.

자신도 모르게 연출된 상황에 부끄러워진 그녀는 무영의 가슴에 얼굴을 묻고 감히 일어설 생각을 하지 못했다.

두 사람은 그렇게 침상 위에 엉켜 옆으로 누워 있었다.

무영의 손이 천천히 돌아 곡완주의 어깨를 안았다. 머릿결을 부드럽게 감싸던 입술이 이마로 내려오더니 마침내 입술을 찾았다.

곡완주의 몸은 감전된 듯 조금도 움직이지 못하고 무영에게 몸을 맡긴 채 숨만 새근거리더니 무영의 손이 점점 대담하게 은밀한 곳을 향해 움직이자 겨우 입을 열었다.

"불, 불을……."

무영은 재빨리 입김을 불어 등불을 껐다.

곡완주는 어둠 속에서도 부끄러운 듯이 고개를 옆으로 돌렸다. 무영의 손이 가슴을 파고들어 젖무덤을 가볍게 쥐어왔지만 그녀의 손은 어찌할 바를 모르고 그저 침상 위에 놓여 가늘게 떨고 있을 뿐이었다.

"아!"

갑자기 밀려오는 알 수 없는 기이한 희열에 가슴이 벅차올라 그녀는 자신도 모르게 입에서 탄성을 흘렸다.

무영은 손바닥에 느껴지는 까실까실한 감촉에 그것이 자신을 구하려다 생긴 검흔(劍痕)임을 알았다.

"평생 주매를 지켜줄게."

곡완주의 귀에 무영의 속삭임이 들렸다. 순간 자신도 모르게 침상 위에서 할 바를 찾지 못하던 손이 무영의 등을 안아갔다.

"아, 안 돼."

한순간 무언가에 놀란 듯 곡완주의 입에서 얕은 비명이 나왔다. 하지만 말과 달리 등을 안은 손에는 더욱 힘이 들어갔다.

창밖으로는 바닷바람이 실어온 차가운 밤공기가 섬을 감쌌지만 방 안에는 뜨거운 열류가 흘렀다.

찰칵.

묵환은 손목의 굵기에 상관없이 마치 맞춤인 것처럼 꼭 끼어졌다.

아직도 뜨거웠던 흥분이 채 가시지 않은 듯 양 볼과 얼굴에 은은히

홍조를 띤 곡완주는 반쯤 고개를 수그리고 무영이 시키는 대로 손목을 내맡겨 묵환을 찼다.

"정신 차려. 아직도 아까 생각을 하는 거지? 아차 하면 주화입마야. 처음에는 얼마나 거세게 진기가 솟구치는지 나도 큰일 날 뻔했다구."

무영이 다그쳤다.

사실 곡완주는 이제야 진정으로 무영의 여자가 되었다는 사실에 아직도 방금의 흥분을 가라앉히지 못하고 있었다. 하지만 그의 말에 얼굴을 붉히며 얼른 정신을 차리고 자세를 바로잡았다.

"주매가 익힌 내공 심법으로 진기를 인도하는 것에만 정신을 쏟아야해. 다른 잡념은 절대 금물이야."

"네."

아직 부끄러움이 채 가시지 않은 곡완주는 모깃소리처럼 조그만 목소리로 대답했다.

'낄낄낄.'

그러는 그녀를 보고 있자니 속으로 웃음까지 나오는 것을 겨우 참았다. 자칫 기분에 쇄우되어 분위기를 흐뜨리면 평생 후회할 일이 벌어질 수도 있다.

"험, 내기 호법을 설 테니 걱정 말고 시작해."

곡완주는 무영의 무게 실린 말에 믿음이 간다는 듯이 흘깃 보더니 단정하게 자세를 바로 했다. 무영이 건네주는 신검을 받아 들자 우웅하는 검명이 일며 몸이 평온해지는 것을 느끼곤 서서히 호흡을 가다듬어 진기를 일으켰다.

'앗!'

전율이 일 듯한 기세로 무서운 진기가 묵환에서부터 쏟아지며 빠르게 전신 혈맥을 타고 나갔다.

'정신을 차려야 해.'

이미 무영에게 여러 차례 주의를 들은 터라 어느 정도 대비하고 있었지만 이처럼 거센 진기의 폭풍은 예상치 못했었다. 하지만 진기의 폭풍은 도를 넘어 마치 혈맥을 폭발시킬 듯한 기세로 일며 곡완주의 통제를 벗어나고 있었다.

곡완주는 얼른 정신을 가다듬고 성숙파 비전의 만천심공(滿天心功)을 일으켰다.

"기(氣)란 네 마음에 있다. 네가 마음을 비우면 기(氣) 또한 그 자리를 떠나 비워진다. 비워라. 그만큼 터가 넓어질 것이고 또한 기가 자리할 곳도 넓어진다. 비움이 곧 가득 참이니, 그것은 곧 하늘과 나를 함께하는 만천심공의 묘리(妙理)다. 크게 채우기 위한 크게 비움을 배워야 한다."

곡완주는 스승님의 가르침을 떠올리며 서서히 진기를 유도했다.

갈 길을 몰라 넘칠 듯 치밀던 거대한 진기의 파도는 차츰 그녀의 뜻을 따라 전신의 기맥을 돌았다.

'엇!'

한동안 그녀의 변화를 예의 주시하던 무영이 놀랐다.

곡완주 무릎 위에 있는 신검의 색이 서서히 탁하게 변하고 있었다. 무영이 탈퇴환골할 때 검게 변했다가 시간이 흐르자 다시 본연의 색을 찾았던 검이었다.

진기의 운용에 따라 점점 신검은 점차 회색을 띠었다. 변화는 끊이지 않고 계속되어 짙은 회색으로 바뀌더니, 한참이 지나자 마침내 검은

색으로 바뀌었다.

'잘못되는 것은 아니겠지?'

자신이 할 때는 몰랐는데 막상 그 당사자가 곡완주로 바뀌자 불안한 마음뿐이었다. 운기행공을 하는 중이니 경솔하게 끼어들 수도 없었던 것이다. 게다가 묵환의 공력을 운행하면 그 기세가 자못 천둥 벼락이 치는 듯한 것을 잘 알고 있는 그로서는 사실 잘못되더라도 감히 끼어들 수도 없을 터였다.

곡완주의 몸에 은은한 자색 서기(瑞氣)가 일더니 마침내 몸을 감쌌다.

그 모습을 본 무영이 안도했다. 곡완주의 평온한 표정과 몸을 감싼 서기로 보아 일단 진기는 정상적으로 유통되고 있다는 생각에서였다.

'응?'

어느 한순간 곡완주의 몸이 허공으로 한 자나 떠오르자 놀란 무영의 눈이 다시 크게 떠졌다.

변화는 그것뿐이 아니었다.

곡완주의 몸이 마치 불덩이처럼 달아오르는 느낌을 주더니 옷이 먼지처럼 사라지고 피부가 쩍쩍 갈라지는 느낌을 주더니 순식간에 몸 전체가 뽀얀 우윳빛처럼 윤기가 흘렀다. 얼굴이나 허벅지, 가슴 등에 난 상처는 어느 틈엔가 사라지고 보이지 않았다.

탈태환골(脫胎換骨)을 이룬 것이다.

지켜보는 무영은 마음 한구석을 무겁게 짓누르던 커다란 짐을 벗어 버린 느낌이었다.

곡완주가 걸치고 있던 모든 옷은 몸을 감싸고 도는 진기의 힘에 의해 이미 먼지로 화해 버려 전신을 그대로 드러내 실오라기 하나 걸치지 않은 나신(裸身)이었지만, 서기에 싸여 나타내는 부처와 같은 잔잔한 표정은 보는 사람으로 하여금 조금의 육욕도 일어나지 않게 하였고 오히려 성스러움마저 느끼게 하였다.

곡완주는 운공이 끝날 무렵 돌연 기이한 목소리가 들었다.

목소리는 마치 천군만마를 호령하는 대장군의 그것과 같이 사방에 울려 퍼질 듯 우렁찼다.

─삼정(三鼎)의 내공을 신검에 모았으니 천하에 적수가 없다! 부디 대망을 이루어 이백 년 한을 풀어주기 바란다!

마치 수수께끼와 같은 말이었다.

곡완주는 한동안 그렇게 있었다. 꼭 무슨 말이 더 이어질 것 같다는 생각에서였다. 하지만 한참을 기다려도 더 이상 소리는 들려오지 않았다.

지켜보는 무영은 그녀의 변화를 입으로 듣고 싶어 안달이 날 지경이었다.

서서히 서기가 흐려지더니 곡완주의 표정이 정상을 회복했다. 얼굴의 피부는 탄력에 윤기를 더해 다치기 이전보다 훨씬 이목구비를 뚜렷하게 만들어 그렇지 않아도 아름다운 그녀의 외모를 화용월태(花容月態)로 만들었다.

번쩍!

순간적으로 빛이 번쩍인다고 느낄 정도였다.

곡완주가 눈을 뜨는 순간 안으로 갈무리되는 그녀의 눈은 깊은 호수처럼 모든 것을 빨아들일 듯한 느낌을 주었다.

"휴우."

곡완주는 가볍게 숨을 내쉬었다.

"어맛!"

눈을 뜨자마자 자신의 상태를 확인한 그녀가 깜짝 놀라자 무영이 준비해 둔 옷을 그녀의 등에 걸쳐 주었다.

곡완주는 얼굴을 붉히면서도 가벼운 미소로 고마움을 표시했다.

"상처가 말끔히 사라졌고 피부가 마치 아기처럼 고와졌어. 축하해."

무영의 말에 곡완주는 얼른 손으로 얼굴을 만졌다.

"어머!"

촉촉한 느낌에 보드라운 살결만이 만져질 뿐 얼굴 어디에도 상처가 있던 흔적은 없었다.

"정말이네요."

"속고만 살았어?"

"고마워요."

"그동안 마음 한구석이 찜찜했는데 이제야 주매에 대한 빚을 던 느낌이야."

무영이 시원하다는 어조로 말했다.

"우리 관계가 빚을 주고받는 관계였나요? 청산을 했으니 이젠 제 곁을 떠나겠다는 말씀인가요?"

곡완주가 눈웃음을 치며 농담처럼 말했다.

"흐흐, 미쳤어? 이런 미인을 두고 어딜 가라는 말이야."

무영이 말과 함께 곡완주를 안아갔다. 하지만 그녀는 얼른 몸을 돌려 피하며 말했다.

"말할 게 많아요. 운공 도중에 이상한 일을 겪었어요. 혹시 목소리를 듣지 못했나요?"

곡완주는 그 목소리가 자신에게만 들렸을지도 모른다는 생각이 들어 그렇게 물었다.

"아니, 전혀. 그렇지 않아도 어땠는지 듣고 싶어 혼났다구."

"이 물건들은 원대(元代) 말엽에 제작된 물건 같아요."

원이라면 이미 이백 년도 넘은 일이었다.

곡완주는 호기심에 가득한 무영의 얼굴을 보며 운공 도중에 있었던 일을 말해 주었다.

"허, 그럼 그 노인네가 원나라 사람인가? 하긴 색목인(色目人)처럼 보이던데."

"그게 무슨 소리지요?"

자세한 것을 알지 못하는 곡완주가 물었다.

무영은 자신을 살리고 죽어간 노인에 대해 간략하게 말해 주었다.

어릴 때 머리를 다쳐 죽었다 살아난 이야기와 자신에게 부탁을 하고 죽어간 불쌍한 노인, 그리고 그에게 끌려 다녔던 청해삼호에 관한 얘기였다. 색목인은 원대에 가장 우대를 받던 부류였으니 원나라와 관계를 지어 말하는 것도 무리는 아니었다.

"원과 관계가 있다면 이미 나라가 멸망했으니 약속이 무효가 된 것이 아니겠어요? 차라리 잘되었군요."

"글쎄, 그렇게 되나? 그런데 그 노인이라고 그걸 모르지는 않았을 터인데? 하지만 이것만 가지고는 뭐가 어떻게 돌아가는 건지 잘 모르겠군."

"다른 단서가 있나 살펴보세요."

"원나라 후예라면 대명 대학사의 아들인 나에게 그걸 부탁했다는 말은 좀 이상한걸."

"그때는 선택의 여지가 없었잖아요. 색목인은 원 황실에서 가장 우대받았던 사람들이니 그럴 가능성도 있다는 추측이에요. 심각하게 듣지는 마세요."

"음, 어쨌든 무공이 신검에 있다니 한번 보기나 하자구."

무영은 말과 함께 신검을 집어 들어 손잡이를 살폈다. 이미 검게 변한 신검은 예전보다 한층 무거워진 느낌이었다.

손잡이의 모양은 평범했지만 뭔가 비밀이 있다는 것을 알고 있었기에 잠깐 이리저리 만지니 손잡이가 돌아간다는 것을 알 수 있었다. 손잡이를 돌리니 안에서 깨알 같은 글씨로 적힌 작은 두루마리가 나왔다.

"무공 초식이에요."

곡완주가 기쁜 어조로 말했다.

두루마리는 모두 두 장이었는데, 한 장은 무척 오래된 듯 종이가 바랬고 다른 한 장은 최근의 것 같았다. 아마도 한동안 신검을 가지고 있었던 그 노인이 쓴 것일지도 모른다는 생각에 두루마리 종이를 펼쳤다.

신검과 묵환은 우리 부족의 신물로 전해져 오는 것으로 원로들만이 알고 있는 것이다. 본인은 신검과 묵환 안에 절세적인 무공이 있다는 것을 전해 듣고 욕심을 내 부족의 금지 안에 보관되어 있던 두 가지 신물을 훔쳐 달아났다.

묵환과 신검에는 광기가 있어 무공을 얻으려던 여러 선조들이 목숨을 잃었다는 말이 전해오기에 본인도 그 성패를 장담할 수 없어 이 글을 남긴다. 혹시라도 노부가 목숨을 잃을 경우 이것을 발견한 사람은 두 가지 물건 모두를 우리 청해 합와족(合蛙族)에게 전해주어 노부의 죄를 조금이나마 씻어주기 바란다.

가륵(架勒) 서(書).

"홍, 정말 뻔뻔한 사람이군요. 부족을 배신하고 보물을 훔쳐 나온 주제에 그런 어려운 부탁을 대가도 없이 해달라고 하다니."

곡완주가 옆에서 콧방귀를 뀌어가며 말했다.

"하하하, 난 이미 대가를 받았잖아. 목숨을 살려주었는데 그보다 더 큰 대가가 어디 있겠어? 그리고 써 있는 내용으로 봐서는 반성하고 있는 눈치인데."

"그건 궁여지책으로 그렇게 한 것이지요. 아무튼 이건 말도 되지 않는 소리예요."

"그건 그래."

곡완주는 더 이상 그 일에 관심을 보이지 않고 다른 두루마리를 폈다. 희미한 선들이 복잡하게 얽혀 있는 양피지였다.

"지도 같은데요?"

"어딘지 통 알 수가 없군."

"가만, 여기 글씨가 있어요. 청룡궁(靑龍宮)?"

"절 이름인가?"

"들은 적이 있어요. 몇백 년 전에 불에 타 없어지고 그 터만 남아 있다고 들은 것 같은데?"

"어디 있는 절인데?"

"성숙해에서 당고랍산으로 가는 도중에 통천하라는 강이 있어요. 그 강를 따라가다 보면 있다고 들은 기억이 나요."

곡완주는 성숙해 출신답게 대충의 위치를 짐작해 냈지만 무영이 알 리가 없었다.

"나중에 꼭 들러보자구."

"제가 안내할게요."

무영은 부드럽게 곡완주의 어깨를 감쌌다.

"평생 내 곁을 떠나지 말고 나를 지켜줘야 해. 나는 이미 무공보다 상인의 길을 가기로 결심했어."

평생 같이 있어달라는 말이다.

그동안 무영이 목숨을 구해준 자신에게 동정과 감사의 마음을 가지고만 있지 않은가 내심 불안했었던 그녀였다. 하지만 무영의 그 한마디는 모든 불안을 씻은 듯이 날리기에 충분했다.

그 말을 들은 곡완주는 마치 혼인 예물이나 정표를 받은 기분이었다.

"고마워요."

곡완주는 정이 담뿍 담긴 목소리로 말했다.

자신이 태어난 이후로 지금 이 순간보다 더 벅찬 기분이 들었던 적은 없었던 것 같았다.

제3장 먹구름

금릉전장이 중원 상계의 태풍의 눈으로 떠올랐다.

중원에 제법 재산이 있는 부호나 관리들은 앞 다투어 금릉전장에 돈을 맡겼다. 중원의 모든 돈은 눈 깜짝할 사이에 그리로 몰렸다.

금릉전장은 하루에도 엄청난 은자를 먹어치우는 거대한 입을 가진 괴물이었다.

사람들이 돈을 들고 금릉전장으로 몰려가는 것에는 이유가 있었다.

첫째로 얼마 전에 전장에서 발표된 포고문 때문이었다.

그 내용은 '금릉전장 우대 고객 감사 사은 대축제' 기간에 전장에 돈을 맡긴 고객에게는 이율을 두 배로 보장한다는 것이었다. 조건은 기간 중에 전장에 은자를 맡기고 나서 삼 개월이 지날 때까지 찾지 않아야 한다는 단순한 것이었다. 사실 전장에 돈을 맡길 경우 대부분의 사람들은 일이 개월 정도는 묶어둘 생각을 하고 있는 경우가 대부분이라 크게 조건이랄 것도 없는 것이었다.

둘째로는 금릉전장이 중원제일의 신용을 자랑한다는 점이었다. 만약 이름없는 조그만 전장에서 그런 행사를 벌인다면 의심의 눈초리를 보내거나 요모조모 따지는 등 두드려 보고 건너는 절차를 거치는 것이 당연했지만 금릉전장이라면 얘기가 달랐다. 중원 은자의 절반은 거머쥐고 있을 거라고 인정하는 금릉전장의 신용이 무너진다는 것은 곧 중원 상계가 무너지는 것을 뜻하기 때문이었다.

사람들은 은자를 보퉁이에 싸 들고 금릉전장을 찾았고 은자가 모자라면 집 안 깊숙한 곳에 숨겨두었던 귀중한 보화 따위를 들고 전장 문 앞에 줄을 서기까지 했다.

전장은 묘시(卯時:6시 전후)가 되면 문을 닫았지만 안은 사정이 달랐다. 고객들이 돌아간 이후에 장궤(掌櫃)의 지휘 아래 내결(內缺)과 학결(學缺)들은 그날 들어온 물건을 분류하고 서류를 정리하느라 법석을 떨어야 해 밤늦게까지 잠자리에 들지 못했고, 둘째 날부터는 일찍 문을 닫는 것에 항의하는 고객들의 집단 민원 때문에 다음날의 번호표를 미리 나누어 주어야 했다.

일자리가 없는 사람들은 번호표를 미리 확보했다가 웃돈을 주고 파는 영업 행위까지 하고 있었다. 게다가 번호표를 대신 받아주는 직종도 생겨났는데, 사람들은 그들을 대공(代工)이라 불렀다.

은밀히 전장 내부 사람들에게 줄을 대려는 사람들까지 생겨날 정도였는데, 금릉전장의 모든 점원들은 마치 자신들이 관리나 된 듯한 위세를 부리기도 했다.

하지만 금릉전장의 문간이 손님들의 바쁜 발걸음에 닳을수록 근심과 탄식의 날을 보내고 있는 사람들도 있었으니 바로 중소전장(中小錢

莊)의 주인들이었다.

　그동안 그나마 평소 안면을 통하거나 금룽전장보다 약간의 고율 이자를 보장하여 나름대로 겨우 고객을 유지해 오던 중소전장들은 썰렁해지는 전장 분위기에 늦가을에도 파리채나 휘둘러야 하는 신세로 전락했기 때문이다.

　그렇다고 그들은 금룽전장처럼 두 배의 이자를 보장하며 손님을 끌어들일 수 있는 형편은 아니었다. 대개 전장에서는 일 할의 이자를 보장하고 은자를 끌어 모아 이 할이나 삼 할의 이자를 받고 급전이 필요한 사람들에게 대부를 해주어 그 차액의 이자를 챙기는 것이 보통이었는데 사실 그리 벌이가 좋은 편은 못 되었다.

　왜냐하면 신용이 건실한 채무자들은 그것을 바탕으로 담보가 없이도 금룽전장 같은 큰 전장에서 쉽게 은자를 빌릴 수 있었지만, 중소전장을 찾는 대부분의 고객들은 금룽전장에는 갈 엄두를 내기가 쉽지 않은, 소위 말해 신용 부실 채무자들이 많았기에 대부금을 떼일 확률이 그만큼 높았기 때문이다.

　그렇다고 금룽전장처럼 평소 두 배의 이자를 보장한다는 것은 한두 달 후에 문을 닫겠다는 얘기나 진배없었다. 그런 높은 이자를 약속하고 은자를 유치했다가는 도저히 수익성을 맞출 수 없다는 것은 자신들이 더 잘 알고 있는 까닭이었다.

　중소전장의 주인들은 삼삼오오 모여 대책을 논의했지만 도무지 해결책을 찾을 길이 없었다. 기껏해야 영업 규모를 줄여서 전장 유지를 위해 드는 비용을 줄여 조금이라도 더 버텨보겠다는 생각이 고작이었는데, 금룽전장도 그런 높은 이자를 약속하고는 오래 버티지 못할 것이라는 그저 막연한 추측과 함께 혹여 조금 기다리면 상황이 나아지지 않을까 하는 기대가 있었기 때문이다.

중원의 은자와 보화들은 줄을 서서 금릉전장으로 쏟아져 들어갔지만 금릉전장이 그것들을 어떻게 운용하는지에 대해 아는 사람은 아무도 없었다.

금청만은 너무 좋았다.

자신이 집으로 돌아온 이후에는 숱한 계집질을 해도 아버지인 금태산이 예전처럼 심하게 간섭하는 법이 없었다. 이제는 아예 포기를 했는지 좀체 꾸중하는 법도 없었고 오히려 여러 사람들 앞에서 '저놈은 이제 집안에서 포기한 놈이니 행여 잘못을 범하더라도 적절히 보상은 하겠으니 눈감아달라'는 공공연한 말까지 했다는 이야기도 돌았다.

금청만으로서는 이제야 아버지가 자신을 놓아준다는 생각에 깊은 생각도 없이 그저 기쁨에 젖었다. 어차피 아버지가 자신보다는 먼저 죽을 터이니 그 재산은 고스란히 자신의 손에 들어올 것이었다.

그때가 되면 정확한 재산을 파악하기도 불가능하다는 금릉전장의 막대한 유산은 고스란히 자기 손아귀에 들어올 터인데 공연히 사소한 일로 부자 간에 마찰을 빚어가며 얼굴을 붉힐 이유 없이 편히만 지내면 된다는 것이 그의 생각이었다.

듣기로는 자신을 되찾아오기 위해 아버지가 몇만 금을 썼다는 얘기도 있었지만 어차피 집안에 남아나는 것은 은자뿐이라고 생각하는 그로서는 별 관심이 없었다. 단지 자신이 악귀 같은 놈들의 손에서 풀려나 무사히 다시 돌아와 할 일(?)을 계속할 수 있다는 것이 중요했다.

그래도 자식이라고 아버지는 자신의 안전을 위해 특별히 세 명의 호위무사를 붙여주기까지 하는 통에 은근히 고마움까지 느끼고 있는 처지였는데, 놈들은 다방면으로 제법 쓸 만해서 계집을 후리는 일에까지 앞장세우고 다니는 형편이었다.

자신이 납치되어 있는 동안에도 물론 놈들은 자신의 집안 뒷배경을 의식했는지는 몰라도 수시로 계집까지 넣어주며 편하게 해주었다. 하지만 다시 남경으로 돌아와 자신이 직접 몰래 품평을 하고 나서 고른 계집을 해치우는 재미에 비할 바는 아니었다. 게다가 남궁가의 쌍봉인 설봉(雪鳳)과 적봉(赤鳳)을 만난 이후로는 웬만한 계집은 눈에 차지도 않았다.

"이제 안목을 넓히실 때가 되었다고 생각합니다. 이 근동에 괜찮은 여자들은 모두 거치셨으니 이제 북경 쪽으로 올라가 수준이 높은 계집들을 상대하실 차례가 아닌가 생각합니다."

독비(獨蚍)라 불리운 자였다. 세 명의 호위 중 다른 두 명은 말이 없었으나 독비는 금청만의 비위를 맞추며 계집 후리는 일에 앞장서는 자로, 그 솜씨는 금청만 자신도 인정하는 처지였다.

"그래, 나도 이제 남경 바닥에 쓸 만한 계집은 모두 손을 봤으니 흥미가 떨어지던 참이야. 이제 중원 전체로 무대를 넓혀볼 생각이었는데 네 생각도 그렇다니 이번 기회에 황도로 올라가 그곳 계집들 수준을 알아보는 것도 괜찮겠군."

금청만은 침상에 깔린 보료 위에서 옆 자리 계집의 육봉(肉峰)을 손으로 쓰다듬으며 말했다.

계집은 몰락한 진사 집안의 열여섯 살짜리 막내딸로 열흘 후면 결혼하려고 날까지 잡은 여자였으나 전장에 진 빚 때문에 협박에 못 이겨 몸을 허락할 수밖에 없었다. 아비는 곧 결혼할 딸자식을 금청만이 사흘만 데리고 있겠다는 말에 길길이 날뛰었으나 그렇지 않으면 빚 대신 딸을 노비로 데려가겠다는 말에 반드시 비밀을 지키겠다는 약조를 듣고는 마지못해 허락을 한 처지였다.

여자는 눈물을 흘리며 애원했으나 금청만은 전혀 개의치 않았다. 인물도 그리 뛰어나지 않은 그녀를 택한 것은 일부러 결혼을 앞둔 여자를 골라 울고불고하는 그런 모습을 만끽하려는 별난 악취미 때문이었다. 게다가 그쪽에서 먼저 비밀을 지키자고 하니 부담도 전혀 없었다.

첫날 반항하던 여자는 그의 능숙한 손길에 순식간에 사내 맛을 알아 이제는 오히려 그 짓을 즐기는 눈치라 금청만 쪽에서 오히려 시들해진 처지였다.

사내들 앞에서 자신의 가슴을 드러나게 하며 애무하는 금청만의 고약한 처사에 어쩔 줄 몰라 했지만 사흘이 지난 지금 그녀는 이미 모든 것을 체념했기에 어느 정도 익숙하게 이런 상황을 참아내고 있었다.

"알겠습니다. 곧 준비하겠습니다."

독비는 정중히 허리를 숙였다.

그런 그를 바라보던 금청만은 여자의 등을 그에게로 떠밀었다.

"넌 실을 떠나려면 고달플 터이니 너도 좀 휴식을 취하거라."

여자는 자신도 데려가겠다는 말인 줄 알고 미소를 띠었다. 하지만 그녀는 독비의 인사말을 듣고는 그 말이 자신에게 하는 말이 아니라 그에게 하는 말이라는 것을 알고는 망연자실했다.

"감사합니다."

독비는 여자의 손목을 잡고는 금청만 앞을 물러 나왔다. 여자는 금청만에게 구원의 눈길을 보냈으나 잔인하게 웃는 그의 웃음을 보고는 곧 체념했다.

금청만은 자신이 데리고 놀았던 여자들을 가끔 그렇게 독비에게 던져 주어 자신의 관용을 과시했다.

여자를 데리고 자신의 거처로 간 독비는 여자의 혼혈을 짚어 침상 위에 아무렇게나 버려두고는 방을 나섰다.

"흐흐흐. 금청만, 내가 네놈의 쓰레기나 치워주는 사람인 줄 알았더냐? 잠시만 참아주마. 네놈이 눈물을 흘리며 내 무릎 앞에서 매달릴 날이 머지않았다."

독비는 그 길로 장주의 거처로 갔다.

금태산이 무표정한 얼굴로 그를 맞았다.

"칠사형, 당장 내일이라도 떠날 수 있도록 북경으로 출발할 준비가 모두 끝났습니다. 금가의 자식놈에게는 북경의 수준 높은 여자들을 붙여주겠다고 꼬드겼습니다."

"팔사제, 모든 일은 교가장에서 전혀 눈치 채지 못하도록 해야 한다. 귀견수 삼십이 금청만의 수행원으로 따라갈 것이다. 아무쪼록 목적을 잊지 마라. 다섯째와 여섯째 사형도 곧 뒤를 따른다고 한다. 교평천은 그리 만만한 놈이 아니라고 들었다. 벌써 천주봉 주위에 무당파의 인물들이 눈에 띈다고 한다. 아무래도 교평천 그놈이 우리 정보를 무당산에 흘린 것 같다. 여우 같은 놈."

"칠사형은 이곳만 신경 쓰십시오. 북경은 대사형께서도 친히 나서신다고 하니 실수가 없을 것입니다."

"그렇겠지. 이만 물러가라. 행여 금청만 그놈이 눈치 채면 일이 시끄러워질 우려가 있다."

"놈은 이제 허접입니다. 설사 눈치를 챈다 해도 지금은 아무 소용이 없습니다. 이미 전장의 주요 업무는 우리가 모두 장악하지 않았습니까?"

"여덟째, 너는 그토록 대사형의 신임을 받던 넷째 사형이 이번 일에서 빠진 것을 보고도 느끼는 것이 없다는 말이냐? 자만심은 항상 화를 낳는 법이다. 금릉전장은 수백 년을 이어온 금가의 가업이다. 우리가 몇몇 중요 부서를 장악했다고는 하지만 어떤 변수가 생겨 거사에 방해가 될지 노심초사하고 있는데 너는 너무 수월하게 말하는구나."

금태산의 질책에 크게 마음이 상한 독비의 안색이 흙빛으로 변했다.

"칠사형, 죄송합니다. 제가 안목이 짧았습니다."

"흐흐흐, 너를 탓하자는 것이 아니라 큰일이라는 것은 천에 하나만 실수가 있어도 그 결과가 아무도 바라지 않는 엉뚱한 쪽으로 나올 수 있다는 것을 말하는 것이다."

금태산은 더 이상 대답도 들을 필요 없다는 듯이 한 손을 내저으며 나가라고 재촉했다. 독비는 아무 말도 못하고 얼굴만 붉힌 채 장주실을 벗어났다.

독비는 자신의 방에 들어와서도 화를 참지 못했다.

대사형까지 들먹일 일은 아니라는 생각이었다. 같은 동문의 사형제들 간이었지만 대사형은 격이 달랐다. 은연중에 대사형을 입에 올리는 것은 자신이 사형이라는 서열의 고하를 은근히 확인시켜 금릉전장 내에서 함부로 경거망동하지 말라는 뜻이 내포되어 있다는 것을 잘 알고 있었다.

만인지상 일인지하인 대사형은 은근히 사형제들 간에 경쟁심을 유발시켜 자신에 대한 충성심을 높이려 하고 있었다. 그것을 모를 리 없는 사형제들이지만 어쩔 수 없이 경쟁을 할 수밖에 없는 것이 현실이기도 했다.

자신과 일곱째 사형을 금릉전장에 보내 견제와 경쟁을 유발하려는 대사형의 의도에 넘어가는 것 같아 기분이 좋지 않았지만 그보다 더 참을 수 없는 것은 자신을 아랫사람 다루듯이 훈계나 하려는 일곱째 사형의 언행이었다.

어차피 교내의 서열은 사형 사제의 순서가 아니라 능력에 의해 좌우되고 그에 따라 권한이 주어지기에 자신은 바로 위인 일곱째와는 무공에서나 능력에 있어 조금도 뒤지지 않는다고 생각하는 그였다.

사형제들은 비밀리에 각각 한 가지씩의 서로 다른 무공을 연마했기에 비교해 볼 기회는 없었지만 일곱째 사형 천변인마(千變人魔) 목중요(睦仲僚)는 환술(幻術)은 대단할지 몰라도 무공은 별게 없을 것이라는 것이 그의 짐작이었다.

"놈, 언제 제대로 기회만 오면… 흐흐, 그때 가서는 이 독비단혼(獨匕斷魂) 학대지(鶴大指)의 손속이 잔인하다 원망해도 이미 늦는다, 이 놈."

말만 사형제지 외부의 적보다 더 무섭고 잔인한 경쟁자들이었는데, 교주 직계인 사형제들 중에서 대사형을 제외한 열 명의 사형제들은 언제 서로 뒤통수를 노릴지 몰라 전전긍긍하는 형편이었다.

교평천은 온 촉각을 사방에 깔린 산서 상방의 눈에서 날아오는 전서구의 소식에 집중했다.

천주봉의 정체를 무당파에 흘렸으니 지금쯤 그쪽에서도 자신의 짓이라는 것을 알고 무언가 반격이 있을 것이 틀림없었다. 그가 예상하는 반격은 장강 이남의 차와 곡물의 운송을 방해하려는 음모와 산서 상방의 주 수입원인 양주 염장(鹽場)에 대한 공격이었다.

차나 곡물의 운송에 대한 방해 공작은 산서 상방과 직접적인 충돌이 있을 일이 없고, 오히려 다른 상방과 마찰을 빚을 공산이 있기에 당분간 관망하며 대응책을 강구할 수 있겠지만 양주 염장은 달랐다.

양주 염장은 산서 상방이 직접 소금을 장악하고 있는 곳으로 관부와의 긴밀한 유대 관계를 확고하게 다지는 외에 염장을 지키기 위해서 이미 수십의 고수들을 파견해 놓고 있었다.

"방금 들어온 소식입니다. 금태산의 아들인 금청만이 호위무사 수십을 대동하고 북경을 향해 출발했다는 연락이 왔습니다."

어디선가 목소리만 들려왔다.

"금청만? 금가의 개망나니 아들놈 말이냐?"

"그렇습니다. 남경에 떠도는 소문에 의하면 북경의 수준있는 계집들을 품어보겠다며 작정하고 떠난 길이라고 적혀 있습니다."

"후후후, 뭔가 흑막이 있구나. 아들놈의 행실이 좋지 않아 아비가 남경을 떠나지 못하게 한다는 말이 있었지 않느냐? 아무래도 냄새가 나. 지난번 천주봉 놈들이 금릉전장에 손을 쓴 것 같다고 하지 않았느냐? 게다가 돈을 주고 풀려났다는 아들놈의 갑작스러운 북경으로의 엽색행각이라⋯⋯."

"그렇습니다. 철저하게 준비를 시키겠습니다. 그리고 북경성의 각 성문에서는 최근 무림인으로 보이는 의심스런 자들이 성안으로 많이 들어왔다는 보고가 있습니다. 일단 미행은 붙였지만 아직 특별한 움직임은 없다고 합니다."

"거추장스럽게 변방을 쳐서 변죽만 울리느니 내 목을 직접 따겠다는 심보인가? 크하하핫! 이 교평천을 너무나 쉽게 보고 있구나."

교평천은 탁자의 모서리에 손을 얹고 지그시 눈을 감았다.

"음, 아니야, 아니야. 그렇게 단순한 얕은꾀를 쓸 놈들이 아니다. 뭔가가 있다."

그는 말없이 창밖을 내다보았다.

'무엇을 노리는가?'

쉬운 답이 나오지 않았다.

'금청만에게 정신을 팔게 하고 양주를 넘보겠다는 것인가? 아니면 허허실실(虛虛實實), 금청만의 호위들이 진짜인가?'

하지만 용담호혈의 교가장을 치기에는 턱없는 숫자였다. 적어도 일류고수 백여 명 이상은 되어야 흔들릴 기미를 보이는 것이 교가장이었다.

게다가 이곳이 어딘가? 대명의 황제가 있는 황도가 아닌가? 관부에 거미줄처럼 줄을 대고 있는 자신을 친다는 건 계란으로 바위를 치는 형국이었다.

설령 공격을 받더라도 손이 부족하면 관부에 연락하면 될 일이었다. 그동안 은밀히 손을 써둔 동창의 제독태감이 동창이며 금의위 고수들을 구름같이 몰고 와 자신을 도울 것이었다.

'그렇다면 양주인가?'

광동 상방의 총행두 위진해(偉振海)는 욕심이 많지만 그 못지않게 심기도 깊다고 알려진 인물이었다.

'내가 그라면?'

교평천은 머리를 싸맸다.

중원천하의 상권을 두고 싸우는 일전이기는 하나 두 상방의 기세로 보아 한번 밀리면 아마 당한 쪽에서 다시 일어설 기회를 잡기란 어려울 것이 분명했다.

'내가 그라면?'

……!!

'그렇지! 단숨에 숨통을 끊어버리려 할 것이다! 일패도지(一敗塗地)를 당하게 만들어 다시는 중원 상계에 이름을 올리지 못하도록 할 것이다.'

이제야 놈들의 의도를 알 수 있을 것 같았다.

'염장은 잃어도 다시 찾을 수 있고, 상권을 빼앗기면 다시 찾아오면 그뿐, 몸뚱이에 상처를 입은 뱀은 다시 살아날 수 있어도 머리가 잘리면 그걸로 끝이다.'

쾅!

교평천은 탁자가 부서져라 하고 주먹으로 내려쳤다.

이마에 핏줄이 새파랗게 올라오며 불끈거렸다.

"암천(暗天)을 불러라! 양주 염장의 상검수도 절반은 본가로 뺀다. 회관의 중요 서류는 모두 비밀 창고에 숨겨 철저히 은닉해라. 최대한 자금의 이동을 억제하고 상단의 상행도 자제한다. 당분간 새로운 사업은 없다. 팽가장과 흑방의 남은 쓰레기들도 모두 투입한다. 화기는 모두 끌어 모으고 장원의 외곽에 기관진식도 추가로 설치한다."

교평천은 단숨에 명령을 하달했다.

평소에 수십 번도 더 생각해 둔 방책들이었다. 착오가 있을 수 없었다.

"존명!"

교평천은 다시 생각에 잠겼다.

'하지만 먼저 도발을 해올 놈은 아닌데…….'

위진해도 생각이 깊은 자니 함부로 결과도 확실치 않는 용호상박의 싸움을 먼저 걸어올 공산은 낮았다. 자신이 너무 조심하고 있는 것은 아닌지 하는 생각이 들었다. 하지만 천려일실의 실수를 범하고 싶지는 않았다.

　교평천은 요월선자를 찾았다.

　기관진식은 그녀의 담당이었다.

　원래 그녀를 첩으로 삼은 것은 천주문(天柱門)의 계승자인 그녀의 재간을 탐냈기 때문이지 여자로서의 매력을 느꼈던 것은 아니었다.

　천주문은 기관진식에 있어 중원제일가로 이름이 높았으나 오래전에 자취를 감추어 지금은 그 존재조차 잊혀지다시피 한 문파였다.

　자신도 우연히 요월선자가 천주문의 전인이라는 것을 알게 되어 자신의 첩으로 삼았다. 오랫동안 음지에서 지내며 정착하지 못했던 그녀에게 중원제일상가 가주의 안사람이라는 유혹적인 지위는 막강한 위력을 발휘했다. 비록 교평천의 나이가 십오 년이나 연상이었지만 그 정도는 그리 드문 일이 아니었다.

　첩으로 들어온 그녀가 상가의 진정한 안주인으로 행세할 수 있었던 것은 위로 출가한 딸만 넷이나 있는 그에게 아들을 안겼기 때문이었다.

　또한 교가장 내에서 요월선자의 정치력은 남달랐다.

　그녀는 자신이 키우던 예쁜 제자들이 나이가 차면 장원 내의 핵심 인물들에게 인심을 쓰듯이 보내 버렸다. 하경 등이 그녀를 배신하고 청수원을 떠난 것도 제자들을 마치 선물처럼 상납하는 그녀의 태도에 염증을 느꼈기 때문이다.

　요월선자는 자신을 찾은 교평천의 안색을 보고 뭔가 엄중한 사태가 일어나고 있음을 짐작했다.

　"부인, 각종 기문진을 더욱 강화시켜 주시오."

교가장 안은 안내를 받지 못하면 곳곳에 펼쳐진 각종 기진(奇陣)의 함정에 빠져 헤어날 수 없는 곳으로 용담호혈과 같았다. 기문진을 강화시켜 달라는 요구는 강적의 침입이 예상된다는 말이었다.

"무슨 위험한 일이 생겼나요?"

"아무래도 광동 상방의 공세가 보통이 아닐 거라는 생각이 문득 듭니다. 준비를 단단히 해야겠다는 생각이오. 암천으로 연락을 보냈소. 염장으로 파견한 고수들도 불러 모았고."

"암천까지?"

교평천에게 소중한 것이 있다면 요월선자가 오자마자 낳아주어 이제 십오 세가 된 아들 교본성(喬本晟)과 요월선자 두 사람뿐이었다. 밤마다 사랑을 주고 교가장의 후계까지 낳아준 그녀에게 말 못할 비밀이라고는 없었다.

"당신이 그 정도로 신경 쓰는 것을 보니 광동 상방의 세력이 대단한가 보군요. 걱정 마세요. 확실하게 준비해 놓겠어요."

요월선자는 살며시 교평천에게 다가가 품에 안기며 말했다.

"본성이는 방에 있소?"

힘든 싸움을 목전에 둬서 그런지 문득 아들의 얼굴이 보고 싶어졌다.

"또 외당으로 나갔답니다. 요사이 병부시랑의 딸아이와 가까이 지내는 것 같더군요."

"허허허, 벌써 그렇게 되었나?"

머지않아 손자를 안아볼지도 모른다는 생각에 교평천은 잠시 눈앞의 현실도 잊은 채 모처럼 아비로서의 즐거운 상상에 사로잡혔다.

"하경의 행방은 찾았나요?"

"아무래도 바다에서 일을 당하지 않았다면 국외로 달아난 것 같소. 각 항구마다 철저하게 감시했지만 벌써 몇 달째 행방이 묘연하기만 하니 그런 생각이 드오."

"다른 아이는 몰라도 하경 그 아이는 안 되는데……."

요월선자가 울적한 표정을 지었다.

"당신이 아직 젊으니 다시 제자를 받도록 하시오. 내가 자질이 좋은 아이를 한번 수소문해 보리다."

교평천은 그녀의 안색이 좋지 않자 얼른 위로의 말을 건넸다.

하경은 요월선자가 공을 들여 키운 수제자였다. 남다른 재지가 있어 그녀의 모든 진전을 이어받았다고 해도 과언이 아니어서 천주문을 다시 일으킬 재목으로 키울 생각이었다.

그렇다고 제자만 탓할 수도 없었다. 자신이 생각해도 사부로서 크게 잘한 것은 없다는 걸 잘 알고 있었다. 하지만 한구석에서 일어나는 꽤 씸한 마음만은 어쩌지 못했다.

제4장 약동하는 동가장(董家莊)

남우선의 하루하루는 날마다 즐거움으로 가득했다.

늘그막에 자식같이 가르쳤던 무영의 행방이 묘연한 마당에 즐거움이 가득하다면 이상한 말이지만 그는 무영이 틀림없이 어디엔가 살아 있을 것이라는 절대적인 믿음을 가지고 있었다. 그동안 놈이 해온 짓거리를 곰곰이 생각해 보면 비상한 머리를 가진 녀석이니 죽지는 않았을 것이 틀림없다는 생각이었다.

"절대 쉽게 가버릴 놈은 아니야. 암, 그렇고말고."

무영 녀석의 잔대가리는 당한 사람이 옴짝달싹 못하게 옭아매거나 먼 훗날 시간이 흘러야 알아챌 정도였다.

방구석에서 책을 마주하고 씨름을 하거나 가끔 벗들을 초대해 학문과 한담을 나누는 기쁨도 상당했지만 젊은애들을 모아놓고 무공을 가르치는 일에 몰두하노라면 자신도 젊어지는 느낌이 드는 것이 마치 회춘을 하는 기분이었다.

그렇지 않아도 가장 절친한 벗 장자맹의 죽음으로 의기소침했었는데, 지금의 일은 인생의 새로운 목표를 찾은 것 같았다.

요즘처럼 재미있게 인생을 보낸 적은 없었다. 그의 무공 교수법은 원래가 좀 독특한 면이 없지 않았지만 머리 속 깊은 곳에 숨겨져 있던 진정한 재능은 동가장에서 아낌없이 발휘되고 있다고 해도 과언이 아니었다.

남우선의 개세적인 '학문적 무공 지도'가 무영의 사춘기를 지독히도 슬프게 하였듯, 동가장에서의 남우선은 나름대로 피교육자들이 영원히 잊지 못할 새로운 지도법을 창안했다.

사실 무공 사범이 된 것도 그의 희망 사항이 아니었지만 새로운 지도 방법인 '생활 속의 무공 수련법'도 어쩔 수 없는 상황 하에서 만들어낸 고육지책이었다.

누구 하나 뒤를 밀어주는 사람 없는 고립무원의 곤륜파는 은자를 벌어 생활해 가며 무공을 배워야 했다.

여러 가지 방안이 제기되었는데, 그중 유력한 것이 상인들의 보표를 해주는 것이었다. 하지만 거래 관계를 맺은 섬서 상방의 영업이 워낙 부실해 도통 의뢰가 들어오지 않았다. 그도 그럴 것이, 이제는 이름만 거창한 섬서 상방이지 사실 상방이랄 것도 없는 서안(西安)에서 온 상인 몇십에 여기저기에서 모인 패잔병 같은 섬서 상인 몇 십이 전부였고 그나마 지금도 영 시원치 않아서 제대로 된 장사를 하지 못하고 있었다.

지금 섬서 상방의 재력은 지난번 무영이 염인으로 사기를 쳐서 몇만 냥 모아준 것에 상인들이 준비한 약간의 은자가 밑천의 전부라 해도 과언이 아닐 정도였다.

학관에서 나오는 자금이 있기는 하지만 무영의 생사가 불명인 상황에서 주인의 허락도 없이 함부로 쓸 수 없다는 것이 대부분 사람들의 생각이었다. 선문학관은 무영의 개인 재산이 아닌가?

풍요립 등을 비롯한 장문인과 호법들이 몇 날을 모여서 머리를 짜보아도 마땅한 방법이 없어 곤륜파 문인들이 모두 품팔이라도 나서야 할 형편이었다.

"허어, 이거 선생님을 무술 사범님으로 모셔놓고… 정말 죄송하게 되었습니다. 아무래도 당장 호구라도 하려면 문인들을 일터로 내보내야 할 것 같습니다."

풍요립의 말에 남우선은 순간적으로 그 뜻을 이해하지 못해 어벙한 표정을 지었다.

그래도 문파라고 세웠으면 어느 정도 비축된 여유 자금이 있어 생활에는 불편이 없을 줄로만 알았는데 이렇게 호구까지 걱정하게 될 줄은 전혀 예상치도 못했었다.

"그래도 한 사람이 하루에 동전 사오백 문은 벌어올 테니 그런데로 남아 있는 몇천 냥을 아껴서 쓰고 벌어들이는 것을 조금씩 보탠다면 반년은 버틸 것 같습니다."

풍요립은 연신 계면쩍은 표정을 지으며 얼굴을 마주하지 못했다.

'정말 한심한 사람들이군.'

삐까번쩍하는 요란한 내부 건물을 짓고 기관을 설치하는 등 엄청난 자금이 들 때에는 눈도 꿈쩍 않던 사람들이 몇 달도 못 되어 호구 걱정을 해야 한다니… 누가 들어도 기가 찰 노릇이었다.

"그럼 문인들 무공 연습은 시키지 않을 셈입니까?"

"사정이 이러니 어쩌겠습니까? 동가장을 구입하고 보수하는 데 든 비용이 예상의 두 배 가까이 되는 바람에 어쩔 수 없이 그리되었습니다."

"그럼 소요 자금도 예상치 않고 공사를 진행하셨다는 말씀이오? 허."

남우선이 기가 막히다는 듯이 되물었다.

"그런 것이 아니라 공사를 하면서 이것저것 욕심나는 것을 조금씩 추가하다 보니 그렇게 되었습니다. 그리고 무엇보다도 관아에서 세금을 무겁게 물려 예상치 못한 은자가 많이 들어갔지요."

"허, 이제부터 본격적으로 가르치려 했는데……."

남우선이 그동안 가르친 것은 오다가 허름한 책방에서 은자 한 냥에 구입한 입문서를 교본으로 해서 가르친 것으로, 강호에서 흔히 초보자들이 어설프게 펼치는 횡소천군(橫掃千軍)이나 직도황룡(直道黃龍) 등 널리 알려진 초식만 죽어라고 연습시킨 형편이라 불만이 많다는 것은 그도 잘 알고 있었다.

그러나 무공 입문서의 중요함을 이미 무영을 통해 톡톡히 효과를 본 남우선인지라 일단계 훈련용으로 선택한 것이었다.

사실 성과는 상당히 거두었다. 쉬운 초식만 가르친다고 엉성하게 따라 하던 제자들은 갈고닦은 초식이 아름드리 나무를 잘라내고 황룡을 베어버릴 듯 허공을 찢는 검풍이 사방을 울릴 정도가 되자 내심 흡족해하기는 했다.

하지만 이제는 다음 수련의 단계로 넘어갈 차례였다.

모처럼 곤륜의 검장 초식을 연구해 가며 교재까지 준비했는데 제자들이 모두 일꾼으로 가야 한다니 맥이 탁 풀리는 것이 그저 허탈하기만 한 그였다.

다음날부터 제자들은 항주 성안으로 일거리를 찾아 새벽부터 길을 떠났다가 밤이슬을 맞을 때가 되어야 돌아왔다. 그나마 일거리라는 것이 항상 대기하고 있는 것이 아니어서 삼 분지 일 가량은 빈손으로 오기 일쑤였다.

그나마 불만은 없다는 것이 다행이었는데, 용호문 출신의 제자들은 예전부터 했던 일이라 그러려니 했고, 풍요립을 따라온 사람들 또한 조상 대대로 내려오던 염원을 이루는 일이니 당연히 몸 바쳐 해야 할 일로 받아들였다.

남우선은 고뇌했다.

사실 그야 햇수만 채우고 제 갈길 가면 그뿐이지만 그렇게 한다는 것은 자존심이 허락하지 않았다. 그는 품속에 종이 한 장을 꺼내 들었다. 무영이 남긴 봇짐에서 찾은 것이었다.

돈을 벌게 해가면서도 빨리 무공을 가르쳐야 하는 문제를 두고 며칠을 두문불출하던 그는 어느 날 자신의 방을 나서 용호문 출신의 제자들을 찾아다니며 이것저것 묻고 다녔다. 별것 아닌 질문만 하고 다녀 할 일이 없어 사람이 실없어졌다는 말까지 들어가면서. 가끔 밖으로 출타를 하기도 했는데 그저 바람이라도 쐬고 다니나 보다 해서 행선지를 묻는 사람도 없었다.

며칠 후 그는 풍요립에게 건의했다.

원공돈을 놀이공원으로 만들자는 것이었다.

"아니, 투자를 이천 냥은 해야 한다니요? 그러고 나면 우리가 가지고 있는 은자가 몇백 냥도 남지 않을 터인데 일이 잘못되면 쪽박을 차야 하지 않습니까?"

풍요립이 황당하다는 듯 되물었다.

"어차피 반년 후면 차야 할 쪽박인데, 그래도 자금이 조금이라도 남아 있을 때 뭔가를 해봐야 하지 않겠습니까?"

처음에는 황당하게 들리던 남우선의 말도 듣고 보니 그럴듯했다. 사실 일 년 후에는 어떻게 살아야 할지 막막했다.

그동안 촌락에서 살던 곤륜 문도들의 가족까지 모두 동가장으로 거처를 옮겼기에 수백 명이 하루에 먹어치우는 양만 해도 엄청났다.

겉만 번듯한 건물을 끌어안고 속을 끙끙 끓이는 수뇌부의 속사정을 모를 사람이야 없겠지만 그렇다고 아랫사람들에게 떠벌리고 다닐 수도 없었다.

그 문제를 두고 간부들 간에 갑론을박이 벌어졌다.

"까짓것, 해보지요 뭐."

"어차피 반년 후에는 장원을 팔아야 할지도 모르지 않습니까?"

"그냥 기다리고 있으면 우리한테 어떤 놈이 은자를 그냥 준답니까?"

하는 것은 주로 젊은 층의 의견이었고,

"일이 잘못되어 그나마 있는 은자를 하루아침에 몽땅 날리고 알거지로 나앉으면 그때는 어떡합니까? 한 반년 기다리는 동안 무슨 수가 생기지 않겠어요?"

"남우선 선생님은 책만 읽던 분인데 무슨 일을 벌인다는 겁니까?"

하는 것은 장년층의 의견이었다.

결국 장문인이 최종 결론을 내려야 했는데 풍요립으로서도 결정이 쉽지는 않았다. 그가 최종 결심을 하게 된 것은 남우선이 준비한 사업계획서를 보고서였다.

一. 진흙 뻘 원공돈에 국화, 매화, 목련, 홍련, 백련 등을 심어 경관을 아름답게 꾸민다.

二. 연무장를 만들어 제자들이 무공을 훈련하는 광경을 유람객들이 구경할 수 있게 한다.

三. 재인(才人)들을 몇몇 고용해서 볼거리를 제공한다.

四. 연인들이 주위의 시선을 받지 않고 소호의 풍경을 감상하며 사랑을 나눌 수 있는 공간을 마련한다.

五. 시인묵객들이 차를 마시며 담소를 나눌 수 있는 다관(茶館)을 운영하며, 다관에는 차박사(茶博士)를 두어 차에 대한 전문적인 지식을 알려주고 천하의 각종 진귀한 차를 맛볼 수 있는 항주의 명소로 꾸민다.

六. 소선을 몇 척 구입하여 유람객들이 뱃놀이를 즐길 수 있도록 한다.

"흠, 그럴듯하군."

풍요립이 사업 계획서를 보고 느낀 생각이었다.

사람만 좋고 우유부단하다는 평을 듣는 그였지만 재정이 바닥을 보이는 상황에서 앉아서 쪽박을 기다리는 것보다 쩍 소리라도 하고 죽는 것이 낫겠나는 판단이 섰다.

"본 장문인은 한 번 시도해 볼 만한 계획이라는 생각이 드오."

장문인이라는 대목에 힘을 주니 반대하던 사람들도 더 이상 입을 떼지 못했다.

다음날부터 제자들은 산을 뒤져 진기한 꽃나무들을 캐다가 원공돈으로 날랐다. 물론 꽃나무를 살 수도 있었지만 은자를 아끼기 위한 당연한 선택이었다.

뿐만 아니라 각지로 사람을 보내 유명한 찻잎을 사게 했다. 그것도 다리품을 팔아서 현지까지 사람이 갔다 오는 것이 항주에서 구입하는 것보다 훨씬 쌌기 때문이었다.

남우선은 천하의 유명한 차는 두루 섭렵하고 있었다.

노응차(老鷹茶), 천녀고정차(千年苦丁茶), 화모봉(花毛峰), 우롱철관음(烏龍鐵觀音), 벽담표설(碧潭飄雪), 서호용정(西湖龍井), 군산은침(君山銀針), 국화차(菊花茶), 아미모봉(峨眉毛峰), 황산모봉(黃山毛峰), 박하량차(薄荷凉茶), 사계홍차(四季紅茶), 화기삼차(花旗參茶), 입돈홍차(立頓紅茶), 벽라춘(碧螺春), 무이암차(武夷岩茶), 안계철관음(安溪鐵觀音), 계화차(桂花茶), 매괴화차(玫瑰花茶), 화다기홍(柚花茶祁紅), 전홍(滇紅), 민홍(閩紅), 의홍(宜紅), 저홍(宁紅), 호홍(湖紅), 월홍(越紅) 등 셀 수 없을 정도였는데 그가 말한 차를 사기 위해 제자들의 절반이 투입되었다.

'젠장, 그 양반 유명한 학자라더니 혹시 전공이 차(茶)였나?'

길을 떠나는 몇몇 제자들이 의문을 품기까지 할 정도였다.

각지에 있는 재인들도 몇 명 포섭하였는데 그들은 감일웅의 의견에 따라 졸지에 곤륜파에 입문이 허락되었다. 인건비를 아끼려는 고뇌에 찬 결단이었다. 그러한 원가 절감 정책에 따라 배를 만들 줄 아는 목수 몇 명과 차박사도 조촐한 입문식을 가질 수 있었음은 물론이다.

당초에 이천 냥 이상의 경비를 예상했던 것과는 달리 의외로 은자 오백 냥에도 못 미치는 금액으로 기대했던 것보다 더 많은 차와 건물, 그리고 배가 준비되었다. 두 달 만이었다.

남우선은 새로운 규칙을 발표했다.

―차를 사 오는 당번은 경공술이 미숙한 제자들 중에서 선발한다.

―나무를 하는 당번은 검술이 부족한 제자들이 맡는다.

—벌채한 나무를 산에서 끌고 오는 당번은 근력 강화가 필요한 제자들이 한다.

—원공돈 연무장에서 시범을 보일 제자는 기초 무공 훈련이 필요한 제자가 맡는다.

—무공의 성취가 빠른 우수한 제자들은 장원 내에서 곤륜파의 진산절예를 배우며 잡무를 처리한다.

—윗사람에 대한 공경이 부족한 제자는 손님을 모아오거나 접대를 하는 일을 맡는다.

동가장에 활력이 넘쳤다.

어려운 일을 맡지 않으려는 제자들의 몸부림은 늦은 밤까지 계속되었는데, 낮에는 주어진 할당량을 채우는 등의 일과 때문에 무공을 연습할 시간이 별로 없었기 때문이다.

특히 제자들이 주로 연마하는 것은 곤륜파 비전의 경공인 답설무흔(踏雪無痕)이었다. 경공을 게을리 했다가는 졸지에 찻잎을 사러 먼 길을 떠나야 했기 때문이었는데, 경비도 거의 주지 않았고 주어진 날짜 안에 돌아와야 했기에 모두들 가장 싫어하는 일이었다.

원공돈에 마련된 연무장에서 여러 유람객을 모시고 횡소천군 등의 기초 무공 훈련 과정을 시범 보여야 하는 일도 기피 대상이었는지라 모두들 기초 무공도 게을리 하지 못했다.

동령(銅鈴:아령)을 드는 일도 열심이었다. 높은 산에서 나무를 끌고 내려온다는 것도 결코 쉬운 일이 아니었기 때문이다.

제자들의 실력은 일취월장했다.

공식적인 교육은 이른 아침 한 시진의 가르침밖에 없었지만 모두들

자발적으로 틈만 나면 연습에 열심이었기에 실력은 하루가 다르게 팍팍 늘어갔다.

원공당 건달들의 소굴이라고 소문이 났던 원공돈에 유람선이 떠다니는 것이 서호를 찾은 항주 사람들의 눈에 띄었다. 하지만 소풍을 나온 유람객들은 아직도 섬을 방문하는 것을 꺼렸다.

감일웅은 항주에 조그만 점포를 하나 빌렸다.

원공돈을 찾을 유람객 모집을 위해서였다.

접객을 맡은 제자들은 없는 살림이지만 옷감을 새로 구입해서 깨끗한 단체복으로 차려입고 유람객을 모집했다.

"자, 오세요, 오세요! 원공돈에 오시면 각종 진기명기는 물론이고 각종 천하의 명차(名茶)를 맛보실 수가 있습니다. 뱃놀이를 즐기실 분을 위하여 유람선이 마련되어 있고 용호문의 무공 훈련 과정을 구경하실 수도 있습니다!"

곤륜파의 이름을 내걸 수 없기에 용호문을 팔았다.

"보지 않으면 후회합니다! 아름답게 꾸며진 섬을 구경 오십시오!"

재인 한 명이 투입되어 요란한 북과 피리를 앞세워 각종 묘기를 선보이며 사람들의 눈길을 끌었고 제자들은 목청껏 소리 높여 손님들을 불러모았다.

곤륜파의 사활이 걸린 일이었다.

모집하는 제자에게는 최소한의 유람객 유치 할당량이 정해져 있어 그 수를 채운 사람은 다음날 모집인에서 제외가 되었기에 망신스러운 일을 어서 그만두고 싶은 제자들은 필사적이었다.

"거기는 원공당이라는 건달패가 있지 않았소?"

"몇 달 전에 지나며 보니 몇 년 전 홍수 때 섬을 덮은 진흙이 그대로 있던데……."

"그곳에 무슨 볼거리가 있겠소?"

사람들 중 반신반의하며 이것저것 묻는 사람들도 적지 않았지만 그동안 서호를 찾은 유람객들은 소선을 타고 소호를 오가며 원공돈에서 큰 공사가 벌어진다는 것을 소문으로 들어 알고 있는 경우가 많았다.

꺼리던 사람들이 몇 명씩 섬을 찾기 시작했다.

아름답게 꾸민 섬에는 각종 볼거리는 물론 빙당호로를 비롯한 단과자를 파는 행상이며 좌판 행상 등이 자리를 잡았다. 그들은 물론 곤륜 제자들의 식솔들임은 너무도 당연한 일로 누구든 섬에 와서 은자를 쓰고 가면 고스란히 감일웅의 주머니 속으로 들어간다는 뜻이었다.

첫날 손님은 십수 명에 불과해 유람객들보다 상인들의 수가 훨씬 더 많았지만 그날 저녁 결산대에 앉은 감일웅은 오십 냥에 이르는 은자를 세고 또 세며 눈물을 흘렸다.

"열흘이면 본전은 빠진다."

하루하루가 갈수록 손님들의 수는 두 배, 세 배로 늘었다 열흘쯤 지나자 날마다 일이천 이상의 유람객은 기본이었고 모처럼 바람을 쐬러 나온 사람들은 일 인당 은자 몇 냥씩은 쓰고 갔기에 유람선과 다관의 자리가 모자랄 정도여서 감일웅은 최근에 번 은자는 모두 건물을 새로 짓는다거나 이 인용 소선을 만드는 등에 재투자하고 있는 형편이었다.

특히 남우선이 직접 설계하고 이름까지 원앙선(鴛鴦船)이라 명명한 이 인용 소선은 외부와 상당히 차단되도록 설계되어 호수 한적한 곳에서 배를 띄우면 안에서 무슨 짓을 해도 모를 정도였기에 연인들에게 무척 인기가 있었다. 반 시진의 대여료가 은자 두 냥에 이르렀지만 배가 모자라 번호표를 발급해 순서를 정할 정도였다.

"흘흘흘, 하루 만에 배 만드는 비용이 착착 빠지니 만들면 돈이라는 말이 실감나는구나. 이 기회에 아예 이 길로 전업해 버려?"

감일웅은 찢어지는 입을 다물지 못했다.

재건당주라는 중책에도 불구하고 동가장 한구석에 있던 그의 초라한 한 칸짜리 방은 조그만 정원까지 달려 번듯하게 새로 지어진 널찍한 원공돈 집무실로 옮겨졌고 직속으로 회계 담당, 건축 담당, 인사 담당 등의 단주를 셋이나 거느려 문파에서 가장 막강한 힘을 과시했다.

"당주어른, 오늘도 입이 귀에 걸리셨군요."

"어제저녁에는 은자를 몇 천 냥까지 세셨는지요?"

감일웅이 늘상 받는 인사말 중의 하나였다.

그러나 그보다 더 존경받는 사람이 있었으니 바로 남우선이었다.

"허어, 평생 서탁 앞에서 책만 읽으실 줄 알았더니 선생님께 그런 상재(商材)가 있는 줄은 꿈에도 몰랐소이다."

"제자들의 무공이 하루가 다르게 늘고 있습니다. 어떻게 감사의 말씀을 드려야 할지 모르겠군요."

풍요림을 비롯한 성낙훈, 종리강 등 간부급들은 남우선에게 절대적인 존경심을 보냈다. 다른 문도들 앞에서 어깨에 힘을 주는 감일웅도 남우선 앞에서는 허리가 확실하게 꺾어졌다.

'음, 이거 자백을 해야 하나? 에이, 더 버텨보지 뭐. 아직 어디에서 봤다는 사람도 없는데.'

양심수(?) 남우선은 오락가락했다.

'아냐, 이대로 가다가는 나중에 개망신을 당할 수도 있는데. 애초에

밝혔어야 했는데 무슨 영화를 보겠다고 그걸 숨겨서… 에잉, 이래서 늙으면 죽어야 한다니까.'

별의별 생각이 다 들었다.

정작 모두의 존경을 한 몸에 받고 있는 그였지만 남에게 말 못할 고민에 빠져 필요한 경우가 아니면 가급적 출입을 삼가고 거처를 벗어나려고 하지 않았다.

'휴, 자칫 잘못하다가는 개망신을 당하게 생겼으니……'

남우선은 안절부절못하며 뒷짐을 지고 방 안을 오락가락했다.

그런 남우선을 눈여겨보는 사람이 있었다.

바로 백문호였다.

그의 방은 글쟁이들끼리 같이 지내라는 풍요립의 배려로 한 건물 내에서 남우선과 방을 마주하고 있었다.

갑자기 출입이 뜸해진 남우선에 대해 궁금하게 여기던 백문호는 벌써 며칠째 수상쩍은 행동을 보이는 그를 열려진 창을 통해 여러 번 목격하게 되었다.

'뭔가 있어.'

마치 그 옛날 자신이 빚쟁이들이 찾아오는 날에 보였던 바로 그 증세였다.

'음, 뒤가 구린 데가 있다 이건데……'

그는 더욱 유심히 남우선을 관찰하다가 밀려오는 호기심을 도저히 이기지 못하고 남우선이 좋아하는 국화주(菊花酒)를 준비해 그의 방을 찾았다.

"허허허, 선생께서 요새 자주 나오시지 않기에 오랜만에 같이 술이라도 한잔하려고 찾았습니다."

"허이구, 뭘 이런 것을."

국화주 보는 순간 남우선은 잠깐 고민을 잊었다. 그러고 보니 술맛을 본 지도 꽤 된 것 같았다.

이런저런 얘기를 하며 술잔을 나누다가 술동이가 거의 비어갈 무렵 백문호가 슬쩍 말을 돌렸다.

"그런데 요사이 걱정이 계신 것 같더군요."

"거, 걱정은 무슨… 험, 험."

"허허허, 제가 수십 년을 겪어봐서 압니다. 걱정거리가 있는 사람은 얼굴에 그렇다고 써 있거든요."

"내, 내 얼굴이 그렇게 보이오?"

"입으로 거짓말하기는 쉬워도 얼굴에 나타나는 것은 웬만큼 경지에 오르지 않으면 숨기기가 쉽지 않지요."

"험, 험."

백문호의 말에 남우선은 연신 헛기침만 해댔다.

'옳거니! 뭔가 있기는 있구나.'

먹여주고 재워주는 데다 장사가 잘된다고 용돈까지 수월찮게 나오는 편이니 자신의 과거처럼 금전 문제는 아니었다.

'그렇다면…….'

"그래도 서로 알게 된 지는 꽤 되었다고 생각했는데 제게까지 비밀로 하시는 것이 있다니 좀 섭섭하군요."

"험, 그, 그래서 그런 것이 아니라… 험, 험."

"기쁨은 나눌수록 커지고 고통은 나눌수록 작아진다고 들었습니다. 혹시라도 제가 도움이 될 일이 있으면……."

백문호는 은근히 남우선의 눈치를 보며 물었다.

"험, 그, 그게……."

"제가 이래 보여도 입 하나는 무거운 사람이라는 것을 잘 알고 계시지 않습니까?"

"그, 그게 아니라 좀 민망한 일이 돼놔서, 험."

"그런 일은 대개 민망스러움을 동반하곤 하지요."

'음, 여자 문제군.'

"그, 그런가요?"

"그렇지요."

"사, 사실은… 허, 이것 참 어쩌다 내가……."

'음, 틀림없군.'

백문호는 얼굴까지 붉혀가며 말을 더듬는 그를 보고는 자신의 예상이 맞았음을 직감했다.

"혹시 근동에 사는 과수댁 중에 마음에 드는 여자가 있으면, 험, 제가 다리를 놔드릴 수도 있습니다. 그거야 사내로서 의당 있을 수 있는 일이니… 험."

모처럼 월하노인(月下老人)이라도 되어볼 양으로 짐짓 그렇게 말했다. 아직 장가도 가보지 않았다니 얼마나 여자가 그리웠으면 그 나이에… 하기는 늦바람이 더 무서운 법이라는 말을 들은 적이 있는 것 같기는 했다.

"예끼, 여보슈."

남우선은 터무니없다는 듯이 펄쩍 뛰었다.

'이키, 잘못 짚었구나. 고잔가?'

가당치 않다는 반응에 백문호가 다시 머리를 굴리고 있는데 남우선이 열을 냈다.

"아무리 내가 이 나이에 여자를 찾겠소? 공연히 말이라도 날까 무섭소그려. 험, 험."

"그렇다면 대체 무슨 고민입니까?"

백문호가 날카롭게 다시 물었다. 어영부영 두루뭉실 넘어가면 궁금증이 쌓여 오늘 밤 잠이 올 것 같지 않았다.

"휴, 이렇게 된 바에야 내가 뭘 속이겠소?"

"그렇지요. 서로 속여서는 안 되지요."

"에잉, 무영이 그놈은 눈앞에 없어도 사람을 골치 아프게 하니……."

"아니, 장 공자가 무슨 못된 짓이라도?"

"사실 따지고 보면 그놈 잘못은 아니지요, 다 내가 자초한 일이니."

백문호는 무슨 말이 나오나 하고 남우선의 입만 지켜보았다.

"지난번 원공돈 사업 계획서 말이오, 그게 사실은 내 작품이 아니라 무영이 그놈이 만들어놓은 거라오."

"예? 아니, 그럼 무영 공자가 돌아왔다는……."

"그게 아니고, 지난번에 실종된 현장에서 남괴가 주워 온 무영이 녀석의 보퉁이를 뒤져 보니 그런 것이 있더란 말이오."

"아니, 그럼 원공돈 종합 개발 계획이 애초에 장 공자가 계획했던 일이라는 말씀입니까?"

"그게 그렇게 됐소."

"그럼 장 공자가 남긴 보퉁이를 몰래 뒤져서?"

"몰래 뒤진 것이 아니라……."

"방금 뒤졌다고 하시지 않았습니까? 그리고 주인 모르게 한 일은 '몰래 했다' 고 표현하던데……."

평소에 남우선에게 밀려 통 힘을 쓰지 못했다는 생각에 기회를 잡은 백문호가 계속 씹었다.

"어째 좀 이상하다 했습니다. 저나 선생님이나 그런 쪽에 쓰는 머리는 별로인 사람들인데… 참 기막힌 발상이라고 했더니만. 쯧쯧."

듣고 있는 백문호마저 쓴웃음이 나오는 얘기였다.

그걸 여태 말하지 않고 자신이 한 것처럼 하고 있었으니 체면에 죽고 사는 남우선이 공을 가로채려고 일부러 그랬을 리는 없고 어쩌다 말할 기회를 놓쳤으리라는 것이 그의 솔직한 생각이었다.

"험, 험, 백 관주, 말씀이 지나치십니다."

몰래 뒤졌다는 둥, 그쪽 머리는 없는 사람이었다는 둥 하는 말에 남우선의 얼굴이 벌겋게 달아올랐다.

"농(弄)입니다. 그게 무슨 큰 고민거리나 된다고 그렇게 얼굴에 써붙이고 다니십니까?"

"아니, 그럼 큰 문제가 아니란 말이오?"

"작은 문제는 아니지요."

"그럼 무슨 좋은 대책이라도 있소? 사람 골탕 먹이지 말고 속 시원히 얘기를 좀 해주시구려."

"간단하지 않습니까? '사실은 장 공자의 계획이었다. 일의 성패를 예측할 수 없어 혹여 잘못되면 자리에 없는 사람 욕을 먹이는 것이 될까 그동안 말을 못했다'. 뭐, 대충 이 정도면 되지 않겠습니까?"

오히려 남우선의 주가가 올라갈 수 있는 묘안이었다.

"허, 그런 수가 있었구려."

고지식한 그인지라 그동안 자수를 하느냐 마느냐만 고민하다 보니 미처 생각지 못한 해결책이었다. 고지식하기로 하자면 백문호도 빠지지 않았지만 옛날 빚쟁이들을 상대로 하던 '둘러대기' 경력이 있는지라 그런 면으로는 고수였기에 간단하게 해답을 주었다.

"정말 고맙소. 그동안 어찌나 신경이 쓰이든지 일이 통 손에 잡히지 않고 사람들 만나는 것도 겁이 나더이다. 하지만 이 문제로 고민했다는 것은 백 관주만 알고 계셨으면 좋겠소. 워낙 입이 진중한 분이기에 믿기는 하지만."

남우선은 해묵은 볼일을 본 사람같이 시원한 표정을 지으며 말하면서도 백문호의 입을 막는 것은 잊지 않았다. 하지만 백문호가 그리 녹록한 사람은 아니었다.

"허허허, 뭐 그리 대단한 일이라고 숨길 필요가 있겠습니까마는… 선생께서 그리 말씀을 하시니, 허허허, 그 문제는 가급적 그런 방향으로 생각해 보기로 하지요."

'가급적' 에 힘이 들어갔다.

쉽게 풀어 말하자면 '공짜가 어디 있냐? 앞으로 하는 것 봐서' 라는 얘기였다.

'쪼잔한 놈.'

눈치를 잡은 남우선의 인상이 약간 구겨졌지만 대놓고 뭐라고 할 입장은 아닌지라 쓴 입맛만 다셨다.

'에잉, 하던 일이나 마저 하자.'

남우선은 요즘 남몰래 새로운 무공을 창안하고 있었다. 무영이 가져다 준 황궁비고 안의 책자와 자신의 머리 속에 있는 곤륜의 비급을 이용해 새로운 무공을 만들어 모두를 깜짝 놀라게 해줄 생각이었다.

제5장 남해대왕의 공격

백무도에서 중원으로 떠나려면 오류월의 서북무역풍을 타야 했다.

이곳에서 상처도 치유하고 무공도 더 높아진 무영은 섬 생활에 별 불만이 없었기에 곡완주와 조용히 오붓한 시간을 보내고 있었다.

하경은 가끔 와서 진법에 관한 것을 가르쳤는데 의외로 높은 경지를 가지고 있었기에 무료했던 무영과 곡완주는 사향과 함께 진지한 태도로 배움에 임했다.

호소가와는 여전히 두문불출이었다. 섬에서는 그가 부하들을 모두 잃은 후로 마음에 큰 병을 얻었다는 소문이 파다했다.

언제나처럼 자욱한 백무가 섬 주변에 낮게 깔린 평화로운 오후였다.

뿌유, 뿌우, 뿌우.

갑자기 정적을 깨는 요란한 뿔 나팔 소리가 섬 전체를 뒤흔들었다.

"무슨 일이지?"

방 안에 함께 있던 무영의 말에 곡완주가 재빨리 밖으로 내달았다.

"적이다! 적이다!"

뿌우, 뿌우, 뿌우.

계속되는 나팔 소리와 함께 망루의 감시병은 적이 쳐들어왔다는 고함을 지르고 있었다.

"적이라니?"

뒤따라 나온 무영이 어리둥절한 표정으로 말했다.

일행은 무슨 일인가 하여 얼른 무기를 챙겨 들고 산등성이로 달려 올라갔다. 섬에 있던 사람들은 모두 어찌할 바를 모르고 우왕좌왕하고 있었다.

"모두 침착해라."

멀리서 보니 호소가와가 어느 틈에 나와 사람들을 진정시키며 망루 쪽으로 달려가고 있었다.

바다에는 십여 척의 대형 배들이 청홍의 기치를 정연하게 꽂고 섬을 포위하는 형상으로 다가오고 있었다. 대선(大船)이 한 척에 중선(中船)이 아홉 척인 함대는 멀리서부터 섬을 포위했다.

사람들 몇몇이 사방이 잘 보이는 등성이 쪽으로 다가왔다.

그들 중에 무영과 안면이 있는 하 노인도 있었다. 그는 섬의 나무를 관리하는 일을 맡은 사람이었다.

"적이라니, 대체 무슨 일입니까?"

무영은 그가 섬에 끌려온 지 칠팔 년은 족히 되었다는 말을 들은 적이 있는 터라 혹시 아는 것이 있을까 하고 물었다.

"한 번도 이런 일이 없었소이다. 이 섬은 운무에 둘러싸여 있어 잘 보이지 않는 데다 주변에 암초가 많아 가까이 오려는 배도 없습니다.

도주님도 우연히 이 섬으로 들어오는 길을 발견했다고 들었습니다."

"그럼 적이라니 도대체 누구고, 이 섬에 뭐가 있다고 저들이 저렇듯 공격을 해온다는 말입니까?"

"글쎄요, 저도 섬을 떠나본 적이 없어서……. 열 척은 되겠군요. 이 거, 큰일 났는데요. 만약 저들이 들어오는 길을 발견한다면 섬에는 싸 울 만한 사람도 없는데."

지난번 호소가와의 부하들이 대부분 죽다시피 했으니 섬에 남은 직 속 부하라고는 왜병 십여 명이 고작이었다. 하 노인은 불안한지 바다 에서 눈을 떼지 못했다.

중선만 해도 최소한 백여 명의 병력은 탈 수 있으니 대선에 삼백 명 정도를 감안하면 적병의 수가 천여 명은 된다는 얘기였다.

그런데 섬을 포위하고 있는 큰 배에서 소선들이 내려지며 무복을 입 은 병사들이 옮겨 타고 있었다.

"들어오는 길은 안다는 말이 아닙니까? 그렇지 않다면 저렇게 작은 배로 옮겨 탈 이유가 없는데."

주변의 암초와 안개로 인해 섬 안의 상황을 모르고는 할 수 없는 행 동이었다.

과연 소선 중에서 한 척이 암초를 돌아 익숙하게 섬으로 접근했다. 모두가 알고 있는 섬으로 통하는 유일한 통로로 암초 사이로 난 길이 었다.

뿌우우, 뿌우우.

뿔 나팔 소리가 힘차게 들렸다.

섬에 사는 모든 사람들을 일제히 소집하는 신호였다.

사람들은 모두 포구 앞 작은 공터로 내달렸다.

공터에는 어느 틈에 갑옷을 입은 호소가와와 왜병들이 장검과 창 등으로 무장한 채 당장이라도 싸움터로 달려갈 태세였다.

백여 명의 섬사람들이 금세 공터를 메웠다.

"적들이 이 섬으로 쳐들어왔다. 싸움은 우리가 한다. 본인은 어떤 이유로 저들이 쳐들어왔는지도, 또 어떻게 섬으로 들어오는 길을 알고 있는지는 모른다. 너희들도 알다시피 적은 일천이 넘어 보인다. 만약 놈들이 섬으로 들어오는 길을 알고 있다면 이 싸움에서 우리가 이길 수 있는 방법은 없다. 나와 내 부하들은 우리가 꾸미고 살아온 이 섬을 지키다가 죽을 것이다!"

말을 하는 그의 얼굴에 결연한 의지가 넘쳐났다.

"적들이 너희들을 어떻게 하는지는 나도 모른다. 각자 최선을 다해 목숨을 부지하기 바란다. 싸움이 끝날 때까지 모두 한곳에 모여 쓸데없이 희생을 당하지 않도록 하고 내가 죽으면 즉시 투항해라."

호소가와는 그 말을 끝으로 포구 쪽으로 걸어갔다. 부하들 십여 명도 정연하게 대오를 맞추어 뒤를 따랐다.

뒤에 남은 사람들은 그의 말에도 불구하고 어찌할 바를 모르고 우왕좌왕했다.

"일단 산등성이 쪽으로 가서 사태를 관망합시다. 도주님의 지시대로 우리가 할 수 있는 일은 그것뿐인 것 같소."

일행 중에 나이가 가장 많은 하 노인이 앞장서 산등성이로 이끌자 사람들은 그의 뒤를 따랐다.

"우리는 어쩌지요?"

곡완주가 불안한 어조로 물었다. 하경 등도 말은 없었지만 무영의 곁을 떠나지 못했다.

"아무래도 달아나야 할 것 같소. 다른 사람들은 몰라도 우리 일행 중에 나를 제외하고는 젊고 예쁜 여자들이 전부니 지금 쳐들어온 놈들이 그냥 두지 않을 것 같소."

일단 피해야 할 것 같아 말은 그렇게 했으나 가만히 생각해 보니 손바닥만한 섬에서 숨을 곳도 없고, 그렇다고 달아날 방법도 없었다. 다른 사람들도 그 점을 알았지만 방법이 없다는 생각에 되묻는 사람조차 없었다.

"싸우지요."

곡완주였다.

"어차피 적의 포로가 된다면 저는 죽은 목숨이나 같아요. 이래저래 똑같으니 싸우다가 죽겠어요."

그녀는 말을 하며 무영을 보았다. 동조를 구하는 눈길이었다.

무영이 그 눈길을 받았다.

어지간하면 항복했다가 기회를 보아 탈출하는 것이 오래 사는 비결이지만 지금 곁에는 곡완주가 있었다. 더군다나 본인이 먼저 싸우자고 하는 판이니.

"그래, 싸우자, 싸워. 싸우다 죽자."

무영과 곡완주는 무공을 모르는 하경 등은 사람들이 있는 곳으로 보내고 호소가와가 있는 쪽으로 갔다.

"무슨 일이냐?"

"우리도 싸우겠소."

그 말에 호소가와가 피식 웃었다.

"나는 죽으려는 게야. 너희들은 싸움이 끝날 때까지 저쪽 사람들 틈에서 기다리고 있으면 살 수는 있다. 아마 나중에는 죽거나 노예로 팔려가겠지만."

"차라리 죽는 것이 나아요."

곡완주가 나섰다.

"엇, 너는 예전에 얼굴에 검상이 있던 계집 아니냐? 운이 좋았던 게로구나. 흠, 사내를 따르겠다 이건가?"

곡완주를 무영의 안사람이라고 알고 있던 호소가와의 생각으로는 무영은 자신의 여자를 지키기 위해 싸우려는 것이고, 곡완주는 그런 사내를 따라 같이 싸우다가 죽겠다는 것으로 해석했다.

대충 맞는 생각이지만.

"좋다, 말리지는 않겠다. 의외로 확실한 녀석이로군."

호소가와는 더 이상 말을 하지 않았다.

뱃머리에 흰 기를 꽂은 소선 한 척이 암초 사이를 뚫고 나타났다. 아마도 항복을 권유하려는 것이 틀림없었다.

"엇! 저놈은 다나까가 아니냐?"

굳은 표정으로 소선을 바라보던 호소가와의 눈이 크게 떠졌다.

"아는 사람입니까?"

적들이 누군지 궁금했던 무영이 물었다. 적선을 타고 있는 사람을 알아보는 걸 보면 적들이 정체를 알 것이라는 생각에서였다.

"얼마 전까지 내 부하로 있던 자다. 지난번 싸움에서 죽은 줄 알았더니 용케 목숨은 건진 모양이군."

적들이 암초 사이를 쉽게 뚫고 온 이유가 거기에 있었다.

"배신을 한 것입니까?"

"그건 나도 모르겠다."

두 사람이 말을 나누는 사이 소선이 선착장 가까이로 다가왔다.

"도주님, 저 다나까입니다!"

소선에 타고 있던 자가 소리쳐 호소가와에게 인사를 했다.

"나를 배신한 것이냐?"

호소가와가 싸늘하게 맞받았다.

"도주님을 모시던 다나까는 지난번 싸움에 목숨을 바쳤습니다. 새로 태어난 다나까는 이제 남해대왕(南海大王)을 모시고 있습니다."

"크핫핫! 그렇게 되는 것이냐? 그가 네 목숨을 구해주었느냐?"

"대왕께서는 화란 놈들에게 포로로 잡혀 노예로 팔린 저를 사서 백호장(白戶長)이란 책무를 주셨습니다."

"음, 인정한다. 너는 내 밑에서 목숨을 바쳐 가며 싸웠으니 주공을 모시는 부하로서 소임을 다한 것이다. 이제 새 주인을 모시는 것은 당연하다. 싸움이 벌어지면 가급적 네 손에 죽고 싶구나."

"남해대왕께서는 남해 모든 섬들을 다스리는 분이십니다. 그분의 휘하로 들어간다면 섭섭하게 대하지는 않으실 것입니다."

"나도 그 사람의 이름은 들었다. 그런 대단한 사람을 주공으로 모시게 되었다니 정말 축하해 주고 싶구나. 한데 내가 그 사람에게 해를 입힌 일이 없는데 나를 공격하는 이유가 무엇이더냐?"

"남해의 모든 것은 그분 아래에 있어야 합니다."

"넓은 바다를 다 가지려고 하다니, 욕심이 지나친 사람 같구나. 내게 이 조그만 섬 하나도 허락할 수 없다니."

"죄송합니다. 그런데 꼭 싸우셔야 합니까?"

"나를 모르느냐? 게다가 나는 이 섬의 도주다."

"도주님께서도 어차피 전에 본국에서는 다른 주공을 모시고 있던 분이 아닙니까? 게다가 그분은 이미 죽었습니다."

"지난 일이다."

다나까는 한참 동안 말없이 호소가와를 바라보더니 소선 위에서 큰 절을 했다.

"마지막 인사입니다."

"부디 새 주인에게 충성을 다하기를 바란다."

다나까는 대답하지 않고 뱃머리를 돌렸다.

지금 새 주인에 대한 충성은 호소가와와 칼을 마주 겨누는 것이었 다.

소선이 멀어져 갈 무렵 하경 등이 달려왔다.

"왜 그곳에 있지 않고 왔소?"

무영이 물었다.

"저도 싸우겠어요."

"무공도 모르면서 어떻게 싸운다는 것이오?"

"아무튼 저도 싸우겠어요. 청수원을 떠나온 것도 남에게 이용당하며 사는 것이 싫어서였는데 밖에 나와서도 제가 하고 싶은 대로 할 수 있 는 일이 없군요. 게다가 아버님의 원도 풀지 못하고 살다가 죽으니 여 기서 최선을 다해 자신을 지키다가 죽는 것이 낫다는 생각이 들었어요. 곡 낭자의 여장부다운 기개에 반한 것도 있고요."

"하하하, 다들 이렇게 죽음을 두려워하지 않을 줄은 정말 몰랐군. 좋 다, 너희도 싸워라."

호소가와가 호탕하게 웃으며 나섰다.

"암초로 돌아오는 입구가 좁으니 능히 일당백의 요새라고 할 수 있 어요. 이곳에서 화전이나 쇠뇌를 쏘아 보낸다면 쉽게 접근하지는 못할 거예요."

하경은 다급한 표정으로 말을 이었다.

"사람들을 모아주세요. 설사 상륙을 한다 하더라도 이곳에 나무들과 돌덩이를 이용해 석진(石陣)을 설치한다면 잠깐 동안은 버틸 수 있을 거예요."

"나무나 돌덩이로 적을 막는다? 하하하, 중원의 진법에 대해 말은 들었다. 죽기 전에 한번 견식해 보고 싶군."

부하 하나가 호소가와의 지시를 받고 산등성이로 대피한 사람들을 불러 하경의 지시에 따라 석진을 설치하게 했다.

호소가와는 이곳에서 장렬한 최후를 맞을 결심을 했기에 장검밖에 무기를 준비하지 않았었다. 하지만 마음이 바뀌어 본격적으로 싸워보자는 생각에, 그는 사람들을 창고로 보내 쇠뇌며 장궁 등을 가져오게 하고 불화살도 준비했다. 섬에 하나밖에 없는 석포(石砲)도 선착장으로 끌려와 자리를 잡았다.

"그럴듯하구나. 이제 한번 싸워볼 맛이 나는걸."

제법 진용을 갖춘 것같이 보이자 호소가와가 말했다.

닌자들 수십 명이 그의 곁으로 디가왔다.

"도주님, 저희들도 싸우겠습니다."

호소가와로부터 대피하라는 명령을 받은 사람들이었다.

호소가와는 말없이 그들을 보았다. 자신이 그래도 백무도의 도주로서 아랫사람들에게 인심은 잃지 않았다는 자부심이 들었다.

"좋다, 허락한다."

그 말에 사람들은 급히 창고로 달려가 각자의 무기를 가지고 왔다. 하경은 그들을 석진의 곳곳에 배치시켰다.

"사정이 급박하니 자세히 설명해 드릴 수가 없군요. 혹시 진 안에서 환영이 보이더라도 당황하지 말고 그 자리에서 오른쪽으로 두 걸음을 뗀 후에 다시 오른쪽으로 두 걸음을 옮기세요. 절대 왼쪽으로 돌지 마세요."

하경은 그들을 공터 주위의 돌무더기 사이사이에 배치했다.

"적이 진 안으로 들어오면 자신의 자리를 지키고 있다가 적을 공격하세요. 불리하면 자신의 자리로 얼른 돌아오고 적이 쫓아오면 뒤로 빠져서 아까 말씀드린 대로 가시면 쫓아오지 못할 거예요. 적이 오기 전에 다들 연습해 두세요. 자칫 잘못하면 적을 피하지 못하고 죽을 수밖에 없어요."

하경은 열심이었다.

사람들은 그녀의 설명에 따라 모두 연습에 열중했다.

"엇! 아니, 이게……."

"으악!"

처음 진법의 오묘함을 경험한 사람들이라 환영에 놀라 비명을 지르는 사람들이 속출했다.

"음, 겉보기와는 다른 모양이구나."

호소가와가 반신반의하며 지켜보다가 한마디 했다.

"싸움을 하다가 불리해지면 석진 안으로 대피해서 뒤따라오는 적을 죽이면 돼요."

하경은 이번 싸움을 뒷골목 다툼 정도로 생각하는 투로 말했다.

활을 쏘아본 적이 있는 십여 명의 장정들이 호소가와의 수하들과 합류하여 엄폐물 뒤에 숨어서 적이 오기만을 기다렸다.

대형 선박에서 화포라도 쏘면 큰일이었지만 암초들 덕분에 화포의 사정 거리 안으로 배를 몰고 들어올 수 없는 것이 다행이었다. 자신이 보유했던 크기의 중선(中船) 정도라면 화포나 석궁 등의 위력도 대단하지 않을 것이라는 호소가와의 생각이었다.

선착장에는 일촉즉발의 긴장이 흘렀다.

암초 사이로 뱃머리 하나가 돌아 나왔다. 앞에 작은 포를 장착한 중선이었다.

"흐흐흐, 철선을 올려라."

호소가와가 부하 하나를 보고 지시했다.

그 말에 따라 수하가 선착장 좌측에 어설프게 설치된 망루처럼 생긴 곳으로 달려가 손잡이를 당겼다.

쿠르르르릉!

요란한 소리를 내며 망루에 비스듬히 걸쳐 있던 커다란 돌덩이가 비탈을 따라 굴러갔다. 바위에는 굵은 쇠줄이 감겨져 있었는데 바위가 비탈을 구르자 쇠줄이 물속에서 감겨져 올라왔다.

좌르르르륵.

뻐억!

막 암초를 돌던 배의 중간 부근 물속에서 쇠줄이 수면으로 솟구치며 배를 두 동강 냈다.

"으아악!"

"으억!"

갑자기 배가 갈라지며 배에서 기세등등하게 전투 준비를 하고 있던 병사들이 아우성치며 물속으로 빠졌다.

알고 보니 쇠줄은 암초와 망루의 큰 돌덩이에 연결되어 있었는데 평소에는 물속에 잠겨 있어 보이지 않다가 손잡이를 당기자 돌을 따라 끌려가며 수면 위로 떠오른 것이었다.

"으핫핫핫! 예전에 설치한 것인데 다행히 아직 녹슬지 않고 있다가 뜨거운 맛을 보여주었구나!"

호소가와는 적선이 침몰하자 큰 소리로 웃으며 기뻐했다.

뒤를 따라오던 다른 중선 한 척도 미처 방향을 돌리지 못하고 뻔히 보면서도 쇠줄에 배를 부딪쳐 갔다.

빠직!

선수(船首)에 큰 구멍이 뚫린 배는 마치 물속에 거꾸로 박히듯 선미를 하늘로 하고 침몰했다.

"으아악!"

풍덩, 풍덩, 풍덩.

몸의 중심을 미처 잡기도 어려운 상황에서 몇몇 병사들이 황급히 바다로 뛰어들었지만 소용없는 일이었다. 암초와 부딪친 그 주변의 물살들은 항상 작은 회오리를 일으키며 파도를 일으키기에 배라면 몰라도 물에 빠진 사람들이 그곳을 헤어난다는 것은 불가능했다.

뒤를 따라 진입하려던 배들이 재빨리 방향을 바꾸어 뒤로 물러서는 것이 보였다. 그들은 감히 동료를 구할 엄두도 내지 못했다. 하지만 암초 사이의 좁은 수로에서 방향을 바꾸는 것도 쉽지 않았는지 두 척의 소선이 암초에 부딪쳐 부서지며 배 위에 타고 있던 수십 명의 병사들이 물속으로 빨려들어 갔다.

"하하하, 저건 덤인데요?"

무영도 그 광경을 보고는 기분 좋게 웃으며 말했다.

대승이었다.

잔뜩 긴장하고 싸움을 준비하던 섬사람들이 모두 몰려나와 소리를 지르며 환호했다.

적병의 이삼 할을 코도 풀지 않고 수장시킨 것이었다.

섬의 분위기와는 정반대로 선상에서 분을 삭이지 못하는 사내가 있었다. 남해대왕이었다.

"다나까라는 놈은 어디 있느냐! 왜 입구에 쇠줄이 설치되어 있다고 미리 언질을 주지 않았느냔 말이다!"

남해대왕 진립(陳立)은 길길이 날뛰며 식식거렸다.

그는 자칭 진조의(陳祖義)의 직계 후손이라고 떠벌리며 남해 해적들을 규합해 세력을 형성해 해상권을 장악하고 있는 자였다. 그는 주로 남해를 지나는 무역선들 중 만만해 보이는 배는 약탈하고 벅차다 싶으면 치근대며 위세를 과시해 통행료, 혹은 보호료 명목의 대가를 강제로 징수하고 있었다.

진조의는 이백여 년 전 인물로 광동 지역에서 무역에 종사하던 자였다. 그는 명태조 홍무제(洪武帝)가 민간 무역을 금지시키자 추종자들과 함께 대선 17척을 이끌고 남해 일대로 나와 인근 세력을 평정하고 세금을 징수하거나 부역선의 물품을 강탈하는 등의 일을 했다.

그 후 황제의 명을 받은 환관 정화의 함대와 수십 척의 배로 정면 대결을 펼쳤으나 패해 오천여 명의 병사를 잃고 사로잡힌 채 남경으로 압송되었다가 처형된 자로서, 남해 일대에서는 지금까지도 모르는 사람이 없을 정도로 전설적인 인물이었다.

남해대왕 진립이 진조의의 직계 후손인지는 분명치 않았지만 얼마 되지 않는 병력으로 상대를 제압하고 때로는 진조의의 이름을 팔아 차츰 그 일대 해적들을 통합해 자칭 남해대왕이라는 칭호를 쓰며 큰 세력을 형성했다.

진립이 백무도를 치게 된 것은 백무도가 남해의 섬이 드문 지역에 위치해 중간 기지로써 중요한 역할을 한다는 생각에서였다. 그 이전에도 백무도의 존재를 모르지는 않았지만 섬 주변에 흩어져 있는 무수한 암초와 짙은 안개 때문에 감히 접근할 생각을 하지 못했었다.

또한 한 번도 호소가와 일당과 마주친 적이 없기에 섬에 다른 세력이 있으리라고는 상상도 하지 못하다가 우연히 수하가 된 다나까의 조언으로 이 섬을 접수하러 온 것이었다.

접수하러 온 것이지 이런 희생을 내며 싸울 것이라는 건 전혀 예상치도 못했었다. 무엇보다 섬에서 오랜 기간 생활했다는 다나까의 말에 의하면 섬에는 자신에게 대항할 만한 변변한 병력도 없다는 것이었고, 설사 일이백이 있다 하더라도 자신이 대군을 거느리고 쳐들어가면 그 기세에 대번에 오체투지하며 자기 밑으로 들어오리라는 생각이었다.

그런데,

"이 쳐 죽일 놈들!"

그는 이를 박박 갈아가며 전열을 재정비했다.

"피해는 아군 전투선 두 척에 소선이 두 척입니다. 병력은 모두 이백삼십 명이 죽었다고 합니다. 부상자는 없습니다."

"이백삼십이나?"

자신은 안개에 가려 배가 침몰하는 상황을 보지도 못했다. 그런데 이백이 넘게 죽었다니?

지난번 안남국과 일대 해전을 벌여 이겼을 때도 오늘보다 희생이 크지는 않았다. 그런데 그저 남해의 수백 개 섬 중 하나에 불과한 백무도에 와 이백을 넘게 잃었다는 보고를 받으니 혈압이 꽉꽉 오르고 입에 거품을 물지 않을 수 없었다.

그러던 중에 다나까가 대장선으로 끌려왔다.

싸움을 시작하기 전에는 중선 한 척을 지휘하는 백호장의 직위였지만 사전에 중요 사실을 보고하지 않은 죄로 지금은 포박이 되어 있었다.

"저놈의 목을 쳐라!"

얼굴도 마주하기 싫어진 그는 이것저것 물어볼 것도 없이 앞뒤 재지 않고 참수를 명했다.

망설임도 없었다. 번쩍 하는 검광이 일더니 다나까의 목이 피를 뿜으며 배 위로 굴렀다.

그의 수하로는 다나까 말고도 백무도 출신이 백여 명 정도가 있었다. 화란상선과 싸울 당시 호소가와의 부하도 모두 칠팔백에 이르렀는데, 그중 구조된 백여 명이 모두 진립에게 팔려와 수하가 되었다.

금은보화는 지나가는 상선 한두 척만 털면 얼마든지 조달할 수 있었다. 다만 무공이 제법 있는 수하가 부족했던 것이 고민이었는데 쓸 만한 놈들을 대번에 백여 명이나 사들이게 되어 좋아했었다. 그 일이 엊그세였는데, 저 다나까란 놈이 정보를 제대로 주지 않아 단 한 번의 전투로 그 두 배가 넘는 수하를 잃었으니 눈이 뒤집히는 것은 낭연했다.

그는 여전히 분이 풀리지 않는지 분통을 백무도를 향해 터뜨렸다.

즉시 쇠줄을 제거하기 위한 별동대가 조직됐다.

수공에 능숙한 진립의 수하 십수 명이 소선 두 척에 나누어 타고 암초로 접근했다. 그들은 쇠줄을 끊을 수 있는 쇠스랑과 지렛대 등을 가지고 있었다.

"낄낄낄, 놈들이 또 오는군."

암초를 돌아 나타난 소선 두 척을 보고 호소가와가 웃었다. 죽음을 도외시한 것이 오히려 싸움을 즐길 수 있게 했다.

"놈들이 쇠줄을 끊을 심산인 것 같습니다."

배가 암초로 접근하는 것을 본 무영이 말했다.

"화살과 석포를 날려라. 쇠뇌는 사용하지 마라."

쇠뇌는 연속 발사 장치가 달린 활로 다수의 적을 무차별적으로 살상하는 무기지만 섬에는 화살이 충분치 않다. 한 발 한 발 정확히 날려 숨통을 끊을 필요가 있었다.

암초 주변의 파도로 배를 대기가 쉽지 않았던지 두 척 중 한 척이 암초에 부딪치며 바다 속으로 사라졌다. 하지만 다른 한 척은 용케 암초에 밧줄을 던져 고정시킨 후 근처에 머물더니 줄로 몸을 묶은 사내들이 물속으로 뛰어들었다. 물살에 휩쓸려 가지 않기 위해서였다.

섬에 단 한 대뿐인 석포에서 계속 돌덩이가 날았지만 목표에 정확하게 떨어지는 것은 하나도 없었다.

부하들도 몇 번 화살을 날렸으나 바닷바람에 방향과 거리가 미치지 못하자 호소가와는 직접 활을 잡았다.

오십 장이 채 되지 않는 거리였다.

피잉—

화살 한 대가 날더니 암초 부근에 떨어졌다. 하지만 적을 맞히지는 못했다.

"바람이 세, 거리도 멀고."

중얼거리며 그는 다시 한 대를 날렸다. 하지만 이번에는 아까보다 더 멀리 벗어났다.

호소가와가 입맛을 다시면서 활을 내렸다.

"제가 해볼까요?"

곡완주가 나섰다.

"너도 활을 쏠 줄 아느냐?"

여자가 나서자 호소가와는 신기하다는 듯이 활을 내주었다.

빈 활에 곡완주는 시위를 한두 번 먹여보았다. 감이 왔다.

성숙해에서 자신이 직접 만든 활로 사냥을 하던 때를 떠올리며 조심스레 화살을 시위에 얹었다.

적병 둘이 암초에 상륙해서 쇠스랑 등을 배와 연결된 줄을 통해 넘겨받고 있었다.

쐐액.

곡완주의 손에서 화살이 떠났다.

호소가와의 눈이 크게 떠졌다. 아까 자신이 날렸던 화살 소리보다 더 크고 강력한 파공음이 일었던 까닭이다.

"으악!"

단말마의 비명과 함께 등에 화살을 맞은 사내가 암초에서 굴러 그대로 바닷물 속으로 잠겼다.

남은 사내가 놀라며 고개를 드는 순간 두 번째 활이 그의 목줄기를 꿰뚫었다. 미처 비명도 지르지 못한 그는 목을 화살에 꿰뚫린 채 그대로 물속으로 빠졌다. 소선에 남아 있던 오륙 명의 사내들은 깜짝 놀라며 이쪽을 경계했다. 하지만 이미 늦었다.

곡완주의 화살은 쉬지 않고 날아 배 안의 적병을 한 명 한 명 거꾸러뜨렸다. 미처 배를 돌려 달아날 틈도 없었다.

"와아!"

지켜보던 섬사람들과 병사들이 모두 손을 흔들며 환호했다.

호소가와는 그녀의 신기에 말을 잊었다. 그는 자신의 구겨진 체면 따위에 연연하는 쫀쫀한 놈은 아니었다. 다만 연약해 보이는 곡완주가 그토록 놀라운 재간을 가졌다는 사실에 놀라 그런 것뿐이다.

"대단한데? 정말 멋있어!"

무영이 그녀의 어깨를 두드려 주었다.

남녀유별이 엄격한 마당에 여러 사람들 앞에서 보이는 노골적인 행동인지라 곡완주가 살짝 얼굴을 붉혔다. 하지만 싫은 기색은 아니었다.

두 번에 걸친 실패에도 불구하고 적선들은 물러갈 기미를 보이지 않았다. 한동안 반응이 없는 것이 무슨 다른 꿍꿍이가 있는 모양이었다.

벌써 대치한 지도 한 시진이 넘었는지라 호소가와의 명에 따라 사람들은 긴장을 풀고 휴식을 취했다.

멀리서 그들을 지켜보던 아녀자들이 석포에 보충할 돌과 간단한 식사거리를 날라왔다.

"너는 어찌 그렇게 활을 잘 쏘느냐?"

무영과 곡완주, 그리고 하경 등은 상석이라고 할 수 있는 호소가와의 주변에 자리를 잡았다. 싸움에서 보여준 능력이 자연스레 그렇게 만든 것이었다.

"어려서 활을 가지고 놀았습니다."

"완력이 보통 아니더구나."

"완력이 아니라 내공입니다."

"내공? 무공을 연마했다는 말이냐?"

"십오 년 정도."

"뭣이?!"

호소가와는 그제야 곡완주를 다시 보았다. 눈을 달리하니 사람도 다르게 보였고 어딘가 범접하지 못할 위엄마저도 느껴졌다.

그는 혹시나 하는 심정으로 무영을 보았다. 무표정하게 식사에 열중하고 있었지만 그 모습도 만만하게 보이지 않았다.

"너는 기문둔갑에 능하다고 들었다."

"그저 얕은 재주일 뿐이고 사실은 검에 더 익숙합니다."

"호오, 검술?"

호소가와는 왜국(倭國)에서 일도류(一刀流)의 몇 되지 않는 계승자였다. 검술에 남다른 흥미를 가지고 있던 그는 큰 관심을 가지고 무영을 찬찬히 바라보았다.

문득 호기심이 일었다. 계집 솜씨가 저 정도면 사내도 보통은 아니라는 생각이었다.

"눈앞의 싸움 준비나 하시지요."

그의 눈빛이 달라진 것을 눈치 챈 무영이 퉁명스럽게 한마디 했다.

그 말에 호소가와는 빙긋 웃었다.

겨루고 싶은 마음을 상대에게 읽힌 것이 틀림없었다.

'아직도 호승심을 버리지 못했나?'

대적을 앞에 두고 무슨 허튼생각인가 하는 생각에 부끄러운 마음이 들었다. 갑자기 이런 상황이 재미있게 느껴졌다.

뿌웅, 뿌웅.

갑자기 요란한 뿔 나팔 소리가 가까이서 들려왔다.

"적의 중선 다섯 척이 접근하고 있습니다!"

망루에 있던 병사가 소리 질렀다.

선착장에서는 안개 때문에 암초를 돌아오기 전에는 피아간을 식별할 수 없었다. 섬의 산등성이에 설치된 망루는 그런 연유로 설치된 것이었다.

콩! 콩! 콩!

갑자기 포 소리가 연이어 들리더니 쇠줄을 묶어둔 암초 주위에서 물보라가 솟구쳤다.

쇠줄의 연결 고리인 암초를 함포로 부숴 버리려는 것이었다. 암초 반대 편에서 거리를 두고 쏘는 데다 이쪽과는 상당한 거리라 지켜볼 도리밖에 없었다.

"오래 버티지 못하겠군."

"물량 공세에는 어쩔 수가 없군요."

호소가와의 말을 무영이 받았다.

반 각이 채 가기도 전에 목표가 되었던 암초의 일부가 떨어져 나가며 쇠줄이 물속으로 가라앉았다.

"쇠뇌와 석포를 준비해라! 적이 완벽하게 사정 거리에 들어올 때까지 쏘지 마라!"

이쪽은 무기가 부족하니 아끼며 싸워야 할 판이었다.

호소가와의 지시에 따라 숨을 죽이며 포격을 지켜보던 사람들이 모두 자기가 맡은 곳으로 돌아갔다.

잠시 후에 암초를 돌아드는 전투선이 한 척 보이더니 이내 그 뒤를 또 다른 배가 따랐다. 이미 호되게 손해를 본 처지라 다른 매설물이 있나 수면을 살피면서 여간 주의하며 오는 게 아니었다.

세 번째 배가 완전한 모습을 드러냈다.

파도에 휩쓸려 배끼리 부딪치는 것을 방지하기 위해 앞선 배와 이십 여 장 이상 거리를 두고 있었기에 선두의 전투선은 이미 사정 거리 훨씬 안으로 들어와 있었다.

"발사!"

적선에서 함포 소리가 요란하게 터지며 화살이 날아들자 장검을 뽑아 든 호소가와가 명령을 내렸다. 피 같은 화살을 아끼려면 더 기다려야 하겠지만 적을 너무 깊숙이 끌어들이면 이쪽의 피해가 커질 우려가 있다는 것을 염두에 둔 명령이었다.

엄폐물 뒤에 몸을 숨긴 병사들이 화살을 날리고 석포가 텅텅 소리를 내며 하늘을 날았다. 간간이 화살을 날리다 쓰러지는 적병의 모습이 눈에 띄었다. 하지만 적선은 개의치 않고 계속 선착장으로 접근했다.

가장 경제적으로 화살을 날리는 사람은 무영과 곡완주, 그리고 호소가와 셋이었다. 그들이 날리는 화살 한 발에 적병 하나가 정확히 고꾸라졌다.

거리가 더 가까워지자 불화살이 섬에서 날았다.

앞장선 배를 집중으로 공격한 데다 정확한 활 솜씨에 고개를 내미는 적이 거의 없었기에 삽시간에 적선은 화염에 휩싸였다. 병사들이 목숨을 건지기 위해 앞 다투어 물로 뛰어들었다.

어느 사이엔가 암초를 돌아온 배의 숫자가 다섯을 헤아렸다. 한 척은 이미 화염에 휩싸여 완전히 기능을 상실했지만 중선 네 척이 쏘아대는 화포와 화살은 감당하기 어려울 정도였다.

엄폐물 뒤에 숨어서 활을 쏘거나 쇠뇌를 날리던 호소가와의 수하들 중 일부도 날아드는 철환에 부상을 입었다. 선착장 주위에 이미 대여섯 명이 쓰러져 신음하고 있었지만 그들에게 손길을 내밀 만큼 여유가 있는 사람은 아무도 없었다.

두 번째 배가 거센 저항을 뚫고 선착장에 배를 댔다. 제법 실력이 있어 보이는 몇몇 적들이 높은 배에서 거침없이 날아내렸다.

"모두 석신으로 대피해라!"

호소가와는 남은 부하들에게 그렇게 명령하고는 자신은 앞으로 나서며 적을 맞닥뜨려 갔다. 그의 수하들이 재빨리 부상자들을 수습해 머지않은 석진 속으로 대피했다.

"하아!"

호소가와는 마치 오기를 기다렸다는 듯이 검을 세운 채 앞장섰고 그 뒤를 무영과 곡완주가 따랐다.

해풍을 가르며 매섭게 번뜩이는 그의 장검이 달려오는 적을 향해 쓸어갔다. 그의 검은 일반 중원의 검보다 길었는데도 마치 단검을 휘두르듯 거침이 없었다.

"커억!"

앞을 막아선 적병이 한칼에 목이 달아났다.

잇달아 몇 명의 적이 달려들었으나 그의 상대는 아니었다. 하지만 적병들은 배에서 내려진 밧줄 사다리를 타고 계속 쏟아져 내렸다.

무영과 곡완주도 좌충우돌하며 닥치는 대로 적을 베었다.

그들이 싸움에 열중하는 사이에도 적선은 계속 늘어만 갔다. 이미 승세를 확신한 진립이 대장선에서 전투선으로 옮겨 타고 섬으로 들어섰고, 남아 있던 전함 두 척이 그의 뒤를 따랐다.

진립이 호위무사들 틈에 싸여 섬에 내려서자 싸움이 일시 소강 상태로 접어들었다.

진립이 안전한 배를 떠나 섬에 내린 것은 무영과 곡완주, 그리고 호소가와가 보여주는 신기에 가까운 검술에 넋이 나가 자신의 휘하로 두고 싶었기 때문이다.

세 사람이 아무리 검술이 뛰어나다 해도 수적으로 상대가 되지 않았다. 무수히 적을 베었어도 그들이 죽인 것은 두 번째 전투함에서 내린 병력의 칠팔 할 정도에 불과했다.

이미 좁은 선착장 주위에는 육칠백에 이르는 진립의 부하들이 새카맣게 깔려 있었는데 그들 중에는 조총을 휴대한 자도 상당수 있었다.

"크하하하! 오늘 본왕은 그대들같이 대단한 무인을 만난 것을 매우 기쁘게 생각한다. 비록 너희들이 본왕의 병사들을 많이 죽여 짐에게 큰 손해를 입혔지만, 지금이라도 항복하여 충성을 바치겠다고 맹세한다면 장군의 직위를 내리겠다!"

마치 자신이 진짜 왕이라도 되는 듯 허풍을 떠는 그를 보며 무영은 속으로 웃음이 나올 지경이었다.

'미친놈, 병력 일이천으로 왕이면 나는 황제다.'

무영은 예전에 거용관에서 육천의 병력을 이끌고 달단과 한바탕 신나게 싸웠던 기억을 떠올렸다.

"나는 이 섬의 도주인 호소가와요. 본인은 대왕이 아무런 이유도 없이 이 섬을 공격한 이유를 듣고 싶소이다. 내가 알기로 본인이나 내 수하들이 대왕께 피해를 입힌 일은 없는 것으로 알고 있소."

호소가와가 앞으로 나서며 말했다.

"핫핫핫! 그건 도주가 나의 항복 권유에 응하지 않았기 때문이 아니냐? 하늘에 두 개의 태양이 있을 수 없듯이 남해의 태양은 바로 나다. 그런데 듣자 하니 그대가 수백의 병력을 이끌고 이곳에서 제왕 노릇을 한다 하니 어찌 보고만 있을 수 있겠느냐? 만약 내 말을 따르지 않는다면 이 섬의 풀 한 포기도 남지 않을 것이다!"

진립은 잔뜩 위엄을 보이며 말했다. 평소의 그라면 이런 말도 필요 없이 저놈들을 당장 죽여 버리라고 하겠지만 수하로 삼고 싶은 욕심이 너무 컸다.

그로서는 마치 바다 속에서 보물을 주운 기분이었다. 자신에게도 제법 한다 하는 고수가 수십이 있지만 높은 급료를 주는 몇몇을 빼고는 저들에 비하면 몇 수 아래일 것이라는 생각이었다. 금방이면 끝날 싸움을 황급히 중단시키고 배에서 내려온 것도 어차피 수중에 들어올 귀한 물건이 깨질까 염려하는 마음에서였다.

"나는 이 섬에서 조그만 평화를 지키고 사는 사람일 뿐이오. 게다가 이곳에는 대왕이 말한 것처럼 수백의 병력도 없소. 그저 내 것을 지키며 조용히 살고 싶은 마음뿐이니 지금이라도 이곳을 떠난다면 침입한 사실은 불문에 붙이겠소."

압도적인 병력을 이끌고 어르고 달래는 진립에 맞서 호소가와는 조금도 굴하지 않고 당당하게 나갔다.

"너희들이 대단하다는 것을 알기에 본왕이 그만큼 대우를 해준 것이다. 본왕에게 충성하는 무사들 중에는 너희들 못지않은 수하들이 적지않다. 더 이상 무례를 범한다면 따끔한 교훈을 내릴 수밖에 없다."

진립은 호소가와의 반응에 내심 불쾌했지만 아직도 그들을 포기하지 않았기에 죽이라는 명령을 내리는 대신 따끔한 교훈을 내리고자 했다 자신이 생각하기에도 왕의 권위에 걸맞는 점잖은 언행이었다는 생각에 그는 많지도 않은 턱수염을 쓸어 내렸다.

"그 따끔한 교훈이 무언지 견식하고 싶소이다."

무영이 한 발짝 앞으로 나서며 말했다.

"네놈의 이름이 무엇이냐?"

"교훈을 내릴 만한 자격이 있다는 것이 증명되면 대답하겠소."

한번 해보자는 얘기였다.

"호오, 그래? 건방진 놈이로구나. 하지만 아직 젊으니 그 정도의 기개는 있어야 하겠지."

며느리가 예쁘게 보이면 버선 뒤꿈치도 계란처럼 보인다고 했던가? 오늘의 그는 관용이 넘쳐흘렀다.

진립도 이들의 실력을 견식해 보고 싶다는 생각이 들었다. 단체로 벌어지는 싸움에서는 제법 실력이 있더라도 본신의 무공을 제대로 드러내기 어려운 법이었다.

그는 뒤에 시립해 있던 무사 하나에게 눈짓을 했다. 진립 휘하의 사대천왕(四大天王)이라고 명명된 네 명의 가장 고강한 시위 중 지국천왕(持國天王)이라 불리는 자였다.

원래 지국천왕은 제석천(帝釋天) 아래에서 수미산의 동쪽을 지키는 수호신으로 붉은 몸에 천의(天衣)를 걸친다는 전설이 있는 왕이었는데, 진립은 거창하게도 자신의 호위무사에게 그런 이름을 붙여주었다.

시커먼 얼굴에 날카로운 눈매를 가진 중년의 사내가 대도를 뽑아 들고 앞으로 나섰다.

"주매, 내가 저놈과 싸우다가 남해대왕이라는 놈을 사로잡아 올 테니 그때 내 뒤를 맡아줘."

무영이 전음으로 곡완주에게 말했다.

정면 대결로는 어차피 승부가 정해져 있었다. 진립이 앞으로 나선 것도 그만큼 자신했기 때문이었다.

곡완주의 얼굴에 긴장의 빛이 흘렀다.

행동을 개시하면 조총이나 활을 든 놈들은 반격에 시간이 걸릴 터이니 문제될 것은 없었다. 준비가 되어 있는 놈이 있더라도 남해대왕이라는 놈 주위로 가면 어차피 함부로 격발도 하지 못할 것이었다. 하지만 사대천왕의 나머지 놈들과 겹겹이 둘러싼 호위무사들을 제압하는 것이 관건이었다.

"제가 남해대왕을 잡아올 것이니 뒤를 맡다가 재빨리 석진으로 후퇴해 주십시오."

호소가와에게도 잊지 않고 당부해 둔 무영은 장검을 뽑아 들고 앞으로 나섰다.

"크하하하! 우리 대왕께서 네놈들을 너무 과대평가하시는 듯하여 그렇지 않아도 마음이 불편했는데 스스로 가르침을 자청하다니 정말 주제를 모르는 놈이구나. 대왕께서는 관용이 넘치시지만 본 지국천왕은 머리가 둔해 그런 것을 키우지 않는다. 검에는 눈이 없으니 부디 조심하기 바란다."

지국천왕은 쉽게 끝을 내지 않겠다는 듯이 그렇게 말했다.

"아아, 그만, 그만. 서로 실력을 평가하자는 것이니 피차간에 피를 보지 않는 수준에서 끝을 내야 한다."

남해대왕이 일어나 손을 저으며 앞으로 나섰다.

"저도 피를 보고 싶지는 않습니다. 하지만 저 익다 만 돼지같이 생긴 놈은 평소에도 대왕의 심기를 자주 어지럽히는 놈 같은데, 이번에도 대왕의 어명을 거역할지 모르니 대왕께서 주재자가 되어 이번 비무를 공정하게 진행시켜 주시면 감사하겠습니다."

무영이 황송한 표정을 하며 말했다.

놈을 자기 병사들 주변에서 최대한 떨어뜨려 놓을 필요가 있었다.

그는 어명(御命)이라는 말에 잔뜩 힘을 주었다. 남해대왕을 국왕으로 인정한다는 말이 아닌가? 갑자기 공경하는 듯한 말투에 한 번쯤 상대의 의중을 의심해 볼 수도 있었지만 아부를 좋아하는 그가 늘 듣던 말투인데다 자신감까지 넘치는 남해대왕이었기에 조금도 의심을 품지 않았다.

"어험, 그대의 말이 정녕 옳도다. 당연히 짐이 주재자가 되어 본 시합을 감독할 것이니 지국천왕은 그리 알라."

지국천왕의 얼굴이 찌그러졌다.

지금도 이럴진대 한편이 되면 얼마나 싸고 돌 것인가?

'이번에 확실히 밟아둘 필요가 있겠군.'

그는 칼을 더욱 갈았다.

평소에도 왕자병이 아닌 국왕병 증세가 중증을 치닫고 있던 남해대왕은 무영의 말에 한껏 고무되어 말투가 점점 가관으로 치달았다. 그는 무영의 태도를 보건대 이미 자신의 수하가 된 것이나 다름없다는 생각이었다.

그는 어울리지 않는 엄숙한 걸음걸이로 몇 걸음 앞으로 나섰다.

'음, 무덤을 파는군.'

무영의 얼굴에서 보일 듯 말 듯한 미소가 번졌다.

둥, 둥, 둥.

어느새 준비되었는지 두 사람이 마주 보며 나서자 큰북이 울렸다.

선착장 앞의 좁은 공터인지라 자리를 넓혀주기 위해 병사들이 뒤로 물러섰다.

"크하하하! 오거라, 애송이!"

지국천왕이 앞으로 나서며 두 발을 벌리고 섰다. 마음대로 덤벼보라는 당당한 태도였다.

무영은 검강을 끌어올렸다.

무영의 검에서 다섯 자에 이르는 붉은 기운이 뻗어 나왔다.

'엉?'

지국천왕이 깜짝 놀라며 대도를 고쳐 쥐었다.

'보통 놈이 아니다! 절대 내 아래가 아니다!'

그는 결코 쉬운 상대가 아니라는 생각에 경각심을 가지고 신중한 태도로 무영과 맞서갔다. 검강을 다섯 자나 뿜어내는 상대와 대결을 해본 경함은 없었던 것이다.

"하얏!"

운룡파천(雲龍破天),

번쩍이는 홍광이 길게 뻗어 하늘을 가르듯 지국천왕의 정수리를 부숴갔다.

"어이쿠!"

지국천왕은 자신도 모르게 비명을 지르며 몇 걸음 뒤로 물러났다.

한 초를 전개한 무영이 뒤로 몇 걸음 물러섰다.

"가르침을 독특하게 내리는구나. '어이쿠'란 교훈은 처음 들어본다. 뭘 잘하라고 하는 가르침이냐?"

"하얏!"

빈정거리는 무영의 말에 얼굴이 벌게진 지국천왕이 분통이 터지는지 대도를 치켜들고 허공으로 몸을 날렸다. 그도 예사는 아니었지만 무영이 워낙 빠르고 거세게 일초를 날렸기에 개망신을 당한 것이다.

그는 상대와 비슷한 초식을 써서 체면을 만회하려고 했다.

"핫!"

무영의 몸이 허공으로 마주쳐 갔다.

"지금이야."

그는 곡완주와 호소가와에게 동시에 전음을 날렸다.

진립의 수하들은 모두들 오늘 기막힌 공중전을 보려나 하고 눈을 크게 뜨고 두 사람의 움직임을 보고 있었다.

허공으로 뛰어오른 무영 몸이 지국천왕과 부딪쳐 갔다.

쾅!

도검이 맞부딪치자 요란한 소리와 함께 무영의 몸이 마치 끊어진 실처럼 옆으로 튕겨졌다.

그런데 튕겨 나간 그의 몸이 살짝 틀어지더니 그대로 남해대왕에게로 내려앉으며, 마치 독수리가 병아리를 채가듯 완맥을 거머쥐더니 허공으로 뛰었다.

순식간의 일이라 미처 호위들은 정신을 차릴 겨를도 없었다.

'제길, 더럽게 무겁네.'

용포처럼 만든 금의를 걸친 그는 의외로 속살이 많은지 끌고 올라가는 무영의 몸이 멈칫거렸다.

순간 그의 주위에 있던 세 명의 천왕과 호위들이 그제야 사태를 파악하고 그를 덮쳐 갔다.

"으억!"

"헉!"

하지만 창을 꼬나 쥐고 찔러오던 증장천왕(增長天王)과 무영의 앞을 차단하려던 광목천왕(廣目天王)은 공격을 하려다 곡완주의 일격에 팔과 옆구리에 부상을 입었다.

호소가와도 장검을 휘두르며 호위들을 막아내자 무영은 남해대왕을 끌고 언덕 비스듬히 설치된 석진 속으로 재빨리 들어갔다.

나무들과 괴석, 그리고 무수한 돌덩이들로 쌓여진 석진이라 밖에서는 안을 볼 수 없었기에 남은 사람들의 눈에는 더 이상 무영과 남해대왕의 모습이 보이지 않았다.

뒤를 추격하던 사대천왕과 호위들은 곡완주와 호소가와의 신들린 듯한 공격에 무영을 추격할 엄두조차 내지 못했다.

"가요!"

무영이 석진 안으로 사라지는 것을 확인한 곡완주가 소리치며 몸을 날리자 그 뒤를 호소가와가 따랐다.

진립의 호위무사 수십이 우르르 그들의 뒤를 추격하여 석진 안으로 들어왔다.

"으악! 이게 뭐냐?"

기회를 엿보던 하경이 재빨리 진법을 발동시키자 진세 안으로 쫓아왔던 호위들의 앞으로 갑자기 바위가 구르는가 하면 벼락이 치고 산이 무너져 내렸다. 어떤 자는 끝없이 펼쳐진 돌산을 보고 '백무도가 언제 이렇게 크게 늘어났나?' 하고 놀라기까지 했다.

"으악!"

"억!"

정신을 차리지 못하고 겁을 집어먹고 있는 그들에게 갑자기 어디선가 창검이 날아와 쑤셔대거나 베는 통에 뒤따라 석진 안에 들어왔던 십수 명의 호위들은 변변한 대응도 해보지 못하고 순식간에 시체가 되어 나뒹굴었다.

"따라오면 대왕인지 돼지왕인지 하는 놈의 모가지를 따버린다!"

무영이 석진 사이에서 머리를 빠끔 내밀고는 소리 질렀다.

과연 그 말은 효과가 있어 추격자들은 더 이상 접근하지 못하고 석진 앞에 진을 치는 상태로 양측은 대치했다.

"이봐, 대왕. 오늘은 그만 부하들에게 돌아가고 내일 다시 와서 결산을 하자고 해."

무영이 남해대왕의 배를 검집으로 쿡쿡 찔러가며 말했다.

"이, 이런, 무, 무엄한 놈!"

"어, 이놈이 아직 정신을 덜 차렸네."

빡!

말이 끝나기 무섭게 검집째 머리통을 후려갈겼다.

"어이쿠!"

"이런 놈을 다루는 법이 딱 하나 있지."

퍽, 퍽, 퍽.

무영은 검집으로 남해대왕을 사정없이 후려 팼다.

호소가와는 그의 행동에 전혀 신경을 쓰지 않고 아무 말 없이 하늘만 쳐다보고 있을 뿐이었고, 곡완주는 허리춤에 손을 얹고 적의 동태를 살피고 있었다.

퍽! 퍽!

"아이고, 아이고, 잘못했습니다!"

한동안 반항을 하던 남해대왕은 비곗덩어리에 계속되는 매질을 견디지 못하고 무릎을 꿇었다.

"정말 더 이상 교훈을 내리지 않아도 알아서 할 거야?"

무영은 아예 다짐을 받듯이 물었다.

"예, 예, 알아서 합니다. 알아서 하고말고요. 어헝!"

갑자기 기막힌 신세로 전락한 것이 서러웠던지 어울리지 않게 눈물까지 주르륵 흘려댔다.

"야, 임마! 나도 한때는 밑에 육천이나 되는 대군을 거느린 장수였어. 겨우 일이천 모아놓고 대왕이 뭐냐, 대왕이!"

무영의 말에 호소가와의 눈길이 그를 향했다.

"그 말이 정말인가?"

"그분은 전에 대명(大明)의 대장군이셨고 지금은 하미왕국의 충의대장군이기도 한 분이세요."

곡완주가 나서서 조용히 한마디 했다.

오랜 시간을 무영과 함께한 그녀인지라 그에 관한 것이라면 시시콜콜한 얘기까지 다 아는 형편이었다.

호소가와는 물론 남해대왕까지 깜짝 놀랐다.

충격을 받았는지 한동안 말이 없던 호소가와가 다시 입을 열었다.

"의외로군. 그 사실을 미리 밝혔다면 더 나은 대우를 해주었을 것이야."

명의 장군이었다는 말에 호소가와의 말투가 바뀌었다.

"지금까지도 대우를 잘 받았다고 생각하고 있소."

"고맙군. 한데 무공이 대단하더군. 나도 적수가 되지는 않을 거라는 생각이 들어. 그런데 왜 그동안 섬에서 조용히 지냈는가? 자네 정도의 실력이라면 섬을 충분히 장악하고도 남았을 텐데."

말을 하면서 그의 눈길이 곡완주에게 향했다. 두 사람이 함께라면 충분하다는 말뜻이었다.

"내 섬이 아니오. 그리고 당신이 사람들에게 심하게 대하는 것을 보지 못했는데 왜 반기를 들어야 한단 말이오? 나는 그저 이렇게 있다가 중원으로 가면 그만이오."

"그럼 내가 운이 좋은 편이었나?"

"내 운도 좋았소. 중상을 당했었는데 모두 나았고 몸은 이렇게 예전보다 더 좋아졌으니."

"아무튼 이 보잘것없는 섬에서 잘 지냈다니 고맙군. 그리고 이놈은 자네가 잡은 놈이니 알아서 하게."

그는 남해대왕을 슬쩍 보고는 한쪽으로 물러섰다.

"이봐, 빨리 내가 시킨 대로 떠들어."

무영이 다시 눈을 부릅떴다.

"예, 예, 대장군님."

곡완주가 그의 목줄기에 칼을 대고 난석(亂石)의 모퉁이를 돌아 밖이 보이는 곳으로 끌고 갔다.

무영이 느릿느릿 뒤를 따라갔다.

"시작해."

"예, 예. 여봐라, 너희들은 모두 물러갔다가 내일 날이 밝으면 다시 오도록 해라!"

"천천히 오라구 해, 임마. 환영할 만한 손님도 아닌데 꼭두새벽부터 귀찮게 굴지 말고."

곡완주가 그 말을 받아 목줄기의 검을 조금 위로 치키자 남해대왕의 머리통이 뒤로 젖혀졌다.

"내일 늦게 와라, 아주 늦게! 그리고 호소가와 도주의 부하였던 자들은 모두 남으라고 해."

한동안 우왕좌왕하며 반응을 보이지 못하던 그의 부하들이 배를 집어타고 퇴각했다. 선착장에는 호소가와의 부하였던 십여 명의 무사들이 불안한 기색으로 남아 있을 뿐이었다.

"도주님의 사람들이니 데려다 쓰시죠."

"이미 나를 떠난 사람들일세."

호소가와가 냉막한 어조로 말했다.

"어쩔 수 없지 않았습니까? 그럼 저 사람들이 충성을 지키겠다고 자결이라도 했어야 한다는 말입니까?"

　그는 무영의 말에 흠칫했다. 한동안 움직이지 않고 생각에 잠기던 그는 선착장의 부하들을 향해 발걸음을 옮겼다.

제6장 폭탄 돌리기

그런데 다음날에도 적은 섬으로 오지 않았다. 그저 한 척이 남아 섬에서 멀찍이 배를 대고 관망만 하고 있을 뿐이었다.

오 일째 되는 날 오후 무렵에야 대선 한 척과 십여 척의 중형 전투선이 섬 주변으로 몰려들었다. 아마도 죄다 몰려온 모양이다.

그러나 섬의 분위기는 화기애애했다. 적의 우두머리를 생포해 두었으니 아무 걱정이 없다는 생각들이었다.

아홉 척에 이르는 전투선들이 빽빽하게 선착장으로 몰려들어 상륙했지만 누구 하나 제지하려 하지는 않았다. 기껏해야 큰소리치며 위세나 부리는 정도일 거라 예상했기에 모두들 중턱의 석진 주위만 철저히 경계하고 있었다.

"아무래도 이상한데요? 협상을 하려는 분위기 같지가 않아요."

석포를 일렬로 설치하는 적병을 보고 곡완주가 근심스러운 얼굴로 말했다.

"대왕이라는 놈을 이곳에 잡아두었는데 무슨 걱정이야?"

"그렇지만 협상하려는 놈들이 저렇게까지 대병을 이끌고 싸움 준비를 할 까닭이 없잖아요."

"음, 그러고 보니 좀 이상한데?"

무영은 남해대왕을 끌고 왔다. 밤새 나무에 묶여 있었기에 번쩍거리던 그의 금색 용포는 서리를 맞아 걸레처럼 처져 있었다.

"이봐, 배는 한 척만 남기고 죄다 물러가라고 해."

"이놈들아, 내가 여기 있는데 무슨 수작들이냐! 모두 물러가고 한 척만 남도록 해라!"

그러자 저쪽에서 금포를 입은 젊은 놈이 의젓한 걸음걸이로 나섰다.

"흥, 남해대왕의 생명을 담보로 위협을 해도 소용이 없다. 본좌가 임시로 왕위에 올랐으니 남해대왕님을 이리로 보내든지 아니면 죽음을 맞든지 알아서 해라!"

그는 당당하게 말하고는 자기편 속으로 들어가 버렸다.

"저, 저, 때려죽일 놈!"

그 소리를 들은 남해대왕이 눈이 찢어지도록 그자의 뒤통수를 노려보며 말을 잇지 못했다.

"아니, 이게 무슨 소리야? 저놈은 또 누구야? 그리구 당신이 대왕 자리에서 잘렸다는 소리 아냐?"

무영이 깜짝 놀라 남해대왕에게 물었다.

"저 쳐 죽일 놈은 본왕의 아들 진동이오. 저놈이 아비의 죽음을 이토록 수수방관하다니. 게다가 자리를 비운 사이 아비의 자리를 가로채? 내 이놈을 그냥!"

묶여 있는 팔만 아니라면 소매라도 걷고 달려갈 기세였다.

"반 각을 주겠다. 빨리 결정해라!"

어제 무영과 비무를 벌였던 지국천왕이 앞으로 나서서 소리치고는 돌아가 버렸다. 아마도 남해대왕이 뭐라고 하는 소리가 듣기 거북했던 모양이다.

"저, 저놈이 앞장서다니! 내가 그토록 보살펴 주었거늘!"

남해대왕은 분통이 터지는지 손을 파들파들 떨었다.

"재미있군. 아마 우리가 당신을 돌려보내면 당신을 구출하기 위한 작전이었다고 할 것이고 돌려보내지 않으면 그걸 명분으로 그대로 공격해서 다 죽여 버리려고 할 것이야. 내 생각에는 두 번째 안이 당신 아들이라는 자의 입맛에 딱 맞을 것 같군. 이름이 진똥이라고 했나? 앞으로는 모진똥으로 하라구 해. 정말 모진 놈이군."

남해대왕도 같은 생각이었다.

"어헝, 아들이라고 이십 년을 넘게 금이야 옥이야 키워났더니 아비 자리가 탐나 나를 죽이려 들어? 저 쳐 죽여도 시원치 않을 놈의 시커먼 속을 그동안 모르고 키워왔다니, 어헝!"

그는 부끄러운 줄도 모르고 눈물을 쏟았다.

아들에게 배신당한 심정이야 물어서 무엇 하겠는가?

"안됐소."

무영이 그의 몸에 묶인 밧줄을 풀어주었다.

"형, 형."

그는 바닥을 치며 통곡했다.

이쪽에서 쉽게 풀어줄 까닭도 없고, 그렇게 시간이 가면 싸움이 벌어지고, 그러면 용도 폐기된 자신은 어느 편이 이기든 싸움 와중에 죽을 것이 뻔했다.

"쯧쯧, 그러게 자식은 엄하게 키워야 한다고들 합디다."

"누구 약 올리나!"

남해대왕도 어차피 이판사판이라 죽음을 앞둔 마당에 자식 같은 놈이 옆에서 계속 깐죽거리고 있으니 죽을 맛인지 그때까지 공손하던 태도를 버렸다.

"가만."

무영의 머리 속에 좋은 생각이 떠올랐다.

남해대왕을 풀어주어 자기들끼리 싸움을 붙여놓으면 재미있겠다는 생각이 들었던 것이다.

"가. 내가 보내주겠어."

"예?"

정작 놀란 사람은 곡완주였다. 호소가와도 그의 말이 의외였는지 돌아보았다.

"가서 왕위를 되찾으면 앞으로 내게 무조건 충성해야 해. 맹세할 수 있겠어?"

"아이구, 물론입니다. 어찌 사람의 탈을 쓰고 은혜를 잊겠습니까?"

풀어주겠다는데 들어주지 못할 말이 어디 있겠는가? 맹세 따위를 지키는 일은 일단 풀려난 뒤에 다시 생각해도 될 일이었다.

"당신이 사람의 탈은 썼다니 사람이 아닌 것은 확실하구만. 안에 뭐가 있는지 알 수 없지만, 어쨌든 이거 하나는 명심해. 나를 배신하면 보름 안에 몸이 말라비틀어지고 힘을 쓸 수 없게 될 거야."

"물론입지요. 이렇게 살려주시는데 배신을 때린다면 천지신명인들 어찌 저한테 벌을 내리지 않겠습니까?"

"천지신명이 아니고 내가 벌을 주는 거야."

무영은 말과 동시에 그의 혈도 몇 곳을 재빠르게 점했다.

"우리 문파의 독문 점혈법(點穴法)이라 아무도 풀지 못해. 내가 죽으면 당신 목숨도 끝이지. 혹시 내가 급살이라도 맞아서 보름 안에 혈도를 풀어주지 못할 불행한 경우가 생기면 당신 목숨도 끝장이라는 것을 명심하도록."

염려스러운 눈으로 지켜보던 곡완주의 얼굴이 펴졌다.

"예? 아, 예, 예."

남해대왕은 대답을 하면서도 안색이 변했다.

"으윽."

갑자기 남해대왕이 비명을 질렀다. 그도 무공은 웬만한지라 무영의 말을 확인하려고 몰래 한 번 운기를 해본 것이었다.

"어? 어이구, 이거 미안해서 어쩌지? 내가 중요한 사실을 얘기하지 않았군. 함부로 운기를 하면 고통은 물론이고 그만큼 해혈을 해야 할 시일이 단축된다구. 이제는 보름이 아니라 십이삼 일 정도밖에 여유가 없어졌구만. 쯧쯧."

남해대왕의 구겨진 얼굴이 더욱 찌그러졌다.

'빌어먹을 놈, 일부러 엿먹이려고……'

"그렇게 인상 쓰고 있지 말고 그만 가보쇼. 빨리 가서 집안 청소부터 해야지?"

그가 자신을 욕하고 있다는 건 귀가 간지럽다는 사실만으로도 충분히 확인할 수 있었다. 하지만 속으로 욕했냐고 물어볼 수도 없었기에 귀찮은 그를 돌려보내는 것으로 마무리했다.

"예, 예."

그제야 자신의 현재 처지를 다시 확인한 남해대왕이 급히 옷에 묻은 흙을 터는 등 옷매무새를 바로 하고 나설 준비를 했다.

"안 되겠어."

"뭐가요?"

"대왕의 옷이 그렇게 볼품없어서야 어디 권력 싸움에서 이기기나 하겠어?"

무영은 물을 준비하게 하더니 그의 용포를 벗겨 물에 담근 후 휘휘 저었다. 옷이 대충 빨아진 것 같자 물기를 짠 후에 대충 흔들어 편 다음 약간의 내공을 일으켰다.

마치 열양장의 기운같이 따뜻한 온기가 금세 용포의 물기를 없애 버렸다. 용포가 금방 세탁한 것같이 보송보송하게 금빛을 발하자 남해대왕의 입이 벌어졌다.

"고맙습니다."

"괜찮아. 우리는 여기서 당신이 꼭 권력을 되찾기를 빌 테니 당신은 내 무병장수나 빌라구."

"예, 예, 당연합니다."

무영의 말대로 놈이 갑자기 급살을 맞아 뒈져 버리기라도 한다면 정말 곤란하다는 생각에 문득 하늘을 보니 다행히 벼락이 칠 분위기는 아니었다.

"잘해보셔."

무영은 뒤따라 나와서 친절하게 손까지 흔들어주었다.

남해대왕이 석진을 벗어나 선착장 쪽으로 가자 적병들 사이에서 환호성이 일었다.

그는 마치 개선장군처럼 점잖게 손을 흔들어주며 걸어갔다.

하지만 그 타는 속마음을 누가 알랴?

남해대왕의 마음속으로는 절벽에서 외줄 타기를 한다고 해도 이보다 더 불안하랴 싶을 정도로 잔뜩 겁을 집어먹고 있었다. 배신을 때린 아들놈이 혹시라도 왕좌에 눈이 뒤집혀 '쏴버려' 하는 날이면 자신의 목숨은 그걸로 끝이었다. 다만 그래도 지금 믿는 것이라고는 자신에게 열심히 손을 흔들어주는 일반 병사들의 눈이었다.

'고맙다, 애들아.'

평소에도 자신에게 고개를 숙이거나 환호했던 그들이었기에 당연하게 받아들여야 하건만 지금 이 순간에는 그것이 너무도 고마웠다.

'음, 정말 그동안 내가 아랫사람들에게 너무 무심했구나. 내가 살아나면 다 너희들 덕분이다. 이번에 돌아가면 돼지라도 몇십 마리 잡아 배불리 먹이고 녹봉도 올려줘야지.'

진립은 정말 속으로 별 생각을 다하며 걸었다.

그리 멀지 않은 거리였건만 왜 그리 멀게 느껴지는지 몰랐다.

진농(陳東)의 일굴이 일그러졌다.

설마 저들이 아비를 쉽게 풀어주리라고는 꿈에도 생각지 못했다.

그런데 아버지 진립은 보무도 당당히 손까지 흔들며 여유있게 걸어오고 있었다. 아무리 왕위가 탐이 나기로서니 보는 눈이 쫙 깔린 마당에 아비를 쏘아 죽이라고 명할 수는 없는 일이었다.

진동은 머리를 재빨리 굴렸다.

혹시나 해서 생각해 둔 변명이 있기는 하지만 궁색한 것은 피할 수 없었다. 적당한 핑계를 생각하며 이리저리 변명거리를 준비하는 사이 남해대왕 진립이 어느새 진지에 도착했다.

"남해대왕 천세, 천세, 천천세!"

문득 자신이 가장 먼저 해야 할 일을 깨달은 진동이 병사들 앞으로 나서서 두 손을 높이 들고 소리 지르며 무릎을 꿇었다. 병사들도 모두 천천세를 크게 외치며 뒤이어 무릎을 꿇었다.

진립은 같잖은 아들의 꼬락서니에 배알이 뒤틀렸지만 아직 대세를 완전히 장악했다는 확신이 들지 않았기에 본진으로 돌아갈 때까지 조신하기로 했다. 공연히 여기서 성질내다가 눈이 뒤집힌 아들놈과 그 패거리의 칼질에 아주 가는 수가 있었다.

남해대왕은 충분히 손을 흔들어준 후에 준비된 자리에 앉았다.

자리의 온기가 아직 가시지 않은 것을 보니 얼마 전까지 아들놈이 앉았던 것이 틀림없다는 생각에 새삼 분노가 치밀었다.

'두고 보자, 이누 움! 뿌드드득.'

"모두 사대천왕이 훌륭하게 작전을 수행한 탓에 적들이 겁을 먹고 대왕 폐하를 풀어준 것입니다. 이 모든 공로는 이번 전략에 처음부터 끝까지 함께한 사대천왕에게 있다고 해도 과언이 아니니 이들에게 그 공을 돌리고 싶습니다."

진동이 섬에 도착하자마자 설치한 천막 안이었다.

방금 전까지 그는 장수들과 함께 이곳에서 공격 전략을 논의하고 있었지만 지금은 자신의 자리에 아버지가 앉아 있었다. 그는 아버지 남해대왕의 눈치를 봐가며 어색한 미소와 함께 말했다.

"흠, 사대천왕의 공이 그토록 컸다고?"

진립이 무표정하게 말을 받았다.

그는 지금 자신을 죽음의 문턱까지 내몰았던 악질 반역자를 색출하는 중이었다.

사대천왕도 진립이 풀려 나온 순간부터 마음이 편치 않았다. 특히 빨리 결정을 하라며 윽박질렀던 지국천왕의 마음은 남달랐다.

진동이 은근히 자신들이 짠 계획인 것으로 말을 돌리자 사대천왕은 깜짝 놀랐다.

'아니, 저놈이!'

지금 진동이 자신들에게 돌리는 것은 공(功)이 아니라 심지에 불이 붙은 폭탄이었다.

"하하하, 무슨 말씀을. 저희들은 그저 왕자 저하께서 명령하신 대로 행한 것뿐이니 무슨 공이 있다고 하겠습니까? 모든 것은 영명하신 왕자 저하의 머리에서 나왔으니 대왕께서 이렇게 무사히 풀려난 공은 왕자님의 차지가 당연합니다."

지국천왕이 펄쩍 뛰며 공(?)을 다시 진동에게로 돌렸다.

비록 호탕한 척 크게 웃으며 말했지만 머지않은 장래에 피바람을 불러올 사안이라는 것을 모두들 인식하고 있었다.

"그렇습니다. 모든 것은 왕자 저하의 공이라 할 수 있습니다."

다문천왕(多聞天王)도 급히 지원 사격을 했다.

"그저 왕자 저하의 현명하신 결단이었습니다."

광목천왕(廣目天王)도 가세했다.

폭약의 심지는 점점 짧아지고 있었다.

"굳이 공이라 하자면 저희 사대천왕들은 그저 왕자 저하의 엄하신 명령에 감히 다른 의견을 말할 수 없기에 따르기만 한 작은 공이라 할 수 있습니다."

증장천왕(增長天王)도 빠지지 않았다. 어쩔 수 없이 명에 따랐다는 말이었다.

'여기서 밀리면 끝장이다!'

사대천왕은 결사적인 심정으로 배수진을 치고 왕자에게 공을 돌렸다.

'아니, 이것들이!'

사대천왕의 일치된 공세에 진동의 똥줄은 마치 짧아지는 화약 심지처럼 타 들어갔다.

"모두들 좋은 의견이라고 말하지 않았소? 나는 그저 이런저런 궁리를 하느라 의견을 냈을 뿐인데 사대천왕이 만장일치로 뛰어난 식견이니, 누구도 생각하지 못할 결단이니 하며 찬성을 했으니 어찌 그 공이 작다 할 수 있겠소?"

공(功)으로 위장된 폭탄은 그렇게 사대천왕과 왕자 사이를 오가며 불꽃을 줄여갔다. 누가 안았을 때 터질지 모를 폭탄인지라 양측 모두 서로 공을 떠넘기기에 바빴다.

'훌륭한 생각이라고 할 때는 언제고… 나쁜 놈들. 음, 아무튼 최대한 여러 사람을 끌고 들어가야 해.'

진동의 생각이었고,

'니미럴, 뒈지려면 혼자 뒈지지 왜 애꿎은 우리는 끌고 들어가?'

하는 것은 사대천왕의 생각이었다.

사실 왕자의 말대로 동조하기는 했으나 어영부영 똥바가지를 뒤집어쓰다가 그야말로 땅속의 거름이 되기 싫었던 사대천왕은 당연히 공로를 왕자에게 돌렸고, 진동은 한 명이라도 더 짊어지고 가야 후환이 적을 것이라는 생각이었기에 물귀신 작전을 쓰고 있었다.

'됐다.'

진립의 입가에 희미한 웃음이 번졌다.

이제 분위기는 자신이 주도하고 있었다. 수뇌부라고 할 수 있는 놈들이 이 정도면 하부 조직은 걱정할 것이 없었다.

"으핫핫핫! 되었다, 되었어. 그렇듯 서로에게 공을 양보하는 미덕을 보이니 우리 남사도에도 예절이 살아 있는 것 같아 짐의 마음이 흡족하기만 하구나. 특히 왕자의 공이 컸다고 하니 짐이 절대 잊지 않겠다."

진립은 '절대'라는 대목에 힘을 바짝 주었다.

'음, 한꺼번에 네 놈이나 입을 모아 덤비니 당할 재간이 없군. 설마 하나뿐인 아들을 어떻게 하려고.'

아버지 진립이 자신의 공을 '절대' 잊지 않겠다고 하자 찜찜하기는 했지만 그렇게 생각하며 스스로를 위안했다.

'음, 일단 살았군.'

사대천왕은 진동 왕자에게 공을 양보해 자백을 시키는 데 성공하자 그제야 얼굴들이 펴졌다.

"공격은 언제 합니까?"

일단 목숨은 건졌다 생각하고 안도한 지국천왕이 백무도와의 싸움에 관한 것을 물었다.

"험, 험, 일단 그들은 시간을 달라고 했다. 본왕에 대해 반역하겠다는 생각은 추호도 없다 하고 백성들을 설득할 시간을 달라 하니, 어차피 본왕의 휘하로 들어올 백성에 대해 가혹하게 공격할 생각은 없으니 그리 알라."

그 구차하고 창피스러운 모든 과정을 어떻게 일일이 말해 줄 수 있단 말인가?

진립은 그렇게 말한 후에 인상을 한번 북 긁어주고는 자리에서 일어섰다. 그는 이럴 때 어떻게 해야 뒷말이 없는지는 알고 있었다.

뒤에 남은 사대천왕은 얼굴을 마주 보다가 얼른 자리에서 일어섰다.

치열한 설전을 벌여가며 공을 양보했던 진동 왕자와 마주하기가 껄끄러웠던 까닭이다.

진립은 즉시 철수 준비를 명했다.

보따리를 싸느라 바쁜 무영의 진영으로 남해대왕의 밀사가 조용히 찾아왔다.

"대왕께서 언제 어떻게 약속을 이행할 것인지 빨리 결정해 달라고 하시오."

내용을 모르는 밀사는 그것이 항복에 관한 것으로 알고 있기에 거드름을 피워가며 말했다. 남해대왕이 망신스러움에 입을 열지 못했을 것이니 밀사는 당연히 몰랐겠지만 그것은 언제 어떻게 혈도를 풀어줄 것인가를 묻는 말이었다.

"배를 한 척 남겨두고 가면 우리가 곧 찾아가겠다고 일러라."

양 선장의 소선은 그들의 손에 의해 불에 태워진 지 오래였기에 지금 섬에는 타고 나갈 배가 한 척도 없었다.

진립 일행은 썰물처럼 선착장을 빠져나갔는데, 무영의 무병장수를 진심으로 기원하는 남해대왕은 몰고 온 배들 중에서 제일 튼실한 놈으로 한 척 남겨두었다.

"어차피 내 휘하로 들어올 백성들이 이번에 많은 고초를 겪었으니 내 어찌 보살피지 않을 수 있겠느냐?"

진립은 그렇게 말하곤 다른 전함에 실려 있던 각종 식량까지 남겨진 배에 모아 산처럼 쌓아놓곤 섬을 떠났고, 적에게 보이는 관용을 본 그의 부하들은 남해대왕의 후덕함에 대해 입을 모아 칭송했다.

남해대왕 진립 일당이 물러간 후에 무영 일행이 배에 올라가 보니 남해대왕의 본거지가 거미줄처럼 자세히 그려진 커다란 약도가 갑판 위에 올려져 있었다.

"킥킥, 친절하기도 하군요."

너무 자세히 그려진 약도에 곡완주가 모처럼 웃었다.

"하하하, 대충 기혈이 흔들릴 정도로 혈도를 만져 둔 줄 모르고 지금 쯤 식사도 제대로 못하고 있을걸?"

무영이 짚은 혈도는 며칠이 지나면 저절로 풀리게 되어 있어 사실상 아무런 문제가 없었다.

큰 싸움이 벌어졌던 선착장은 부서진 시설의 잔해들로 넘쳐나 섬사 람들은 며칠 동안 복구에만 매달려야 했다.

선착장이 대충 복구되어 가자 무료해진 무영은 남해대왕에게 가서 한 상 거나하게 받아보고 싶다는 장난기가 발동했다. 어떻게 할까 망 설이고 있는데 다시 남해대왕의 사자가 도착했다. 남해대왕이 있는 곳 에 가려면 이틀은 족히 항해해야 하는 거리인 것을 계산한다면 불안해 진 그가 도착하자마자 사자를 다시 보낸 이유는 자명했다.

남해대왕 진립의 각별한 언질을 받았는지 지난번과 달리 사자는 무 척 공손한 태도를 취했다.

"혹시라도 원로에 불편하실까 제가 직접 모셔오라는 대왕의 말씀이 계셨습니다."

"하하하, 이렇게까지 할 건 없는데. 알고 보니 그 사람 인정이 넘치 는 사람이네그려."

기분이 좋아진 무영이 한마디 했다.

"한번 가보게. 나도 바람 좀 쐬고 싶군."

옆에서 호소가와가 부추겼다. 자신도 데려가 달라는 말이었다.

남해의 중간쯤에 수십 개의 크고 작은 섬들이 있는데, 뱃사람들은 수많은 섬들을 일일이 이름 붙이기 귀찮았는지 그냥 통틀어 남사도(南沙島)라 불렀다.

남해대왕 진립은 그중에서 제일 큰 섬인 대사도(大沙島)라는 곳에 자리를 잡고 있었는데, 수천 명의 사람들이 모여 사는 이 섬 이름도 그가 자리를 잡은 후 스스로 붙인 것이었다.

무영의 말대로 진립은 식사도 제대로 못하고 하루하루 지나가는 걸 마치 지옥같이 여길 정도로 보내고 있었다.

이 모든 괴로움의 원흉인 괘씸한 아들 진동 놈은 그래도 핏줄이라고 차마 죽이지 못하고 주민이 몇십 명도 되지 않는 조그만 섬의 도주로 보내 버렸다. 워낙 주민 수가 적어 이제껏 도주를 임명한 일도 없었던 섬이었다.

남해대왕의 일과는 아침에 일어나 망루에 있는 감시병들을 수시로 방문하여 밤새 길을 잃고 지나가는 배가 없었는지, 또는 수상한 배가 통행한 적은 없었는지 하고 묻는 것으로 시작되어 저녁이 올 무렵까지 따지자면 열댓 번도 더 망루의 병사를 위문하는 것으로 마무리되었다.

밤에도 잠을 자지 못하고 수시로 벌떡벌떡 일어나 망루에 번을 서는 병사들의 근무 상태를 점검하러 가는 통에 근무 중 가끔 졸기도 했던 병사들은 요 며칠 사이에 정신이 번쩍 나도록 철저히 기합이 들어가 있었다.

진립도 눈치가 보이는지 빈손으로 가는 것이 아니라 수고한다며 푸짐한 야참을 준비해 가거나 수시로 철저히 근무하라며 은상을 내렸기에 진중에는 근무만 제대로 서면 망루에 번을 서는 것이 최고의 보직이라는 말까지 돌았다.

'음, 잘만 하면 한밑천 잡는다.'

병사들이라고 눈치가 없는 것은 아니었기에 자신들의 대왕이 뭔가 중요한 것을 몹시도 기다리고 있다는 것을 알았다. 그 한 건만 하면 평생 팔자를 고칠 수 있다는 소문에, 군이 야참이나 은상이 아니어도 두 눈을 부릅뜨고 바다를 지켜보는 형편이었다.

"배다!"

오늘 근무는 모락, 모충 두 형제의 몫이었다.

병영 내에서도 제법 고참에 속하는 그들이었기에 다행히 망루 근무병이 되는 행운을 얻었는데 멀리 바다를 떠오는 배가 보였다.

"뭐라고? 배라고 하였느냐?"

남해대왕이 고함 소리에 금방 망루로 달려왔다.

사실 왕궁은 망루에서 제법 멀리 떨어져 있었는데 남해대왕은 며칠 전부터 병사들과 고락을 같이해야 한다며 임시 집무실을 망루 주변에 설치해 놓고 그곳에서 각종 업무를 결제했다. 그랬기에 그는 초병의 고함을 듣자마자 만사 제쳐 두고 허둥지둥 달려올 수 있었다.

"옙, 배가 보이고 있습니다!"

모락은 망루에 지급된 천리경(千里鏡)을 눈으로 가져가며 말했다.

"어디 배냐?"

"엇, 우리 전투선입니다. 며칠 전에 출발했던 배인 것 같습니다."

"깃발을 달았느냐?"

"그런데 처음 보는 녹기(綠旗)를 달고 있습니다."

"됐다."

녹기라는 말에 망루 아래서 채신머리없이 위를 쳐다보며 병사에게 말을 걸던 진립의 입이 함지박만하게 벌어졌다.

원래 마음속에서 나오는 말은 '살았다'였지만 체면을 생각해 목구멍 부근에서 얼른 말을 바꿨다.

백무도로 떠나는 사신을 출발시키면서 그가 당부해 두었던 말은, 무영이 그 배를 타고 오면 배에 녹색 기를 달고 그렇지 않으면 적색 기를 달고 오라는 것이었다. 녹기라니 그 악마 같은 놈이 이제야 오는 것이 틀림없었다.

그동안 얼마나 후회했던가.

자신의 명줄이 하루하루 줄어가는 다급한 마음으로 말하자면야 하루에도 수십 번씩 백무도로 달려가고 싶었지만 행여 길이 어긋날까 꼼짝도 할 수 없었다.

'차라리 한 보름 그곳에 버티고 있을걸.'

뼈저린 후회 속에 하루에도 수십 번씩 되뇌던 말이었다.

'그만 가라기에 그저 고맙게 배를 몰고 온 내 자신이 얼마나 멍청했던가?'

남몰래 밤을 지새우며 비탄의 눈물을 흘렸던 그였다.

"으핫핫핫! 으핫핫핫! 으핫핫핫!"

이제는 살았다는 생각에 저도 모르게 웃음소리만 이어졌다. 자신도 모르게 눈물이 뺨을 타고 흘렀다.

"대왕 폐하, 괜찮으신지요?"

모씨 형제가 재빨리 망루에서 내려와 물었다.

그 말에 머쓱해진 남해대왕이 주변을 둘러보니 호위들도 눈을 둥그렇게 뜨고 자신을 보고 있었다.

'음, 너무 좋아했나?'

"험, 험, 오늘같이 더운 날에 그대같이 철저히 번을 서는 병사를 보니 짐의 마음이 기쁘기 한량없어 그만 웃음을 주체하지 못했다. 여봐라, 저들에게 당장 은 백 냥씩을 각각 하사하도록 하고, 십호장(十戶長)으로 승진시키도록 해라."

특출한 무공이나 머리도 없었기에 평범한 말단 병사로 진립 밑에서 십 년도 넘게 썩고 있던 형제는 대왕의 크나큰 은혜에 개구리가 땅 위에 배를 깔고 퍼지듯 넙죽 큰절을 올리며 감사했다.

갑자기 은 백 냥에 부하가 열 명이라니?

남사도 부근의 날씨는 여름뿐이고 가을 겨울이 없었기에 낮에 근무를 선다는 것은 보통 일이 아니었다. 하지만 그 시간에 낮 근무를 서는 자들이 어디 그들 형제뿐이었는가?

어쨌든 그렇게 따질 수는 없는 노릇인지라 다른 병사들은 모씨 형제의 행운을 진심으로 부러워했다.

'음, 저놈들 땡잡았군.'

'평생 놀고먹어도 되겠군.'

모두들 모씨 형제를 부러워하는 가운데 선착장에 배가 도착했다.

남해대왕은 그사이 최대한 위엄있는 옷차림으로 치장한 후 무영을 맞으러 나갔다.

"핫핫핫, 이거 대장군과 도주어른이 아니시오. 이렇게 직접 방문할 것까지는 없는데 찾아오시니 본왕의 마음이 한량없이 기쁘다오."

"하하하, 그럼 이거 오지 않아도 될 것을 그랬나 보군요?"

무영이 기다렸다는 듯이 말을 받았다.

남해대왕의 얼굴이 죽사발을 뒤집어쓴 것 같은 표정이 되었다.

'망할 놈, 누구를 아주 보내려고 작정을 했나? 농담도 못 하냐, 이 썩을 놈아!'

돼지같이 생긴 형상에 인상까지 우그러지니 정말 볼만했는지 무영이 한마디 더했다.

"황공하게도 이렇게 직접 마중 나오실 줄 알았다면 그냥 섬에 있을 것을 그랬습니다."

"핫핫핫! 좋소, 좋아. 인사는 되었으니 궁으로 갑시다. 직접 오셨으니 내가 성대히 모시겠소."

계속 말장난을 해봐야 본전이 안 나온다는 사실을 깨달은 남해대왕이 어울리지 않게 웃어가며 얼른 말을 잘랐다. 놈이 하는 꼬락서니를 보니 부하들 앞에서 말을 함부로 하지 않고 체면을 세워주는 것만으로도 고마워해야 할 형편이었다.

남해대왕은 정말 성대하게 그들을 맞았다.

준비된 육두마차는 말총에 색색의 술을 달고 눈가리개를 하는 등 호화롭게 꾸몄고, 마차가 앞으로 나가자 번뜩이는 창검에 청홍흑백의 각종 기치를 든 병사 수천이 무영 일행이 대사도에 온 것을 환영해 주었다. 얼핏 보아도 삼사천은 족히 되어 보이는 군세였다.

원래 남해대왕 직속의 병사는 이천이 채 되지 않았지만 무영 일행에게 위세를 보이기 위해 평소 충성을 맹세한 인근 여러 섬의 해적들까지 끌어 모아두었었다. 그들은 평소에는 독자적으로 해적질을 했지만 큰 상선대를 만나면 남해대왕의 밑으로 들어와 같이 작전을 펴곤 했고, 직, 간접으로 남해대왕의 통솔을 받는 처지였기에 그의 한마디는 상당한 무게가 있었다.

둥, 둥, 둥, 둥.

고수(鼓手) 수십 명이 동시에 치는 북소리가 섬을 뒤흔들듯 장엄한 가운데 말들은 그 북소리에 발을 맞춰 마차를 끌고 병사들 사이를 지나 궁전의 중앙 문을 향해 나갔다.

무영 등이 안내되어진 남해대왕의 궁전은 대학사댁보다 두세 배 큰 정도에 불과한 규모로 굳이 궁전이라고 할 것도 없었지만 대나무와 나뭇잎으로 얼기설기 엮어진 일반 주민들의 한 칸짜리 방에 비하면 상당한 규모라 할 수 있었다.

준비를 시켰는지 넓은 만찬장에는 각종 해산물을 비롯한 진귀한 음식들이 가득 차려져 있었고, 몇몇 사람들이 미리 자리를 잡고 있다가 그들을 맞았다.

"하하하, 인사들하게나. 이쪽은 하미왕국의 충의대장군 장무영 장군일세. 전에는 명나라의 대장군이기도 했지."

그들은 인근 크고 작은 섬들의 해적 두령들이었는데, 며칠 전부터 남해대왕의 초청 겸 명령을 받고 대사도에 집결해 하릴없이 시간을 보내던 자들이었다.

"어이구, 대왕께서 귀한 분을 모셨군요."

남해대왕이 이들까지 불러 모아가며 위세를 보이려 한 것은 지난번 백무도 공격 시에 수십 배의 우세한 병력과 화기를 가지고도 오히려 포로가 되었다는 사실이 인근 섬에 나돌아 체면이 영 말이 아니었기 때문이다.

적에게 포로가 되고도 떳떳할 수 있는 방법이 무엇인가를 고민하던 그는 무영을 최대한 높여주어야 자신의 위신이 조금이라도 선다는 사실을 깨닫고 무영이 올 때쯤에 맞추어 서둘러 마련한 자리였다.

"그런데 생각보다 무척 젊으시군요."

"헛헛헛, 그러니 더 더욱 대단하다는 것이 아닌가?"

남해대왕 자신도 그 사실을 아직 반신반의하고 있었기에 얼른 수습을 하려고 나섰다. 만일 무영이 가짜이기라도 하다면 이보다 더 큰 망신은 없기 때문이었다.

"그 나이에 대장군이라니 믿기가 어렵군요."

그런 기미를 눈치 챈 두령 하나가 남해대왕의 아픈 곳을 자꾸 건드렸다. 그는 인근 동사도의 도주 반통(潘洞)이라는 자로 남해대왕 다음가는 세력을 가진 자였는데, 겉으로는 충성을 맹세했지만 은근히 이번 기회에 남해대왕을 흠집 내보려는 생각을 하고 있었다.

"내가 이미 확인을 했다."

진립도 짜증을 냈다.

반통이 만만한 놈 같으면 벌써 요절을 냈겠지만 자신도 희생이 클 것이기에 평소 버릇이 조금 없어도 대충 넘어가고 있었다.

"대명의 황제 폐하는 나이로 대장군에 임명하지는 않으시더이다."

의심을 하는 듯한 해적 두령이나 듣고도 믿지 못하는 그들의 작태에 심사가 불편해진 무영이 비꼬는 투로 말했다.

"흥, 해적들 주제에 의심은 많구나."

그들의 수작에 화가 치민 곡완주도 한마디 했다.

"뭣이?! 여자가 말을 함부로 하다니, 대왕의 손님만 아니었다면 참지 않았을 것이오!"

"참지 않으면 네놈이 어쩌겠다는 것이냐?"

곡완주는 남해대왕이 미처 그를 말리기도 전에 발끈하며 한 걸음 앞으로 나섰다.

"이 계집이! 대왕의 체면을 보아 참으려 했더니……!"

그렇지 않아도 어린 계집이 나서서 해적이 어쩌고 하는 것을 겨우 눌러 참고 있던 반통이 얼굴이 벌게져서 칼집에 손을 댔다.

"오호라, 검무라도 추겠다는 거냐? 주제도 모르는 놈."

곡완주가 기름을 끼얹었다.

반통이 더는 못 참겠다는 듯 대도를 뽑아 들고 만찬장 전면으로 나섰다.

워낙 살벌한 분위기라 행여 말썽이라도 날까 걱정이 된 남해대왕이 황급히 나서려고 했는데 갑자기 자신을 막는 경력을 느끼고는 걸음을 멈추었다.

무영이었다.

그는 해적 두령들이 남해대왕의 체면을 보아 내키지 않는 인사를 하고 있다는 것을 알고는 기회를 봐서 한번 손을 봐줘야 될 놈으로 분류해 놓고 있었다. 그런데 성질 급한 곡완주가 즉시로 나서자 말리지 못하게 한 것이다.

남해대왕으로서는 상황이 해제될 때까지 무영의 눈치만 봐야 하는 입장이라 끽소리 못하고 뒤로 빠졌다. 하지만 그도 곰곰이 생각해 보니 내버려 두는 게 나을 것 같았다.

'그래, 이번 기회에 확실하게 반병신을 만들어놔라.'

곡완주가 검을 들고 마치 검무를 추듯이 자신의 부하들을 주살하던 광경은 아직도 그의 뇌리 속에 깊숙이 박혀 있었다. 그녀의 실력이라면 평소에도 버릇대가리가 조금도 없던 반통 놈을 단단히 교육시키고도 남았다. 다른 두령들도 보고 있는 자리니 훗날 자신에게 문제될 것은 조금도 없었다.

만찬장에 자리가 치워졌다.

앞으로 나서 곡완주가 무영을 흘끗 보았다.

'어떻게 할까요?'

무영이 고개를 꺾는 시늉을 했다.

'죽어 버려.'

곡완주가 살짝 고개를 끄덕였다.

그것으로 반통의 운명은 결정되었다.

"흐흐흐, 본 동사도주는 이 자리가 공정히 치러지는 비무의 자리로 후일 책임지지 않아도 되는가를 묻고 싶소."

반통의 무공은 같은 해적 두령 사이에서도 알아주는 편이었다. 그는 당연히 자신이 이길 것으로 확신하고 있었기에 미리 못을 박아 나중에 귀찮은 일이 생기지 않도록 하려 했다.

"물론이다. 짐을 비롯한 이곳에 모인 모든 도주가 그 증인이 된다. 본왕의 말에 다른 의견이 있는 자는 지금 나서라."

아무도 나서는 사람이 없었다.

'흐흐흐. 반통, 오늘에야 네놈을 확실하게 손볼 수 있게 되었구나. 그것도 다른 사람의 손을 빌어서 말이다.'

남해대왕은 춤이라도 덩실덩실 추고 싶은 속마음을 겨우 눌러야 했다.

반통이 대도를 뽑아 현란하게 휘둘렀다.

평소 싸우기 전에 자신의 무예를 만천하에 자랑하며 적의 기선을 제압하던 수법이었다.

"하앗!"

곡완주의 몸이 훌쩍 허공으로 뛰어오르더니 그대로 반통을 향해 하강했다. 만찬장의 천장이 높지 않았다면 큰 구멍이라도 났을 것이라는 생각이 들 정도였다.

곡완주의 검이 순식간에 번뜩이며 수십 수백 송이의 은색 꽃잎들이 그녀의 주위를 수놓았다.

'음, 애화만천이군.'

무영은 그 초식이 곡완주가 필살의 적을 만났을 때 즐겨 사용하는 수법이라는 것을 알았다. 자주 봤던 초식이기에 다른 것에는 눈길을 주지 않고 그저 초식을 펼치면서 드러나는 가슴의 윤곽과 쫙 빠진 날씬한 몸매만 넋을 잃고 바라보았다.

'정말 멋지군.'

언제 보아도 아름다운 몸매였다.

그는 날이 갈수록 곡완주에게 빠져들고 있는 자신을 발견했다.

곡완주의 검술은 날이 갈수록 그 수위를 높여가고 있었다.

번쩍!

반통이 마지막으로 본 것은 수백 수천 송이의 은빛 꽃잎들 사이에서 불쑥 튀어나와 자신의 목을 스쳐 가는 검광이었다.

"커억!"

반통의 두 눈이 경악으로 물들었다.

쿵!

머리가 덜렁거리는 그의 몸통은 사방으로 피를 쏟으며 만찬장 바닥으로 무너져 내렸다.

"아!"

만찬장에 모인 모든 사람들은 반통이 죽었다는 사실보다 그녀의 신묘한 검술에 넋을 잃었다.

호소가와도 마찬가지였다. 그는 그녀가 자신보다 몇 수 위라는 것에 동의하지 않을 수 없었다.

"흥, 해석 주제에 몇 수의 재간으로 감히 대장군님 앞에서 날뛰는 것을 보니 사는 것에 염증을 느낀 것 같아 도와주었다."

곡완주는 예전의 그녀답게 얼음 가루가 풀풀 날릴 것만 같은 싸늘한 어조로 한마디 남기고 무영의 곁으로 돌아왔다.

"잘했어."

무영이 전음을 보냄과 동시에 빙그레 웃어주었다.

반통의 부하들이 우르르 달려들어 재빨리 시신을 수습해 자리를 떠났다. 그러나 누구 하나 죽은 두령을 위해 대들려는 놈은 없었다.

"험험, 반 도주의 죽음은 애석한 면이 없지 않소. 하지만 평소에도 짐의 말을 믿지 않고 의심이 많았던 그가 스스로 판 무덤이니 어쩔 수가 없소. 본왕은 반통 스스로가 공정한 비무라고 선언하였고, 각 도주들이 비무의 증인으로 참관하였음을 이 자리의 모두가 확인했다는 것을 말해 두겠소."

남사도주는 십 년 묵은 체증이 내려가는 듯한 후련함에 말을 하면서도 저절로 이는 흥을 주체하느라 애를 먹었다. 다만 훗날 말썽이 나지 않도록 모든 도주들이 보는 앞에서 치러진 공정한 비무였다는 점을 잊지 않고 강조했다.

다른 도주들도 그제야 남해대왕이 포로가 되었던 사연을 알 것 같았는지 고개를 끄덕였다. 업종의 특성상 어쩔 수 없이 연합하기는 했지만 서로 간의 신뢰나 의리는 눈곱만큼도 없었다. 한 놈이 죽었다는 것은 앞으로 자신들의 몫이 그만큼 커진다는 것을 의미했다.

피를 불렀던 현장은 언제 그랬냐는 듯이 말끔히 치워졌고 질펀한 술자리가 한동안 계속된 후에 도주들은 각자 자신들의 섬으로 돌아갔다.

"핫핫핫! 그래, 오늘 재미있는 하루를 보내셨는지요?"

체면 때문에 수하들을 모두 물리친 남해대왕이 무영에게 다가가 어색한 웃음과 함께 말을 건넸다. 하루 종일 잘 놀았으면 혈도나 빨리 풀어달라는 말이었다.

"하하하, 먹기야 잘 먹었습니다."

'이놈이……!'

남해대왕의 귀에는 뭔가 부족하다는 말로 들렸다.

'음, 뭘 바라는 게야?'

그는 무영의 의중을 탐색하기 위해 머리를 있는 대로 쥐어짰다. 하지만 딱히 생각나는 것이 없었다.

"참, 이번에 동사도 도주가 공석이 되었는데 그 섬을 접수하시는 게 어떻습니까? 어차피 그놈도 그 섬의 전 도주를 죽이고 빼앗은 자리니 별문제는 없을 겁니다."

무영은 무슨 귀신 씨나락 까먹는 소리냐고 반문하려다 문득 섬 생활을 잠깐 해보는 것도 괜찮을 것이라는 생각이 들었다. 무역풍이 불어오려면 아직 오 개월 정도 남았다.

"좋소, 가봅시다."

"저, 그런데 그 문제는?"

"아니, 내가 일구이언이나 할 놈으로 보입니까?"

무영이 은근히 성질 내는 시늉을 했다.

"아이구, 아닙니다. 감히 그럴 리가 있겠습니까? 다만 깜빡 잊으셨나 해서… 허허허."

그는 어색함을 감추려는 듯 크게 웃었지만 어째 바람 빠진 풍선 같은 느낌을 주는 웃음이었다.

"예쁜 아이들을 몇 명 준비해 두었습니다."

곡완주와 호소가와가 창밖의 섬 풍경을 구경하는 데 정신이 팔린 틈을 타 남해대왕이 재빨리 무영에게 귓속말을 했다.

"험, 험, 돼, 됐소."

예쁜 아가씨라는 말에 은근히 회가 동했지만 곡완주가 듣지 못했을 리 없다는 생각에 얼른 거절했다.

"무슨 소리를 그렇게 재미있게 나누세요?"

과연 곡완주는 무영의 대답이 미처 끝나기도 전에 얼른 이쪽으로 다가왔다.

'휴, 역시.'

못 들은 척 다가오는 그녀를 보는 무영의 가슴이 철렁했다. 남해대왕도 눈치가 있기에 어울리지 않는 미소를 지으며 다가오는 그녀를 보고는 더 이상 말을 붙이지 못하고 입을 다물었다.

갑자기 남해대왕이 움찔했다.

"너, 죽을래."

그의 귀를 송곳처럼 찌르는 곡완주의 전음이 들렸던 까닭이었다.

남해대왕이 조용히 도리도리를 했다.

"어디 아프쇼?"

영문을 모르는 무영이 물었다.

"아, 아닙니다. 갑자기 머리 아픈 일이 생각나서."

"머리가 아플 정도의 일이라니… 급한 일이오?"

"네? 네, 그렇다고 할 수 있습니다."

"우리는 그렇게 바쁜 일이 없으니 그 일부터 먼저 보지 그러오?"

"예, 예."

남해대왕은 얼른 꼬리를 말고 자리를 떴다.

제7장 남사도(南沙島)

　다음날 무영 일행은 대사도의 주력 전투함 십여 척에 나눠 탄 남해대왕의 병력을 이끌고 동사도를 찾았다.

　동사도 병력이 반항할지도 모른다는 생각에 모든 병력을 동원했는데, 이런 일에는 보통 다른 도주의 협력을 받는 것이 관례였지만 무영 일행을 믿는 남해대왕인지라 걱정할 것이 없었다.

　그런데 동사도가 보이는 곳에 이르자 섬에서 검은 연기가 하늘로 솟구치는 것이 보였다.

　"엇?! 무슨 일인지 알아보거라."

　남해대왕의 지시에 지국천왕이 천리경을 들이대고 섬을 살폈다.

　"싸움질을 하는데요."

　"어느 놈이 먼저 쳐들어왔느냐?"

　남해대왕이 성난 돼지 얼굴로 소리를 질렀다.

그는 자신의 허락도 없이 다른 섬에서 동사도를 접수하러 왔다 생각하고는 화를 낸 것이다.

"그게 아니라 자기들끼리 싸우는데요."

"뭐라고? 크하하핫! 놈들이 정신을 차리지 못하고 집안 싸움질이나 하고 있구나."

아마도 반통이 죽자 그의 후계를 둘러싸고 내분이 일어난 것이 틀림없었다. 동사도의 세력도 만만치 않으니 감히 누가 쳐들어오랴 하는 생각인 모양이었다.

포구에 정박한 일곱 척에 이르는 전투함의 위용은 남해대왕과 일전을 불사하기에도 결코 모자람이 없으니 먼저 권력을 장악하고 신임 도주의 등극을 선포하면 사실 남해대왕으로서도 쉽지 않았다.

"아마 일이 쉽게 풀릴 모양입니다."

기분이 좋아진 남해대왕이 무영을 보며 말했다.

배가 포구에 도착하자 갑작스런 남해대왕의 함대에 놀란 동사도의 병사들이 어찌할 바를 몰라 했다.

모든 배의 포문이 열리고 남해대왕의 병사들이 상륙하기 시작했다. 천여 명의 병력이 순식간에 포구를 가득 메운 가운데 남해대왕이 육중한 몸매를 자랑하며 천천히 배에서 내렸다.

"무슨 일로 대왕께서 이런 대병을 이끌고 동사도를 방문하셨는지요?"

그는 진립이 알고 있는 무적창(無敵槍) 상문인(桑文印)이라는 자로 동사도의 부도주였는데, 오륙백에 이르는 동사도 병사들을 이끌고 남해대왕을 막아섰다.

"험, 동사도주가 불의의 사고로 유명을 달리해 마땅히 섬을 다스릴

만한 사람이 없게 된 것을 본왕이 안타깝게 여겨 친히 접수하고자 왔노라."

"우리끼리도 잘해 나갈 수 있소이다. 언제 우리가 대왕의 도움을 요청한 적이 있다는 말입니까?"

배가 들어올 때부터 이미 남해대왕의 의도를 뻔히 알고 있던 상문인이 큰 소리로 말했다.

쾅!

"무엄하구나! 감히 어느 분 안전이라고 함부로 말을 한다는 말이냐!"

남해대왕의 뒤에 서 있던 증장천왕이 들고 있던 장창으로 바닥을 내려치며 소리쳤다. 증장천왕과 상문인은 평소에도 사이가 좋지 못했는데 두 사람 모두 자신의 창술이 남해 일대에서는 최고라 자부하고 있었기에 암묵적으로 서로 견제를 하는 처지였다.

"대왕은 무슨 대왕! 전 도주였던 반통은 그렇게 불렀을지 모르지만 나는 인정할 수 없디! 각자 자기 밥벌이만 하면 되는 것이지 언제 우리가 진립을 왕으로 뽑았다는 말이냐!"

그는 성질이 불같은 자였기에 앞뒤 가리지 않고 소리 질렀다.

그가 이토록 분통을 터뜨리는 이유는 이제 반란군을 거의 진압하려는 순간인데 남해대왕의 출현으로 산통이 깨어져 버린 탓도 있었다.

"저, 저런 건방진 놈이!"

증장천왕이 창을 들고 앞으로 나서려는 순간이었다.

"왕극아(王克我)가 대왕께 인사드립니다."

십칠팔 세가량의 소녀가 백여 명의 병사들에게 호위를 받는 형국으로 남해대왕에게 다가와 인사했다.

"가만, 왕가라고 했느냐?"

남해대왕이 나섰다.

"저는 반통의 손에 목숨을 잃은 전 도주의 딸로 그동안 아버지의 원수를 갚고 섬을 되찾기 위해 힘을 모으다가 반통 그놈이 죽었다는 소식을 듣고 병사를 일으켜 상문인과 싸우게 되었습니다."

"허, 아비의 원수를 갚고 그 지위를 계승함은 당연하다 할 것인데 상문인 네놈이 어찌 병사를 동원해 반란을 일으키려 하느냐?"

남해대왕은 왕극아의 출현에 크게 기뻐했다. 이만하면 섬을 공격할 명분도 확실했다. 어린 계집 따위는 나중에 자신이 첩으로 앉히면 그만이었다.

남해대왕이 남해의 패자로 군림하는 것은 거저 된 일이 아니었다. 둔해 보이는 몸집 위에는 팽이처럼 도는 머리가 붙어 있었다.

무영에게 이 섬을 접수하라고 부추긴 것은 그가 이곳에 오래 머물 사람이 아니라는 것을 간파했기 때문이다. 훗날 무영이 중원으로 훌쩍 떠나고 나면 무엇이 남겠는가?

'흐흐흐, 섬이 남지.'

"험, 험, 상문인 이놈, 들었느냐!"

그는 헛기침을 해가며 그를 나무라는 척했다.

"흥! 진립, 네놈이 무엇이기에 동사도의 일에 나서느냐! 그리고 힘있는 자가 권력을 쥐는 것이 세상 이치인데 무엇이 잘못됐다는 말이냐? 네놈도 그렇게 하지 않았느냐?"

상문인은 막나갔다.

돌아가는 것을 보니 이제 와서 자신이 무릎을 꿇더라도 대우를 잘 받기는 틀렸다는 생각이었다.

"정면 대결을 펼치면 희생이 클 것 같습니다."

남해대왕 진립이 슬쩍 무영을 보며 말했다. 도와줄지에 대한 의사를 타진하는 것이었다.

무영이 호소가와를 바라보았다.

"내가 나서보지."

그도 무영의 뜻을 알아들었다.

백무도의 도주로서 체면을 세울 기회를 준 것이었다.

호소가와가 장도(長刀)를 치켜들고 앞으로 나섰다.

"흐흐흐, 왜놈까지 수하로 두었더냐?"

상문인이 장창을 꼬나 들어 두 걸음 앞으로 나서며 호소가와를 향해 겨누었다.

"하앗!"

상문인은 속전속결을 하려는 듯 호소가와의 옆구리를 쓸어갔다. 호소가와 허공으로 뛰어오르자 어느 틈에 회수된 장창이 기다렸다는 듯이 그를 찌어왔다.

창!

호소가와는 장도를 맞부딪쳐 방향을 튼 후에 상문인의 옆구리를 베었다.

"헛!"

예상치 못한 반격에 상문인이 약간 당황하는 듯했으나 이내 상체를 뒤로 물리며 창을 거꾸로 회전시켜 손잡이 부분으로 호소가와의 장도를 막아갔다.

물러서는 호소가와를 향해 다시 창을 곧추세운 상문인이 덮쳐 가자 반 보 물러선 그가 창날의 공격을 슬쩍 비껴서며 장도를 수직으로 내리찍었다. 상문인의 머리가 베어질 것 같은 상황이었지만 그도 녹록치 않았다. 그는 재빨리 몸을 회전시켜 겨우 검을 피하며 땅 위를 굴렀다.

강호에서는 수치스럽다고 잘 쓰지 않으려 하는 나려타곤이라는 초식이었다.

멀찍이서 관전을 하던 증장천왕의 얼굴이 일그러졌다.

'음, 저놈이 위였군.'

이제 막연히 상문인이 자신의 아래일 것이라는 생각을 바꾸지 않을 수 없었다. 상문인은 호소가와의 장도를 피해갔지만 자신이라면 피하지 못하고 벌써 목이 두 쪽이 나고도 남았을 상황이라는 걸 충분히 알 수 있었다.

상무인은 재빨리 피하기는 했지만 어깨가 베어지는 것은 피할 수 없었다. 하지만 상처가 대단치 않았던지 그는 벌떡 일어나 다시 창을 쥐고 호소가와를 마주했다.

"와!"

상문인의 어깨에서 피가 흐르자 남해대왕의 병사들이 일제히 환호를 질렀다.

"이봐, 당신은 백무도주의 오초지적밖에 되지 않아. 자비를 베풀어 목숨을 살려주었으면 주제를 알아야지, 계속 덤비면 어쩌자는 게야?"

무영이 나섰다.

그는 상문인의 창술이 예사롭지 않은 것을 보고 부하로 거둘 생각이 있었다.

사실 호소가와는 자비를 베푼 것이 아니라 모험을 피하려고 계속 공격하지 않은 것이었다. 무영도 정황을 알고 있었지만 호소가와의 체면을 세워주려 한 것이었다.

"너는 웬 놈이냐! 이 상문인은 죽고 사는 일을 잊은 지 오래다. 누구든 먼저 죽고 싶은 놈은 당장 나서라!"

그는 눈으로는 호소가와를 보면서도 침을 튀겨가며 말을 계속했다.

"나 상문인이 반통의 수하를 자처한 것은 오갈 데 없는 나를 거두어주었기 때문이지 그가 나보나 무공이 뛰어나서도, 부하가 많아서도 아니다. 오 년을 넘게 반통을 위해 일해왔고, 이제 그가 죽었으니 은원은 모두 끝난 셈이다. 나 상문인은 이유없이 남의 밑에 들어가는 사람이 아니다."

무영의 생각을 눈치 챈 호소가와가 장도를 거두어 뒤로 물러섰다.

"당신이 내 십 초를 받아내면 이 섬의 도주로 인정하고 물러서지. 대신 당신이 지면 진심으로 내 부하가 되겠느냐?"

"네놈이 진립의 상전도 아닌데 어떻게 그런 허무맹랑한 약속을 믿을 수 있다는 것이냐!"

무영이 남해대왕에게 눈길을 주자 그가 가볍게 고개를 끄덕였다. 무영의 제안에 동의한다는 뜻이었다.

진립의 거들먹거리는 꼴이 보기 싫어 대사도의 행사에 참석하지 않은 그는 무영의 무공에 대해 확실히 알지 못했다. 어쨌든 그에게는 다시없는 좋은 기회였다.

'십 초라……'

이제껏 자신을 십 초 안에 제압하겠다고 나선 놈이 없었던 것은 아니었지만 그렇게 허풍을 떠는 놈일수록 모두 그의 창에 꼬치처럼 꿰어져 뒈졌다.

"좋다! 십 초 안에 나를 제압하면 평생 주인으로 모신다. 대신 십 초만 버티면 나를 동사도주로 인정해야 한다!"

"물론이지."

삼 초로 했으면 더 멋있었겠지만 십 초를 부른 것은 아무래도 부하로 쓸 녀석이니 몸을 아껴줘야 한다는 생각과 이기기 위해 살초를 쓸 수는 없다는 생각 때문이었다. 잠깐 본 것이 전부였지만 눈앞의 사내가 기개 있고 은원이 명확한 자로 보이니 약속하면 지킬 것이 틀림없었다.

무영이 검을 뽑아 들고 앞으로 나섰다.

주변은 파도 소리만 들릴 뿐 누구 하나 소리 내는 사람이 없었다. 동사도의 주인을 가리는 시합인 것이다.

무영이 평사낙안의 자세를 취했다.

상문인이 장창을 조심스럽게 꼬나 쥐었다. 그는 비무에서 모래사장에 기러기가 앉는 듯한 묘한 자세는 본 적이 없었기에 더욱 조심했다.

"하앗!"

무영의 몸이 허공으로 솟구쳤다.

아침 햇살을 받은 검광이 번뜩이며 하늘을 갈라 상문인의 전신을 덮쳤다.

금룡승천(金龍昇天), 금룡풍운(金龍風雲), 금룡여의(金龍如意).

금룡검법의 정수인 후삼식이 잇따라 펼쳐져 은색 검광이 수백 수천 갈래 일어나 검막을 형성하며 상문인의 전신을 옭아매 갔다.

상문인은 절망했다.

전신의 모든 급소 하나하나 상대의 노림수 아래 있지 않은 곳이 없었다. 아무도 그를 어쩌지 않았지만 몸 전체를 밧줄로 동여맨 듯 꼼짝도 할 수 없었다.

그는 자신을 둘러싼 검막에 당황했고, 이런 상황에서 어디서부터 찔러올지도 모르는 상대의 공격을 받아낸다는 것은 불가능하다는 것을 깨달았다.

텅!

그는 장창을 내던졌다.

"상문인이 주공께 첫 인사를 드립니다."

그를 따르던 동사도의 모든 병사들도 무기를 집어 던지고 무릎을 꿇었다. 자신들의 두령이 고개를 숙이고 신하를 자처한 마당에 더 이상 버틸 이유가 없었다.

동사도는 그렇게 간단히 접수되었다.

그들의 기세는 대단했지만 설사 반통이 살아 있더라도 남해대왕과 무영 일행의 적수는 아니었다.

남해대왕은 왕극아에게 도주의 자리를 계승하도록 하여 자신에게 충성을 맹세하도록 했고 무영에게는 태상도주가 되어 그곳을 다스리도록 했다.

무슨 이유에서인지 호소가와는 백무도로 돌아가려 하지 않았다.

그는 특별히 하는 일도 없이 무영의 주위에서 사소한 일을 해가며 그를 거들었다.

왕극아는 무공도 그리 높지 않았고 나이도 어린 여자였기에 그녀의 부친이었던 전 도주의 직계 몇 명을 제외하고 두령급들 중에는 충심으로 따르는 자가 적었다.

곡완주는 고아나 다름없는 왕극아에게 관심이 많았다. 얼마 후면 이곳을 떠나야 했기에 그동안이라도 그녀의 무공을 끌어올려 줄 생각이 있었다. 그녀는 왕극아에게 열심히 무공을 가르쳤다. 왕극아도 무공이 부족해 설움을 많이 겪어 열성적으로 배우려고 들었다.

한동안 새로운 체제에 적응하느라 분주하던 섬이 안정을 찾자 무료해진 동사도의 해적들은 일하러 나가자고 무영을 졸랐다.

"주공, 섬에는 먹을 것이 없습니다. 어차피 노략질을 하지 않으면 먹고 살 수가 없습니다."

상문인은 마땅찮아하는 무영을 설득하기 위해 열심이었다.

"그럼 일거리를 찾아봐야지 남의 것을 빼앗아오는 것은 어째 내키지 않아. 그리구 자네두 생각해 봐. 명색이 대장군이라는 사람이 해적 두목이 되어 노략질이나 하고 있다는 소문이라도 나봐. 그게 어디 당키나 한 일인가 말이야."

"그럼 여기 동사도 사람들은 뭘 해먹고 삽니까?"

"다른 일을 하면 안 될까? 생각 좀 해보자구."

생각해 보는 것도 하루 이틀이지, 그동안 일을 나가지 못해 몸이 근질근질해진 부하들이 교대로 와서 하소연을 하는 통에 더 이상 견디기가 힘들 정도였다.

상문인이 또 찾아왔다.

"해적이 되기 전에는 뭘 했던 사람들인가?"

섬사람들이 날 때부터 해적으로 태어나지는 않았으리란 생각에 무영이 먼저 물었다.

"원래는 복건(福建)이나 광동(廣東) 지역에서 사무역(私貿易)을 하던 사람들이 대부분입니다. 하지만 나라에서 사무역을 금지한 데다 몰래 했던 밀무역도 광동 상방의 세력이 커지면서 상권을 잃고 이런 남해의 섬으로 밀려나 해적질이나 하게 되었지요."

"원래 상인들이었다는 말이야?"

"그렇습니다. 광동 상방의 세력이 워낙 대단하기에 남해의 패자라고 떠드는 남해대왕조차도 광동 상방의 선단이 지나가면 숨어야 하는 형편입니다."

"아니, 그 정도의 전투함을 가지고도 상대가 되지 못한다는 말인가?"

"우리가 보선(寶船)이라고 부르는 광동 상방의 주력 상선들은 우리 대선(大船)보다 크고 견고합니다. 게다가 철포(鐵砲)로 중무장을 했고 선체에 두꺼운 철판을 덧대서 상대가 되지 못합니다. 우리 전투선 세 척이 광동 상방의 보선 한 척을 겨우 상대할 정도니 결과가 부담스러워 자연히 피하는 게지요."

"보선이라면 보물이라도 싣고 다닌다는 건가?"

"남해에서 전설처럼 내려오는 정화 함대의 주력선 이름이 보선이었습니다. 광동 상방 상선들의 위세가 그 정도로 대단하다고 해서 사람들이 그렇게 부르고 있습니다."

"우리도 그런 배를 만들면 되지 않는가?"

"선박 기술자 수백은 있어야 가능합니다. 그리고 조함소(造艦所)도 큰 곳이 있어야 하고요. 아무 기술자나 다 만들 수 있는 것은 아니고 절강(浙江) 지역의 조함 기술자만이 그런 보선을 만들 수 있습니다."

"흠."

무영은 문득 그런 배를 만들어 남해를 제패하고 싶은 욕심이 생겼다. 큰 상인이라면 무역을 하는 상인이어야 한다는 생각이었다.

"남해대왕에게 말해서 남해의 모든 도주들을 소집하라고 하게."

얼마 후 무영의 지시에 따라 진립을 비롯한 남해의 모든 해적 두령이 동사도로 모여 회의가 열렸다. 다른 두령들도 이미 남해대왕 진립조차 무영에게는 쩔쩔맨다는 사실을 잘 알고 있는지라 어느새 남해 일대에서의 그의 지위는 지고무상의 확고한 자리에 올라 있었다.

"우리 큰 배를 만들어 무역을 해봅시다. 밤낮 이렇게 해적질만 하고 살 거요?"

'우리? 언제부터 우리가 됐지?'

곡완주는 무영이 해적들과 놀더니 점점 진짜 해적이 되어가는 것 같아 은근히 걱정되었다.

"기술자도 부족하고……."

"잠깐."

남해대왕이 운을 떼자 무영이 손을 들어 말을 막았다.

"각자 데리고 있는 기술자들의 수를 다 말해 보시오. 한 사람도 숨기지 말고. 만약 숫자를 숨겼다가 나중에 걸리면 좋은 일이 없을 게요."

도주들은 상당히 독립적이었기에 작은 섬의 두령일지라도 배를 수리할 정도의 기술자는 데리고 있었고 큰 섬의 경우 전투함을 건조할 정도까지 된다는 얘기를 들었다.

또 조함 기술자는 매우 드물었기에 두령들도 최상으로 대우해 주어 특급의 대우를 받고 있었다.

무영의 말에 모두들 쭈뼛거리며 서로 눈치를 살폈다.

"아니, 기술자가 몇인지 말하라는데 남의 눈치는 왜 보는 게요?"

"흥."

"어험."

총대를 멘 상문인이 버럭 화를 내자 곡완주와 호소가와도 장단을 맞추어 콧방귀를 뀌거나 헛기침 소리를 내는 등 분위기를 잡아갔다.

'이거, 다 뺏기는 거 아냐?'

두령들이 조함 기술자를 내놓는다는 것은 쉬운 결정이 아니었다.

공연히 숫자를 말하라고 할 리는 없고 분명 달라고 할 것이 뻔하다는 생각이지만 무영 일행의 핍박에 두령들은 어쩔 줄 몰라 했다.

'젠장, 어디서 저런 놈이 굴러 와가지고.'

평화롭던 남사도에 괴물 같은 놈을 끌어들인 남해대왕이 원망스러웠지만 지금은 결정을 해야 할 시기였다.

"험, 험."

무영이 다시 헛기침을 했다. 빨리 말하라는 신호였다.

그러나 두령들은 여전히 망설였다.

"에이, 이래서야 회의가 진행되겠소? 어디 남해대왕부터 말해 보시오."

아무래도 한 놈 한 놈 집어서 묻는 것이 빠를 것 같다는 생각에 먼저 진립을 윽박질렀다.

"험, 험, 우, 우리 대사도에는 백여 명쯤 되오만. 험."

하는 수 없이 말은 하면서도 내켜하지 않는 기색이 역력했다.

"대사도기 백 명."

백무도에서 동사도로 자리를 옮긴 하경 일행 중에서 매양이 시기로 나서 도주들이 말한 숫자를 장부에 적었다.

"우리 동사도는 칠십여 명입니다."

"동사도가 칠십."

왕극아가 재빨리 말했다.

"우리 북사도는 오십 명 정도……."

"북사도 오십."

"우리……."

일단 남해대왕부터 보따리를 풀자 두령들 간에 은연중에 정해져 있던 서열대로 술술 불 수밖에 없었다.

십여 명의 도주들이 말한 숫자를 대충 합해보니 사백은 넘는 것 같았다.

무영은 그들에게 보선급 전함을 제작하려 한다는 말을 해주었다.

"그가 서로 협력이 되지 않아서 그렇지, 서로 힘을 합하기만 한다면 문제될 것이 뭐가 있겠소? 언제까지 해적질만 할 거요? 보선을 몇 척 만들어 당당하게 무역을 해보자는데 뭐 잘못된 것 있소? 요는 하겠다는 마음이요, 마음."

그 말이 허무맹랑하게 도주들이 반응이 없자 무영이 말을 이었다.

"지금부터 내가 말하는 구호를 복창합시다."

"우리는 할 수 있다!"

무영이 선창을 하자 도주들이 입을 모아 따라 했다.

"우리는 할 수 있다."

"허, 목소리가 그것밖에 나오지 않소? 기합들이 쑥 빠졌구만."

아무래도 처음 해보는 구호인지라 시원찮게 나오자 무영이 인상을 썼다.

"다시!"

"우리는 할 수 있다!"

"한 번 더!"

"우리는 할 수 있다!"

도주들의 우렁찬 복창 소리가 동사도를 흔들었다.

제8장 원공돈 도박장

원공돈에 도박장을 건립하자는 의견은 굴러들어 오는 은자에 눈이 뒤집힌 감일웅의 제안이었다.

"틀림없이 됩니다. 제가 듣기로는 하루에 수천 냥의 은자가 굴러들어 오는 곳이 도박장이라 이거 아닙니까?"

감일웅은 간부들이 모인 자리에서 입에 거품을 물고 도박장 지을 것을 역설했다.

"험, 험, 청루를 지으면 은자를 더 벌 수 있지 않겠소?"

남우선이었다.

그는 곤륜파 간부회라 할 수 있는 이 회의에 참석할 자격은 없었지만 지난번 곤륜파의 재정난을 구한 일등공신의 자격으로 참석한 것이었다.

물론 기루를 짓자는 말이 아니라 눈이 뒤집힌 감일웅을 은근히 비꼬는 말이라는 것은 회의장에 모인 모든 사람들이 알아들었으니 감일웅이라고 모를까?

그의 얼굴이 붉게 물들었다.

"헛헛헛, 부족한 재원을 마련하자는 것인데 그렇게 심하게 말씀하실 거야 있습니까?"

보다 못한 풍요립이 점잖게 한마디 하며 감일웅을 감쌌다. 일파의 존장다운 행동이었다.

원래 이쯤 하면 그만 접어야 하는 상황인데 눈치없는 감일웅이 그 말에 용기를 얻어 자신의 주장을 계속 밀고 나갔다.

"듣자 하니 많은 유람객들이 도박장은 없냐고 묻는다는 얘기를 들었습니다. 도박장을 짓지 않으면 앞으로는 가만히 앉아서 다른 곳에 손님을 빼앗길 우려가 있습니다."

그는 자신의 주장을 관철시키고자 일부 유람객의 말을 마치 큰 문제나 되는 양 확대 과장해 가며 말했다. 그 말이 약발을 받았는지 풍요립의 얼굴이 약간 변했다.

"그게 정말이오?"

"제가 왜 거짓말을 하겠습니까? 이미 서호의 다른 섬에서도 우리와 경쟁을 하기 위해 비슷한 체제로 준비를 하고 있다는 말까지 들리는데 정작 우리는 현실에 안주해 너무 안이하게 대처하는 것이 아닌가 하는 생각이 듭니다. 빨리 모종의 대책이 마련되지 않으면 다른 섬들에 손님을 빼앗길 것이라는 것이 현장에서 뛰고 있는 제자들이 피부로 느끼는 바입니다."

그는 자신이 현장에서 땀을 흘린다는 점을 강조했다. 이 자리의 다른 사람들에게 자세한 실정도 모르면서 뒷전에서 체면만 따진다는 은근한 비난이 섞인 말이었는데, 남우선을 겨냥한 반격이라 할 수 있었다.

"허허허, 여기 있는 사람들이라고 왜 앞에 나서서 몸으로 때우는 사람들의 마음을 모르겠소? 그토록 심각하다니 한번 진지하게 생각할 필요가 있다는 생각도 드는구려."

풍요립이 완곡한 어조로 안건에 올릴 것을 제안했다.

현장이 어떻고 몸으로 때우는 사람이 어떻고 하며 도박장을 만들자는 감일웅의 말에 은근히 짜증이 난 남우선은 아예 입을 닫았다. 그는 마치 더러운 것은 보지도 않겠다는 듯이 눈까지 감았다.

하지만 감일웅은 그런 모습을 보고 내심 흐뭇했다. 고지식한 그가 빠졌으니 큰 고비를 넘겼다는 생각이었다.

"오십보백보 아닙니까? 향락객의 주머니를 터는 일이나 노름꾼의 주머니를 터는 일이나 무슨 차이가 있겠습니까? 어차피 다 살아남기 위한 몸부림입니다. 앞으로 우리 곤륜파가 크게 된다면 이 일을 계속할 수도 없습니다. 그때를 대비해서 이번 기회에 아예 자금 조달 부문은 문파에서 떼어내 운영할 필요가 있다고 봅니다."

남우선의 눈썹이 미미하게 흔들렸다.

눈을 감았다고 귀까지 막은 것은 아니었다.

'오십보백보.'

그 말이 천둥처럼 그의 뇌리를 때렸다.

다른 사람의 말들은 귓전에 들어오지도 않았다. 조금도 틀린 말이 아니었다. 구대문파에 다시 진입하는 것을 목표로 하는 곤륜파에서 향락 사업을 벌였다는 것은 결코 있어서는 안 될 일이었지만 그 제안을 한 사람은 자신이다.

'오십보백보라······.'

더러움을 피하기 위해 관직에도 나가지 않고 평생을 유람과 은거로 보낸 자신이 그런 간단한 이치를 잊고 있었다. 어차피 어머니 뱃속에서 세상 밖으로 나온 이상 뒷간에 앉아 있다고 더러운 놈이 되고 안방에 앉아 있다고 해서 고고한 사람이 되는 것은 아니었다.

"다 같은 세상이지."

문득 장자맹의 말이 떠올랐다.

"세상이 까맣다면 희게 되도록 노력해야지, 몸을 바쳐서라도."

자신은 피해 다녔고 장자맹은 맞싸웠다.

그 차이였다.

'허허허, 아직도 멀었어. 더 배워야겠구나.'

죽은 책 속에서 배운 알량한 지식으로 대학자인 체하며 입만 나불거렸던 자신을 그나마 떠받들어 주는 세상 사람들이 새삼 고마웠다.

문득 지금 자신에게 할 일이 있다는 사실을 깨달았다.

"좋은 의견입니다. 본인은 감 당주의 의도에 전적으로 찬성합니다. 매우 좋은 의견이라는 것이 본인의 생각입니다."

갑론을박하던 회의장이 일순 찬물을 끼얹은 듯 조용해졌다. 분위기는 도박장 건립 불가 쪽으로 기울고 있어 감일웅도 우울해하고 있었는데 예상치 못한 남우선의 말에 깜짝 놀랐다.

"허허허, 감 당주의 의견은 도박장 건립을 추진하자는 쪽이었습니다. 알고 계시는지요?"

사람 좋은 풍요립은 노친네가 혹시 노망이라도 들어 착각을 하는 것이 아닌가 해서 재확인시켜 주었다.

"버는 것이 중요한 게 아니라 어떻게 쓰는 것인가가 더 중요하다는 생각이 드는군요. 감 당주 말대로 오십보백보입니다. 어차피 자금을 마련하러 나선 이상 개처럼 벌어야지요. 후일에 정승처럼 쓰면 되지 않겠습니까?"

모두들 입을 딱 벌렸다.

'갑자기 망령이 드셨나?'

남우선의 말은 마치 그가 감일웅의 섭혼술에 홀렸을지도 모른다는 강한 의심을 품게 할 정도였다.

남우선의 폭탄 같은 한마디는 회의장의 분위기를 바꾸어놓기에 충분했다.

"한고조 유방이 초패왕 항우를 꺾고 천하 통일을 하는 데 일등공신이랄 수 있는 한신도 동네 긴달의 가랑이 사이를 개처럼 기어갔다고 하지 않습니까? 큰일을 도모하기 위해 필요한 일을 하는 데 있어 소소한 것에 구애받을 필요가 없다는 생각입니다. 오십보백보라는 감 당주의 말씀이 정말 가슴에 와 닿는군요. 저는 이 나이가 되도록 그 진정한 뜻을 몰랐던 것 같습니다. 오늘 회계 부문을 독립시켜야 한다는 감 당주의 주장은 미래를 내다보는 탁견이라 할 수 있습니다."

그는 조용한 어조로, 그러나 설득력있게 말했다.

'음, 망령이 드신 것은 아니군.'

'감 당주의 섭혼술에 당한 것은 아니군.'

모든 사람들은 그가 지극히 정상이라는 것에 안도했다.

남우선의 한마디는 회의장 분위기를 도박장 건립 무조건 찬성 쪽으로 바꾸어놓았다.

반대했던 쪽의 이유는 체면 때문이었다.

남부끄럽게 도박장은 무슨 도박장 했는데, 그게 자신들보다 한참 많이 배웠다고 중원 전체가 인정하는 학자인 남우선에 의해 간단하게 부정되어 버리니 더 이상 반대하기가 쉽지 않았다. 남우선을 상대로 언쟁을 벌이기는 정말이지 피하고 싶었기 때문이다.

게다가 남우선을 상대로 언쟁을 벌이기도 마땅치 않았다.

벌써 나오는 말이 한고조 유방에 초패왕 항우, 한신 등의 천 년도 훨씬 전에 죽은 사람을 빗대어 얘기를 하는 판국이니, 다행히 그 사람들의 이름은 어디서 들은 풍월이 있어 겨우 알겠는데, 본격적으로 말싸움이 벌어지면 이천 년, 오천 년, 아니, 만 년 전의 어떤 놈에 대한 얘기를 들먹이고 나올지 몰랐다.

'음, 나서는 순간 망신살이다.'

시세를 아는 자 준걸이라, 찬성파는 기세를 올렸고 반대파는 입을 닫아 간단하게 안건이 통과됐다.

감일웅의 얼굴에 미소가 번졌다.

그는 이번 안건의 가장 큰 고비는 남우선이라고 생각했는데 의외로 그가 강력한 지지를 보내 자신의 의견을 관철시키는 데 큰 도움을 주었기 때문이다. 그는 가볍게 목례하는 것으로 인사를 대신했다.

감일웅은 남우선을 새롭게 보았다.

지난번 원공돈 개발 계획을 보고 감탄했는데 알고 보니 장무영의 계획을 조금 손본 것에 불과했다는 것을 알고 실망했었다. 사람을 겪어보니 '그래도 그 정도 융통성을 보인 것도 대단한 결단이었구나' 할 정도로 고지식하다고만 여겼는데 오늘 보니 그게 아니었다.

'음, 언제 술자리에 한번 모셔야겠군.'

오늘 찬성을 해주었다고 내는 술은 결코 아니었다. 남우선의 새로운 면을 발견하니 나이를 떠나 같이 술 한잔하고 싶은 상대라고 여겼기 때문이었다.

감 당주는 도박장 운영에도 탁월한 수완을 발휘했다.

사실 도박장을 운영한다는 것은 하오문과 충돌을 빚을 우려가 있는 일이었다. 물론 하오문이 겁나는 것은 아니지만 자칫 충돌이라도 난다면 좋을 것은 하나도 없었다. 게다가 더 큰 문제는 도박장을 운영할 만한 인재가 없다는 것이었다.

그는 은밀히 하오문 항주 분타주에게 사람을 보내 의사를 타진했다.

이쪽에서 장소와 건물을 제공하는 대신 하오문에서는 운영할 사람 서넛만 파견해 주면 이익금의 삼 할을 주겠다는 것이었다.

하오문에서도 반대할 이유가 없었다.

원공돈에 있는 용호문 무술패의 명성은 이미 항주 성안에 자자했다. 개방된 연무장에서 훈련에 열중하는 무인들의 무공 수위를 보고 간 유람객들의 입소문으로 퍼지며 전해진 까닭이었다. 만일 원공돈에서 독자적으로 운영을 하겠다고 하면 체면상 참고 있기도 그렇고, 싸우자니 원공돈 패거리 때문에 옆구리가 결리고, 아무튼 상황이 복잡해질 것이 틀림없었는데 고맙게도 같이 일을 하자니, 게다가 사람 몇 파견하고 이익금의 삼 할은 적지 않은 금액이었다.

하오문 항주 분타주는 총타로 장문의 보고서를 썼다.

"이번 원공돈의 도박장의 개가는 분타주로서 책임을 다하고자 소인이 그동안 원공돈 수뇌부와 부단히 접촉한 결과로써… 어쩌고저쩌고, 이익금의 삼 할을 챙길 수 있게 되어 향후 분타의 재정 확충에 막중한 기여를 할 것으로……."

이번에도 도박장 건립을 위해 제자들이 투입되었다. 평소 근력이 부족하다고 분류된 자들이었다.

필요한 목재는 근력 강화가 필요한 제자들이 산에서 잘라다가 수십 리 길을 목봉 체조를 하듯 메고 오고, 지난번 유원지 건립 때 비용 절감 차원에서 이미 곤륜 제자가 된 목수들이 뚝딱거리며 대패질에 망치질을 해대니 며칠 만에 번듯한 건물이 완성되었다.

'음, 소요 자금은 도박 기구를 사는 데 들어간 오십 냥이 전부군.'

'음, 도박사를 제자로 받아들이지 못한 것이 좀 아쉽기는 하지만.'

그랬으면 하오문에 줘야 하는 삼 할의 이익금도 고스란히 자신의 회계 장부에 수입으로 기록될 수 있었다.

감일웅은 흡족해했고 그동안 체력이 부족했던 많은 제자들의 몸이 몰라보게 좋아졌다.

하루라도 더 벌자는 생각으로 그날 저녁부터 영업이 시작되었다. 이미 인사성이 부족하다고 분류된 제자들에 의해 항주성 내에 대대적인 광고가 나간 터라 당장 손님들이 밀물처럼 닥쳤다.

다른 곳과 같이 음습한 분위기의 도박장이 아닌 서호를 바라보고 탁 트인 공간에서 놀 수 있으니 자연히 손님의 질도 높았다. 유람을 왔다가 잠깐씩 들르는 떠돌이 손님의 씀씀이도 만만치 않았다.

'도박장 만세다.'

날마다 장원의 총단과 원공돈 집무실을 오가는 감일웅의 어깨는 날로 그 넓이를 더했다.

재정이 뒤를 밀어주자 제자들에게도 여유가 생겼다.

남우선은 정식으로 무공을 가르쳤다.

제자들은 모든 무공 수련을 위해 기본적으로 다섯 근짜리 납환을 발목에 매달고 해야 했다.

"힘을 키워야 해. 곤륜이 다시 구파일방의 곤륜으로 우뚝 설 길은 그것뿐이야."

좋은 일만 있는 것은 아니었다.

특히 이번에 곤륜파에 새로 가입한 용호문 제자들은 불만이 많았다.

나쁜 평판이 있을 만한 일은 죄다 용호문의 이름으로 행하니 기분이 좋을 리 없었다. 특히 숙이몽은 항주에서 무술 도장을 상당 기간 운영했던 관계로 아는 지인들이 한둘이 아니었는데 어쩌다 그들과 마주칠라 치면 인사가 고약했다.

"숙 관주, 요새 신수가 훤하시오. 도박장에서 들어오는 은자가 상당하다고 들었소이다."

"자네, 요새는 무공이 아니라 도박장에 매달린다며?"

유람객을 유치해 은자를 끌어 모은다는 얘기에 그래도 '그동안 얼마나 힘들었으면' 하던 사람들도 원공돈에 도박장이 생겼다는 말에는 고개를 저었다.

면전에서 이 정도니 뒤에 하는 말이야 말할 필요도 없었다. 그가 곤륜파에 가입해 제자가 되었다는 것을 모르는 사람들로서는 지극히 당연한 반응이었다.

"그 사람 예전 같지 않더군."

"숙 관주가 재물을 알더니 사람 버렸어."

꼭 들어봐야 아는가?

참다못한 숙이몽이 풍요립을 찾았다.

"도저히 낯을 들고 다닐 수 없습니다."

"헛헛헛, 나도 이해하네."

언제나 사람 좋은 풍요립이었다.

"대책을 세워주십시오."

"음, 생각해 보지."

며칠이 지나도 소식이 없자 숙이몽이 다시 장문인을 찾았으나 풍요립은 계속 생각만 했다.

"음, 생각 중일세."

사람 좋아 보이는 풍요립이지만 내심은 그렇지 않았다.

'대의를 위해 자네가 잠깐 고생하게. 언젠가 풀릴 오해니.'

장강 줄기에 있으면서 서쪽의 동정호(洞庭湖)와 동쪽의 파양호(播陽湖)의 중간을 잇는 무창은 중원의 화로(火爐)라 불릴 정도로 더운 날씨로 이름이 높은 곳이었다.

무창 동쪽에는 동호(東湖)라 불리는 커다란 호수가 있는데, 이곳은 항주의 서호와 쌍벽을 이룬다는 말이 있을 정도로 빼어난 경관을 가져 예로부터 수많은 시인묵객(詩人墨客)들이 즐겨 찾아 시를 남기는 곳이기도 했다.

다른 곳에는 이미 가을로 접어들었음에도 불구하고 무창의 날씨는 아직 가을이라는 실감이 나지 않을 정도로 후텁지근했다.

무림맹은 동호를 오른편으로 굽어보는 곳에 위치하고 있었다.

다른 곳을 두고 굳이 시원하고 전망 좋은 호수 근처에 무림맹이 위치한 것도 무창의 여름 날씨와 무관하지 않았다.

정천당(正天堂).

벽에는 전임 맹주들에 대한 여러 가지 업적이 금분(金粉)으로 써져 기록된 족자가 마치 훈장처럼 줄줄이 걸려 있었다.

역대 맹주의 족적이 그대로 남아 있는 이 집무실의 현재 주인은 검제(劍帝) 역무군이었다. 그는 이미 팔십 세가 넘었음에도 마치 사십 대 중반의 나이로밖에 보이지 않았는데, 세월의 연륜이 묻어나는 고풍스러운 장방형 탁자를 마주하고 앉은 그의 안색은 편치가 않아 보였다.

그는 지금 어디서 손을 써봐야 할지 모르는 종잡을 수 없는 사건들 덕분에 머리를 썩이고 있었다.

몇 달 전에 사천당문의 호법 셋이 죽어 나갔고 아미의 삼음 신니 또한 제자들과 함께 군산에서 시체로 발견되었다. 강호에는 일절 알려지지 않았고 무림맹과 피해를 입은 문파의 수뇌부에서만 알고 있는 일이었지만 삼음 신니 일행은 차마 입에 담기 어려운 능욕을 당한 채 죽어 있었다. 아미나 당문은 물론이고 개방까지 나서서 범인의 뒤를 쫓고 있지만 반년이 다 되도록 아직까지 뚜렷한 단서를 잡지 못하고 있었다.

지금까지 알려진 것은 음풍투골장과 백골마조에 의해 당했다는 것과 백골마조 철지상이라는 이름, 그리고 철지상 일행이 금릉전장의 금청만을 납치했다가 거금을 받고 풀어주었다는 것이 전부였다.

무림맹이 놈들의 동태에 본격적으로 개입한 것은 무당산에서 멀리 떨어지지 않은 곳에 놈들의 본거지가 있다는 제보가 무당파에 접수된 이후였다. 그곳은 놀랍게도 무림맹이 있는 무창에서도 몇백 리밖에 되지 않는 곳이었다.

그보다도 더 중요한 것은 무림맹주 역무군의 본가인 옥허궁(玉虛宮)과 그리 멀지 않은 곳이라는 것이었다. 옥허궁은 형강(荊江)이라고도 불리는 구곡회장(九曲回腸)의 장강 중류인 옥허동(玉虛洞)에 위치하고 있었는데 놈들의 본거지로 밝혀진 곳은 바로 옥허궁과 무당산의 중간쯤이라 할 수 있는 대용(大庸) 부근이었다.

그곳은 예로부터 기암괴석과 기이한 형상의 산들이 거미줄처럼 꽉 들어찬 곳이 수백 리에 이르는 곳으로 중원인이 아닌 여러 부족들이 여기저기 흩어져 살 뿐 인적이 드문 곳이었다.

굳이 이쪽을 겨냥해 허를 찌르려면 무당이나 옥허궁이 지척에 있는 그곳이 아니라도 인적이 드문 곳은 얼마든지 있었다.

가급적 무림의 일은 자체적으로 처리하게 해야 한다는 것이 그의 생각이기에 웬만한 사건에는 개입을 하지 않는 그였지만, 본가의 코앞에 십마(十魔)의 소굴이 있다고 생각하니 도저히 좌시할 수 없었다. 게다가 이 정보에 대해서는 사전에 무당파에서 어느 정도 조사를 마쳤기에 상당한 신빙성이 있었다.

"음."

그때였다.

"비서당주님이 찾아오셨습니다."

젊은 청년 하나가 안으로 들어서며 말했다. 각진 얼굴에 다부진 인상을 주는 젊은이였다.

그는 역무군의 세 제자 중 막내인 관철운(關轍雲)이었다.

무림맹주가 된 이후 아직 수련이 부족하여 강호에 내보내기에는 부족하다고 생각되는 막내제자는 그가 데리고 있었다. 물론 실력이 크게 모자라서는 아니었고, 아직은 검제 역무군의 제자로서 나설 정도는 되지 않았단 판단 때문이었다.

"들라 해라."

역무군이 문 쪽을 보며 말했다.

잠시 후 관철운이 비서당주를 들이고 밖으로 사라졌다.

비서당주는 신산철필(神算鐵筆) 모중영(毛重鈴)이었다.

그는 원래 화산파의 호법이었는데 역무군이 무림맹주로 취임한 이래 이곳으로 파견되어 그를 보좌하고 있었다.

잠시 후에 모중영이 역무군을 찾아와 인사했다.

"대용으로 보낸 사람들에게서 소식이 없습니다. 아마 모종의 일을 당하지 않았나 싶습니다."

무당파의 기별을 받자마자 모중영의 지시를 받은 비서당 소속의 제자 셋이 비밀리에 대용으로 떠났다는 것은 역무군도 알고 있었다.

"아직 확실하게 변고를 당했다고 알려진 것은 아니지 않은가?"

"지난번 무당파에서도 제자 여덟이 실종되었다고 하지 않습니까? 아무래도 맹주령을 발동해야 할 것 같습니다."

"흠."

역무군은 대답이 없었다.

무림맹에도 부숭이 하늘을 찌르는 수많은 호법들이 있기는 하지만 그들은 각 파에 소속된 자들로 무림맹에는 이름만 걸어놓은 처지라 지금 쓸 수 있는 전력은 아니었다. 그들이 무림맹 소속으로 나설 경우는 맹주령(盟主令)이 발동된 경우뿐이었다.

남들이 생각하는 것처럼 무림맹에는 수백 수천의 정예고수가 무림에 일어나는 문제들을 해결하기 위해 항시 대기하는 것은 아니었다. 단지 정보를 담당하는 비서당(秘書堂)과 맹을 지키는 호맹당(護盟堂), 각종 분쟁을 조정해 주는 조화당(調和堂), 그리고 수시로 방문하는 손님을 맡기 위한 접객당(接客堂)의 사대당주와 그들 휘하에 있는 약간의 무사들이 전부였다. 요리사에 시비들까지 모두 합쳐 봐야 백여 명도 채 되지 않는 인원이었다.

"지금 발동해도 문제는 없을 것입니다. 이미 사천에서 당문과 아미가 당했고, 지금은 호북의 무당까지 연계가 된 형국이니 이 정도면 가능하다는 생각입니다."

"일을 너무 크게 확대하는 것 같은데."

맹주령이 발동되면 최소한 각대문파의 장로급 이상의 인물들이 소집된다. 무림의 존립에 심각한 문제가 생겼을 경우에나 가능한 일이었다.

"속하도 생각을 해보았는데 일단 당문, 아미, 무당, 그리고 개방은 불만을 품지 않을 것으로 보입니다. 청성파는 아미와 지척에 있으니 나 몰라라 하기가 쉽지 않을 것이고, 문제는 소림과 화산인데 적어도 반수의 문파가 문제를 삼는다면 굳이 맹주님을 탓하지는 않을 것입니다."

모중영의 말은 틀린 것이 없었다.

하지만 맹주령을 발동하는 것은 전적으로 그의 고유 권한이었다. 시간이 지나면 조용히 넘어갈 수 있는 사소한 일로 무림을 뒤흔들기는 싫었다

맹주령이 발동되면 중원 전체가 떠들썩해질 것은 불문가지였다. 전대 맹주와 전 전대 맹주 또한 단 한 번도 맹주령을 발동하지 않고 임기를 마쳤었다.

"며칠만 더 기다려 보세. 그래도 소식이 없으면 맹주령을 발동하겠네."

대용으로 보낸 사람들에 대한 소식을 좀 더 기다려 보겠다는 말이었

다. 모중영의 경험으로 보기에 그들이 실종된 것은 확인할 필요도 없는 기정사실이었다.

"아직 볼일이 더 있는 겐가?"

자신의 말에도 불구하고 모중영이 망설이고 있자 역무군이 그를 보며 말했다. 귀찮게 굴지 말고 나가달라는 말이었다.

모중영은 어쩔 수 없이 집무실을 물러났다.

역무군은 다시 인상을 찌푸렸다.

자신의 생각에도 맹주령을 발동할 시기인 것 같았지만 금릉전장의 금태산으로부터 언질을 받은 것이 있어 어쩌지 못하고 있었다.

보름 전에 금은보화를 가득 실은 금릉전장의 마차가 자신의 본가인 옥허궁에 도착했다는 전갈을 받았다. 총관의 말로는 마차를 몰고 온 자는 금릉전장 장주 금태산의 심부름이라고만 하며 아무런 설명도 없었다고 했다.

노회한 구렁이답게 역무군은 조용히 기다렸다. 뭔가 부탁할 게 있는 것이 틀림없었다. 과연 그의 예상대로 며칠이 지나지 않아 금태산으로부터 편지가 도착했다.

자신은 산서 상방과 경쟁 관계에 있는데 산서 상방이 하북팽가와 흑방 등의 협조를 받아 금릉전장을 압박하고 있어 이에 대항하기 위해 무공이 뛰어난 무인들을 모으고 있다는 것, 그 장소는 기밀이 요구되기에 장소를 인적이 드문 대용으로 했다는 것, 그리고 일부 무인 중에 사파의 무공을 배운 질 나쁜 무인들이 섞여 있어 자신의 아들까지 납치하고 금전까지 갈취해 갔다는 내용과 함께 산서 상방과의 대결이 끝나면 무인들을 해산할 예정이니 시간을 달라는 것이 그 골자였다.

어찌 생각하면 황당하기 그지없는 얘기였지만 싣고 온 금은보화의 양이 워낙 엄청났다. 총관의 말로는 은자로 환산하면 오십만 냥을 상회한다는 얘기였다.

전대 무림맹주도 자리만 지키고 있으면서 수백만 냥을 벌었다는 얘기는 중원 무림의 세력가들 사이에서는 공공연한 비밀이었다. 자신은 그러면 안 된다는 법은 없었다.

상인들 간에 무림인을 동원해 세력 다툼을 하는 일은 흔한 일로 그런 사소한 일까지 무림맹주가 맹주령까지 발동하고 나서야 할 이유는 없었다. 무중영의 말이 일리가 없는 것은 아니지만 곰곰이 생각해 보면 납득하기 어려운 점도 적지 않았다.

삼음 신니 일행이나 당문의 사람들을 죽인 것은 분명 철지상의 단독 행위는 아니었다. 십마 후예의 잔당들이 금릉전장의 일에 개입하고 있는지도 몰랐다. 하지만 금청만이 납치되었다가 거금을 물고 풀려났다는 얘기가 있는 것으로 보아 그 일은 금릉전장과 관련이 없는 것으로 보였다. 하기는 상계의 금릉전장이 난데없이 당문이나 아미파에 시비를 걸었다고 보는 것은 말이 되지 않았다.

뭔가 석연치 않다는 생각은 있지만 적당히 시간을 끌다가 일이 커지면 그때 가서 무림맹의 기치를 높이 내걸고 거창하게 나서며 개입해도 늦지 않다. 하지만 수색에 나선 무당파의 문인들이 실종되고 비서당 소속 비밀 요원들이 실종된 사실은 그를 찜찜하게 했다. 더 시간을 끌다가는 무림맹 내에서 자신에 대해 이상한 눈길을 보낼 가능성이 있었다.

"본가에서 전서구로 소식을 보내왔습니다."

관철운이 밀봉된 서한를 가지고 들어왔다.

편지를 읽어가던 역무군의 눈이 크게 떠졌다. 또 한 대의 황금 마차가 본가에 도착했다는 소식이었다.

"음."

역무군은 낮은 침음성을 발했다.

'이렇게까지 손을 쓰다니 금릉전장에서 뭔가 큰일을 꾸미는 것 같기는 한데.'

하지만 유혹이 너무 컸다. 지금까지 받은 은자만 해도 옥허궁의 세력을 열 배는 넓히고도 남을 정도였다.

'상인 따위가 무림에서 일을 벌여봤자 얼마나 벌이려고.'

그는 애써 상황을 합리화시키려고 했다.

그래도 머리가 개운치는 않았기에 그는 머리를 절레절레 흔들었다.

'백만 냥이야, 백만 냥.'

머리는 복잡해도 입이 벌어지는 것은 어쩔 수 없었다.

'이 나이에도 아직 물욕을 버리지 못했구나.'

하지만 죽기 전에 백만 냥이라는 거금으로 뭘 할까 고민해 보는 것도 괜찮다는 생각이 들었다. 금태산의 요구는 기껏해야 대용에 있는 천주봉 수색에 무림맹이 개입하지 말고 시간을 더 달라는 부탁일 것이었다.

'그래, 우리 옥허궁도 무림 명문기파의 반열에 들지 말라는 법도 없지, 옥허궁이 구파일방의 서열 앞에 놓일 수도 있는 일이 아닌가?'

당금의 남궁세가만 해도 구파일방의 아래로 보는 사람은 없었다.

자신이 무림맹주로 선출될 수 있었던 것은 무공도 무공이려니와 문파 간에 이득을 주지 않으려는 치열한 눈치 작전의 결과이기도 했다는 것을 잘 알고 있었다.

힘이 필요했다.

그리고 그 힘의 원천인 자금도.

제9장 무적함대

　대사도에 있는 조함소를 세 배 늘리는 작업은 크게 어렵지 않았다. 여러 섬에서 동원된 수천 명의 일꾼들이 쉬지 않고 일을 한 결과 한 달이 채 가기도 전에 조함소가 완성되었다.

　무영이 알아보니 조함 기술자들 중에는 의외로 보선급 함선을 주조한 경험이 있는 기술자도 여럿 있었다. 그들이 주축이 되어 기술자들이 힘을 합쳐 함선 건조를 시작했다.

　무영은 날마다 조함소에 나와 배가 만들어지는 것을 지휘 감독했다.

　함선의 바깥쪽에는 철판을 덧대 상대 함선의 철포 사격으로부터 배를 보호하도록 했고 양 측면에 모두 이십 문의 함포를 설치했다. 돛을 다섯 개나 달아 바람을 충분히 받아 빠른 속도를 내게 했다. 배 난간의 안쪽을 접고 펼 수 있도록 해 적이 상륙전을 시도할 경우 난간을 펴서 올려 거대한 방패가 되도록 했다.

무엇보다 특이한 것은 함포의 위치를 배의 옆구리에 두어 개폐식 포구를 만들어 창문을 여닫듯이 열고 닫을 수 있게 해 배에 함포가 설치된 사실을 상대가 모르도록 했다. 남해대왕을 비롯한 여러 섬의 두령들은 하루가 다르게 완성되어 가는 배를 수시로 와서 살펴보고는 벌어진 입을 다물지 못했다.

배가 완성된 것은 두 달 만이었다.

각 섬의 두령들은 물론이고 주민들까지 모두 나와 배의 완성을 자축했다.

하지만 무영이 보기에는 아직도 무기가 충분치 않다는 생각이었다. 그는 배에 신무기의 장착을 생각했다.

그가 생각한 신무기는 바로 어뢰였다.

화약이 물속에서 폭발하면 그 추진력으로 물속에서도 앞으로 나갈 수 있겠다는 것이 그의 생각이었다. 하지만 화약 전문가까지 동원해 만든 어뢰는 빈 철통에 채워진 화약이 물에 닿자마자 불이 꺼져 버려 물속으로 가라앉았다.

"이게 뭡니까?"

무영의 지시로 이틀 동안 그 일에 매달렸던 화약 기술자가 물속에 가라앉은 철 깡통을 보며 황당하다는 듯이 물었다.

"그, 그건 실패작이라는 것이오."

"음, 그렇군요. 저도 들어본 적은 있는 말입니다."

어뢰의 개발이 실패로 끝나자 의기소침해서 다니던 무영이 이번에 생각해 낸 것은 임진왜란 때 썼다는 신기전(神機箭)과 같은 추진형 화살 발사기를 배에 장착하는 일이었다. 화살 끝에 화약을 붙여두었다가 심지에 불을 붙여 차례로 발사하는 장치를 만드는 일은 손재간이 좋은 기술자들에 의해 쉽게 만들어졌다. 문제는 거리와 각도를 조절하는 일이었다.

"발사!"

동사도에 마련된 공터에서 무영이 깃발을 내리며 힘차게 외쳤다.

쐐액! 쐐액! 쐐애액!

요란한 소리를 내며 화약이 매달린 활들이 허공을 날았다.

화살의 무게와 심지의 길이를 일정하게 하여 사전에 각도를 고정시킨 후 화약의 양을 달리한 것들이었다. 정확도를 높이기 위해 사정 거리를 측정하는 실험용으로 하루 종일 수백 발의 화살이 쏟아졌다.

마침내 사람이 보통 쏘는 화살보다 사정 거리가 두 배 이상 길고 적중률도 상당한 화살이 만들어졌다.

무영은 마차처럼 생긴 발사대를 배의 전후좌우에 모두 여섯 대를 설치하게 했다. 한 대의 발사대에서는 동시에 오십 발의 화살이 발사될 수 있었다.

심지를 붙여 던질 수 있는 진천뢰도 만들었다. 심지를 짧게 해 휴대용으로 만든 것도 있고 큰 것은 석포(石包)를 쏘듯이 날릴 수 있게 하고 심지도 길게 만들었다.

날마다 만들어지는 신무기와 성능 시험 덕분에 섬사람들은 구경하러 다니기에 바빴다.

중원의 계절로는 겨울이었지만 남해에는 항상 여름만 있었다.

그동안 대사도 조함소에서 만든 배는 모두 세 척이었다.

무영은 그 세 척에 다섯 척의 전투함, 그리고 물과 식량을 싣는 보급선 한 척까지 더해 모두 아홉 척의 배로 함대를 편성했다.

무적함대.

함대의 이름을 고민하던 무영이 고심 끝에 지은 이름이었다.

동사도에 모인 남해대왕을 비롯한 두령들과 무영 일행 간에 날카로운 신경전이 벌어지고 있었다.

'음, 빨리 기선을 제압해 소유권을 확실하게 해두어야지.'

남해대왕이 먼저 선수를 쳤다.

"핫핫핫, 이렇게 모든 도주들이 힘을 합쳐 훌륭한 함선들을 갖게 되었으니 이제 본 대왕이 남해를 확실하게 발아래 굽어볼 수 있게 되었구나. 장무영 대장군의 공이 컸소."

그는 여러 도주들 앞에서 무영의 어깨까지 두드려 가며 자기 몫을 챙기려고 했다.

'음, 약빨이 떨어졌군.'

한동안 개기는 것을 봐줬더니 점점 정신을 차리지 못하고 있는 것이 틀림없었다.

"핫핫핫, 수고랄 게 뭐 있겠소? 그저 대왕이 힘써준 덕분이지."

무영은 이를 악물고 빙그레 웃어가며 남해대왕의 말에 화답했다.

'됐다.'

남해대왕의 입가에 보일락 말락 하는 미소가 흘렀다. 뭔가 이상한 듯한 느낌은 들었지만 이렇게 여러 도주들이 모두 보는 앞에서 확인을 해주었으니 훗날 오리발은 내밀지 못할 것이라는 생각이었다.

'음, 이상한데?'

여러 도주들은 무영이 잔뜩 공을 들인 이 배를 순순히 양보하는 것을 보고 뭔가 찜찜한 마음이 들었지만 자신들이 모르는 또 무슨 사연이 있으려니 하고 넘어갔다.

그날 밤 달이 휘영청 밝았다.

"대왕 있소?"

무영이 남해대왕의 숙소를 찾았다.

숙소 문 앞에는 곡완주를 세워 아무도 들어오지 못하게 하도록 하는 조치를 마친 상태였다.

"이키."

둘째 첩과 함께 함대를 얻은 기쁨을 나누고 있던 남해대왕이 깜짝 놀라 화들짝 일어났다.

"배를 좀 빌려 쓰려고 왔소. 한 오십 년만 쓰다가 돌려줄 테니 그리 아시오."

"예? 오십 년? 아니, 내가 그때까지 살지도 못할 텐데 아예 달라지 그러시오?"

무영이 혈도를 풀어준 후로 남해대왕은 그의 눈치를 보기는 했지만 어느 정도 할 소리는 하고 있었다.

"음, 그렇게 소원이라면……."

무영이 남해대왕의 멱살을 잡아 그대로 바닥에 팽개쳤다.

남해대왕 진립의 무공도 보통은 아니었지만 금나수로 순식간에 잡아가는 무영의 손길을 피하지는 못했다.

쾨당!

"어이쿠!"

남해대왕의 육중한 몸이 바닥에 굴렀다.

퍽! 퍽! 빡! 퍽! 빡! 빡!

청해삼호가 변대길을 어떻게 다루었던가?

그리고 그 이후 변대길이 얼마나 순해졌던가?

하나도 빠짐없이 죄다 기억하고 있는 무영은 낮부터 눌러왔던 울화를 한꺼번에 발산하듯 정신없이 진립을 두들겨 팼다.

"으흡흡, 합합, 그륵⋯⋯."

창피스러운지 처음에는 소리를 작게 내던 진립이 고통에 못 이겨 체면 따위는 잊은 듯 비명 소리를 높여갔지만 무영이 입에 걸레를 물려 비명 소리도 마음껏 낼 수 없었다. 맞을 때는 소리라도 좀 질러야 고통이 덜한 법인데 그것조차도 불가능하게 만든 것이었다.

무영의 매 타작은 반 시진이 넘게 계속됐다.

처음에는 간간이 대항을 해보다가 이내 포기하고 무영의 바짓가랑이를 잡고 늘어져 보기도 했지만 작심을 하고 시작한 매질이라 멈출 줄 몰랐다.

"임마, 넌 그 배를 만들 생각이나 했냐?"

퍽!

"기술자 내놓으라고 할 때 아까워서 벌벌 떨며 개기던 놈이 누구야?"

퍽!

"그 배에 각종 무기를 달아놓은 사람은 또 누구냐?"

빡!

"그런데 그 배가 니 거라고?"

퍽!

"좋아, 니 거라고 치자. 열심히 일한 대가로 한 오십 년 빌려달라는데 그것도 안 된다는 거냐?"

빡! 퍽! 빠직! 퍽!

무영은 한마디 말이 끝날 때마다 신나게 두들겨 팼다.

갑자기 지린내가 났다.

"엉, 이게 무슨 냄새야? 너, 쌌지?"

무영은 옆에서 바들거리며 떨고 있는 첩에게 눈짓을 했다. 눈치를
알아챈 그녀는 재빨리 물을 떠와 정성스럽게 씻기고 향료까지 뿌려 냄
새를 없앴다.

"자, 다시 시작하자구."

무영은 그 말처럼 정말 다시 시작했다.

몸을 씻기게 해주고 향료까지 뿌려주자 이제 끝났구나 지레짐작했
던 남해대왕은 끝내 까무러쳤다.

무영은 그의 혈도를 적당히 매만져 죽지는 않을 정도로 몸을 풀어주
었다.

"이봐, 일어나."

하지만 남해대왕은 정신을 못 차렸는지 대답이 없었다.

"흠, 아직 정신을 못 차렸다 이거지? 몇 대 더 두들겨 패야 정신이
들려나?"

뿌두둑, 뿌두둑.

무영이 손가락 마디 관절을 꺾어가며 공포 분위기를 조성했다.

"음, 음."

그 소리에 남해대왕이 갑자기 정신이 들었는지 눈을 겨우 뜨는 척하
며 얕은 신음성을 발했다.

퍽!

무영이 그의 턱에 발길질을 했다.

"어이쿠!"

"정신 차리게 해주었으면 빨랑빨랑 말을 들어야 할 것 아니야? 어디서 도마뱀처럼 죽은 체하고 있어?"

그 말에 놀란 남해대왕이 육중한 몸을 비틀거리며 일으켰다.

"야, 도마뱀. 따라와."

그는 까딱거리는 손가락을 따라 방금까지 기쁨을 나누던 침상으로 올라갔다.

"무릎 꿇고 오른손 들어."

그래도 첩 앞이라 쭈뼛거리는 남해대왕을 보고 무영이 다시 소리를 질렀다.

"아직 모자라?"

"아, 아닙니다."

무영의 호통에 남해대왕은 황급히 무릎을 꿇었다.

"지금부터 선서를 한다. 본인 남해대왕 진립은 앞으로 오 년간 장무영의 종복이 되어 절대 복종할 것을 맹세한다."

"예?"

뻑!

"아이쿠!"

"하기 싫으면 그만둬. 아직도 부족한가? 나도 최대한 양보를 한 셈이니. 이 정도면 다들 알아서들 하던데."

"본인 남해대왕 진립은 앞으로 오 년간 장무영의 종복이 되어 절대 복종할 것을 맹세한다."

머리가 그리 나쁜 편은 아니었던지, 아니면 매 타작의 효력이었는지 남해대왕은 단 한 글자도 틀리지 않고 그대로 따라 했다.

"다른 사람들에게 말은 하지 않을 테니 알아서 행동하서."

무영은 그 말 한마디를 남기고 자리를 떴다.

"너, 다른 사람들에게 입 뻥긋 하는 순간 죽는다."

남해대왕은 둘째 첩에게 협박하는 것으로 골병 든 속마음을 달래야 했다. 다른 여자 같았으면 입을 막기 위해 조용히 없애 버렸겠지만 자신이 아끼는 첩인데다 딸을 둘이나 낳아주었으니 어떻게 할 수도 없었다.

"에, 본인이 함대 총사령관으로 취임함에 앞서… 어쩌고저쩌고… 이 배를 생명같이 아끼고……."

다음날 도주들이 모인 자리에서 무영이 일장연설을 했다.

'음, 밤새 주인이 바뀌었군.'

연설을 듣고 있던 도주들은 재빨리 돌아가는 상황을 파악했다.

갑자기 씩씩하게 전면으로 나선 무영을 이상하게 생각하는 사람은 단 한 명도 없었다. 남해대왕의 얼굴이 지난밤의 상황을 말해 주었기 때문이다.

골자는 앞으로 무영의 함대는 무역품 운송을 전담할 것이고 승선할 사람들을 모집한다는 내용이었다.

원래 무역에 종사하던 사람들이 대부분이라 각 섬에서 지원자가 많았기에 일일이 선발을 해야 했다.

호소가와가 그 일을 맡았다.

평소 과묵하고 말이 없던 그는 무영과 특별한 대화를 나누지 않는데도 어느새 무영의 오른팔로서의 역할을 훌륭하게 수행했다. 그동안 같이 지내며 여러 면에서 무영이 자신보다 몇 수 위라는 사실을 깨달

앗고, 무엇보다도 선박 건조 과정에서 보여주었던 재능과 무역을 하겠다는 거창한 꿈이 그의 마음을 움직였다.

명나라의 대장군이었고 지금도 하미왕국의 충의대장군이라는 신분이라니 자신이 고개를 숙인다 해도 조금도 부끄러운 일이 아니라는 생각이었다.

원래가 본국에서 다이묘(大名)의 참모 역할을 했던 그인지라 오히려 그런 일들이 적성에 맞다고 여길 정도였다. 그동안 도주 노릇을 하면서 심리적 갈등도 많았고 자신감도 없었는데 무영을 만나면서 자신이 해야 할 일을 찾은 느낌이었다.

그는 선발된 병사들을 모집해 정예병으로서 훈련시키고 배에 필요한 각종 물자를 준비하는 등 항해에 필요한 것들을 치밀하게 준비했다.

무영이 총사령관이 되고 호소가와와 상문인이 각각 다른 한 척씩을 맡아 부사령관에 임명되었다. 다섯 척의 중형 전투함은 동사도의 배들로 이루어졌고 그 대장은 왕극아가 맡았다. 대형함에는 엄격한 심사를 거쳐 여러 섬에서 선발된 병사들을 각각 삼백씩 천여 명이 선발되었다.

마침내 시승을 하는 날이 왔다.

수십 명의 악대들이 연주하는 음악 소리가 섬 전체를 흔들었고, 인근의 크고 작은 섬에서 동원된 병사들은 청홍흑백황의 오색기를 앞세우고 선착장에 열을 맞추어 섰다. 그 앞에 자신들의 무기에 번쩍번쩍 기름 칠까지 하여 꺼내 든 각 도주들이 엄숙한 자세로 서 있는 모습은 그야말로 장관이었다.

여러 도주들의 앞에 앞장선 남해대왕이 육중한 몸값을 하듯 우렁찬 목소리로 부대를 지휘했다. 삼천에 가까운 병사들이 일제히 남해대왕의 구령에 맞추어 무영이 정한 구호인 '무적'을 목이 찢겨져라 외쳤다.

번쩍이는 갑옷을 입은 무영은 당당히 배 앞에 마련된 단상에 섰고 곡완주도 갑옷을 입고 당당히 한자리를 차지했다.

무영과 곡완주는 씩씩한 걸음으로 다가온 남해대왕의 안내를 받아 미리 준비된 황금 마차를 타고 열병식을 거행했다.

두 눈을 부릅뜬 병사들이 배와 턱을 내밀며 용맹하게 전면을 응시하고 있는 사이를 지나갔다. 각 도주들은 그가 탄 마차가 자신의 앞을 지날 때마다 씩씩한 목소리로 충성을 외치며 오징어, 고래, 상어, 갈치 등 각각 자신의 섬을 상징하는 그림이 그려진 깃발을 힘차게 들어 올렸다가 내렸다.

열병식이 끝나자 이번에는 분열식이 거행되었다.

악대들이 뿔 피리, 북 등 각종 악기를 힘차게 연주하기 시작하자 열을 맞추어 대기하던 병사들의 무리가 움직이기 시작했다.

남해대왕이 번쩍이는 검을 빼 들고 배를 내밀며 가장 앞에 섰고 그 뒤를 대사도의 병사들이 따랐다. 각 도주들도 자신의 병사들을 이끌고 열과 오를 맞추어 행진했다.

모든 부대는 무영이 앞을 지날 때마다 힘차게 기를 들었다 내리며 입으로는 충성을 소리 높여 외쳤다.

"와아!"

지축을 흔드는 발걸음 소리가 만드는 장엄한 광경에 출항식을 구경하러 나왔던 많은 섬 주민들은 난생처음 보는 멋진 광경에 손을 흔들며 열띤 환호를 보냈다. 그 소리에 병사들은 더욱 어깨를 세우고 보무도 당당하게 걸어갔다.

'음, 며칠을 두고 연습한 성과가 있기는 있군.'

무영이 이런 성대한 출항식을 거행한 것은 자신의 위치를 확고부동한 것으로 만들고 병사들에게 자신감을 심어주기 위함이었다. 비록 강제로 남해대왕을 굴복시켰지만 언제 배신을 꾀할지 모르는 일이었다. 그래서 이런 거창한 행사를 통해 자신의 지위를 확실히 굳히고 남해대왕이나 다른 도주들이 경외심을 품도록 해 사전에 반역할 마음을 품지 못하게 하려는 것이었다.

모든 행사를 마친 무영이 배에 오르자 그 뒤를 따라 행사에 참여했던 병사들이 각자 미리 정해진 배로 올랐다. 선착장이 넓지 않았기에 한 척이 태우고 떠나면 다른 한 척이 교대로 들어와 병사들을 태우고 나가는 식이었다.

모든 병사들이 배에 오르자 그들은 미리 교육받은 대로 갑판의 난간에 창검을 높이 들고 일렬로 도열했다.

무영이 장검을 뽑아 앞으로 내밀자 병사들이 그를 따라 일제히 소리 지르며 창검을 빼 들었다.

펑! 펑! 펑! 따닥, 따다닥, 딱, 딱.

형형색색의 폭죽이 배와 섬에서 요란한 소리를 내며 터졌고, 이어 악대들이 다시 연주를 시작했다.

뿌우!

뿔 나팔 소리를 신호로 배들의 돛이 일제히 올려지고 무영이 탄 대장선을 필두로 한 선단은 서서히 섬에서 멀어져 갔다.

제10장 무역풍(貿易風)

남해는 중원과 다른 주변의 물자가 교류하는 길목이었다.

명은 감합부(勘合符)라는 것을 상대국에 보내 무역을 하고 있었는데, 감합부는 명의 황제가 바뀔 때마다 발행하여 상대국에 반쪽을 주고 나머지는 보관을 했다가 상대국의 무역선이 감합부의 반쪽을 가져오면 예부에 보관하고 있던 반쪽과 맞추어 허가받은 무역선인지를 확인했다.

무역항도 세 곳만 허락을 했는데 영파(寧波)에서는 왜국(倭國)과 조선(朝鮮), 복주(福州)에서는 유구국(流求國), 그리고 광주(廣州)에서는 남해의 여러 나라들과 하도록 정했다.

하지만 실제로 대부분의 교역은 밀무역에 의한다고 해도 과언이 아니었다. 정규 무역선으로는 주변국들의 수요나 상인들의 욕망을 채울 수 없었기 때문이었다.

중원의 생사(生絲)와 비단, 면포, 도자기, 종이 등은 그 품질이 뛰어나 여러 나라로 판매되었고 대신 향료나 은 등이 중원으로 흘러들었다.

배와 무기를 만들고 군사를 조련하는 등 바쁘게 일을 하다 보니 어느새 오월이 왔다.

동남풍이 불어왔다. 그렇게 고대했던 바람이었다.

다시 돌아갈 수 있다는 생각에 무영과 곡완주, 그리고 하경 일행 등도 들뜬 마음을 억제하지 못했다.

하지만 남몰래 하는 고민도 있었다.

일단 무역품 운송 일을 맡겠다고 했지만 상인들이 믿고 맡길 만큼 신용을 인정해 주어야 했다. 하지만 아직은 일을 줘야 할 상인들의 코빼기도 보지 못한 상태였다. 큰소리는 쳤지만 답답하기가 이를 데 없었다.

출발 직전 호소가와가 무영을 찾았다.

"저를 받아주십시오."

"그게 무슨 소리요?"

"저도 중원으로 들어가 장사를 하고 싶습니다."

"장사를 하고 싶으면 하면 되지 나하고 무슨 상관이란 말입니까? 누구든 상인이 되고 싶은 사람은 자유롭게 해도 좋다고 하지 않았습니까?"

스스로 황제를 칭하거나 즉위식을 치른 것은 아니었지만 은연중에 남해의 제왕으로 군림한 무영은 이미 몇 달 전에 그런 내용의 포고문 비슷한 것을 발표한 적이 있었다.

"그런 문제가 아니라 대장군께 제 목숨을 맡기겠다는 것입니다. 받이주십시오."

"예?"

이미 실제적으로 무영의 보좌역을 하고 있는 호소가와였기에 그가 없다면 무영도 아쉬운 것이 많은 처지였다. 하지만 노골적으로 부하가 되겠다고 자처하니 놀란 것이었다.

자꾸 말을 걸었다가 '그럼 없던 일로 합시다' 하면 곤란했다.

"험, 이미 마음을 정했다면 받아들이겠습니다. 그 대신 앞으로 제 말은 반드시 따라야 합니다."

"물론입니다."

문득 호소가와가 해상의 일을 잘 알 것 같다는 생각이 들었다.

"혹시 상인들이 오가는 길목을 잘 알고 있소?"

어디서부터 일을 시작해야 할지 감이 잡히지 않았던 무영은 그에게 남해나 동해의 해상 무역에 관해 물었다.

"지금은 남해의 모든 배들이 중원으로 올 시기입니다. 제가 가지고 있던 배는 왜국에서 쓰던 것이라 크기나 성능이 중원의 배와 비할 바가 되지 못했기에 멀리서 그들을 지켜보기만 하고 작은 상선만 털거나 수비가 허술한 촌락만을 습격했었습니다. 하지만 큰 배를 가진 해적들은 지금 파레미방이나 샤므, 마르라카 등에서 올라오는 배들을 노립니다."

"혹시 팔렘방, 샴, 말라카를 말하는 것이 아니오?"

발음이 좀 시원치 않아 무영이 교정을 해주었다.

"맞습니다. 파레미방, 샤므, 마르라카. 저보다 남해대왕이나 상문인이 더 잘 알고 있을 겁니다."

'음, 발음의 한계로군.'

상문인이 불려왔다.

그는 호소가와의 말대로 밥벌이가 잘되는 곳을 훤히 꿰고 있었다.

무적함대는 바다로 나갔다. 뿔 나팔 소리와 함께 다섯 개의 큰 돛이 일시에 올라가니 배는 바다 위를 미끄러지듯 움직여 갔다.

함대는 소위 길목이라는 곳이 멀지 않은 바다에 닻을 내리고 때가 오기를 기다렸다. 과연 호소가와의 말대로 큰 배들이 무리를 지어 수시로 오고 있었다.

이쪽은 함포를 모두 숨긴 데다가 돛과 닻을 모두 내리고 있었기에 오가는 배들은 우연히 마주쳐도 무슨 사정이 있으려니 하고 크게 신경을 쓰지 않는 눈치였다.

며칠이 지났을까? 한낮의 햇볕이 뜨겁게 내리쬐어 간부와 병사들 모두 갑판 아래에서 더위를 피하고 있을 무렵이었다.

쿵! 쿵! 쿵!

요란한 포성이 바람을 타고 먼 바다에서 들려왔다.

"함포 소리다!"

돛대에 올라 망을 보던 병사 하나가 소리를 질렀다. 그 소리가 아니더라도 모두들 포성을 들은 눈치인지 갑판으로 쏟아져 나왔다. 며칠을 기다리던 일이었다.

"닻을 올려라!"

"돛을 올려라!"

각자 맡은 역할에 따라 부산히 움직이는 가운데 배가 포성이 들리는 곳을 어림잡아 서서히 나아갔다. 병사들은 모두 갑판으로 쏟아져 나와 자리를 잡았고 갑판 아래에서는 포수들이 정렬했다.

"연기가 보입니다."

포 소리가 계속 들리는 가운데 천리경으로 전방을 감시하던 병사가 소리쳤다.

무영도 급히 천리경으로 살피니 멀리서 치열한 포격전을 벌이며 싸움이 벌어지는 것이 보였다. 해적선으로 보이는 다섯 척의 배가 덩치가 두 배는 족히 되어 보이는 세 척의 상선을 둘러싸고 포격을 가하고 있었다. 상선의 반격도 만만치 않아 서로 간에 피해가 적지 않게 발생해 이미 해적선 두 척과 상선 한 척에는 검은 연기가 치솟고 있었다.

"저놈들이 너무 큰 물건을 욕심 내 피해를 많이 보고 있군요."

옆에서 천리경으로 같이 감시하던 호소가와가 말했다.

상선이든 해적선이든 화력이 우세한 쪽이 절대적으로 기선을 제압할 수 있고 그것에 따라 승패가 갈리는 경우가 다반사였다. 자신도 전에 화력에서 상대도 되지 않는 구형 전투함으로 화란상선을 공격하다가 배를 모두 잃은 경험이 있었다. 사정 거리와 정확도, 위력 등 모든 것이 앞선 신식 함포의 위력을 모르고 덤빈 결과였다.

지금 상선대를 공격하고 있는 해적선들의 화력은 예전에 자신의 배에 비해 위력이 훨씬 컸지만 상선들도 비슷한 화력을 가진 데다 포의 숫자도 비슷하기에 빚어진 결과였다.

"양패구상하겠구만."

무영이 말했다.

"제가 보기에도 그럴 가능성이 높습니다. 상선들이야 싸움을 피하고 싶겠지만 해적선들은 피해가 적지 않아 끝까지 물고 늘어지려 할 겁니다."

"도대체 남해에서 밥벌이하는 해적은 얼마나 되오? 남해대왕이 패권을 장악하고 있다더니 다 뻥이구만."

"그건 아닙니다. 지금 출몰하는 해적들은 해남도(海南島)에 본거지를 둔 놈들이거나 멀리서 원정 온 놈들이 대부분입니다. 게다가 한동안 남사도 쪽에서는 일하러 나오지 않았으니 다른 놈들이 더 활개를 치는 것 같습니다."

호소가와는 남해 해적들에 관해 자세히 얘기를 해주었다.

남해 해적들의 세력은 남사도의 남해대왕과 해남도의 해적들이 주력이고 양이(洋夷) 해적들도 가끔 출몰한다는 것이었다. 양이들의 배는 크지 않지만 화포가 상당히 위력적이라는 말도 덧붙였다.

"포구는 개방 즉시 발사할 수 있도록 만반의 준비를 하시오!"

양측의 배가 가까워지자 무영이 지시를 내렸다.

"해남도의 놈들이라고 합니다."

부하 중 하나가 해적선의 깃발을 보고 호소가와에게 알리자 그가 무영에게 다가와 보고했다.

"해남도?"

"놈들도 이쪽을 알아보았을 것이라고 합니다."

새로 건조된 세 척의 대형 함(艦)은 새로운 표식인 쌍봉기(雙鳳旗)를 달았다. 쌍봉으로 정한 것은 무영이 남궁화를 생각해 그렇게 한 것이었다. 하지만 왕극아의 전투함 다섯 척은 무영의 깃발은 물론 남해대왕의 휘하임을 알리는 적룡기(赤龍旗)까지 같이 달고 있었기에 상대도 이쪽이 남해대왕의 소속이라는 것을 알아볼 수 있다는 것이다.

치열하게 벌어지던 포격전은 어느 틈에 소강 상태에 들어가 있었다. 갑자기 출현한 아홉 척의 함대는 양측 모두에게 의구심을 갖게 하기에 충분했기 때문이다.

공격을 가했던 해적들이 한 척의 상선에 배를 붙이고 막 상륙을 하려던 순간이었다.

왕극아가 지휘하는 다섯 척의 전투함들은 철포가 모두 노출되어 있어 쌍방이 모두 싸움을 중단하고 이쪽에 신경을 쓰며 긴장하는 모습이 역력했다. 다른 세 척의 대형 함선도 수많은 병사들이 갑판 위에 올라와 있고 갑판에 설치된 쇠뇌며 각종 병기도 상당했다.

아무런 신호도 없이 다가가던 무영의 함대는 그의 지시에 따라 은근히 해적들을 포위하는 형태로 접근했다. 해전이라면 신물이 나도록 겪은 해적들이 그런 낌새를 모를 리 없었다.

"우리는 해남도의 천조강(千照鋼)님 휘하의 부대요. 남사도의 친구들은 무엇 때문에 우리를 포위하고 있소?"

배가 가까이 접근하자 해적선에 타고 있던 두령으로 보이는 사내가 크게 소리쳐 물었다. 천조강은 해남도 해적들의 왕초 격인 자였다.

그들도 왕극아의 깃발을 알아본 것이 틀림없었다.

"뭐라고 할까요?"

호소가와가 물었다.

"항복하라고 하시오. 아니면 전부 격침시켜 버린다고 하고."

무영이 굳은 얼굴로 말했다. 저놈들과 처음으로 해전을 벌이게 될지도 몰랐다. 자연 몸이 긴장되는 것은 어쩔 수 없었다.

"포구 개방 준비!"

호소가와는 우선 함포부터 준비시켰다. 항복을 권유하면 다짜고짜 포격을 가할 가능성도 있기에 미리 대비를 한 것이다.

그가 무영의 지시대로 항복을 권하자 해남도의 해적들은 잠시 침묵했다. 원래 남해 일대에는 장사가 짭짤한 곳이기에 각지에서 영업을 나온 해적들이 많았다. 하지만 그들 간에도 암묵적인 묵계가 있어 같은 해적끼리는 서로 간에 득이 되지 않는 싸움을 피하는 것은 물론이고 다른 해적선이 영업을 할 경우 못 본 척 지나치는 것이 일반적인 관례였다. 그런데 항복을 하라니.

과연 예측대로 해남도의 해적들은 머리를 맞대고 의논하느라 바빴다. 지금 그들은 상선대와의 싸움도 벅찬 상태였다. 고생 끝에 배만 붙이고 상륙을 하면 끝장낼 수 있을 것 같았는데 난데없이 남사도 놈들이 와서 항복을 권유하니 황당하고 분하기 이를 데 없었다. 다 잡아놓은 고기는 물론 자기들까지 포로로 하겠다는 것이었다.

포로가 되었다고 살려준다는 보장도 없었다. 해남도에 이 사실이 알려지면 대대적으로 보복을 할 것이란 것은 남사도 놈들도 알 것이기 때문이다.

무영 일행은 천리경으로 놈들의 반응을 예의 주시했다.

상대가 싸우자고 나오면 함포를 동원해 사정없이 폭탄 세례를 퍼부을 생각이었다.

"아마 항복은 하지 않을 것 같습니다. 싸움이 시작되면 상선들은 그 틈에 달아날 것이고, 결국 우리와 해남도 놈들 간에 싸움이 될 것으로 예상할 테니까요. 그리고 들은 바로 해남도 해적들은 무공이 예사롭지 않다고 합니다. 다른 해적들이 한 수 접어줄 정도니까요. 배를 바싹 붙여 근접전을 전개할 가능성이 높습니다."

그의 말을 듣고 보니 적선들이 조금씩 이쪽 함선으로 붙어오고 있는 것이 느껴졌다. 워낙 서서히 움직여 호소가와가 알려주지 않았다면 인식하지 못했을 정도였다. 저쪽에서도 이 편이 천리경으로 감시하는 것을 알고 갑판 위에서는 일체 움직임을 보이지 않고 있었던 것이 틀림없다. 가까워지면 이내 함포는 무용지물이 되고 육탄전이 벌어질 것이 틀림없었다.

"함포 개방!"

무영의 지시에 따라 적색 깃발이 돛대를 타고 올라갔다. 다른 배들에게도 지시를 하는 것이었다.

대선의 함포 설치구가 젖혀지며 수십 문의 포들이 일제히 위용을 드러냈다.

"발사!"

쾅! 쾅! 쾅! 쾅!

전투함까지 가세한 발포에 일시 벼락 치듯 요란한 굉음과 함께 포구에서 연기를 뿜었다.

철환이 허공을 날아가 상대편 배에 작렬했다.

상대 배는 그야말로 아비규환이었다.

순식간에 돛대가 날아가고 옆구리에 구멍이 나는가 싶더니 두 척의 배가 옆으로 기울었다. 상대편도 반격을 해왔지만 수적으로 열세였음은 물론이고 이쪽을 속이려다가 오히려 당한 형국이라 피해가 막심했다. 게다가 상선들과 싸우면서 여러 문의 포가 이미 기능을 상실해 아홉 척에서 뿜어대는 포탄을 견딜 재간이 없었다.

배가 서로 접근하면 포격을 중지하고 근접전을 준비해야 했지만 상대는 이미 완전히 전투력을 상실한 듯 반응이 없었다. 포탄을 맞지 않는 배는 상선과 싸우다가 피해를 당해 연기를 뿜던 두 척의 배뿐이었고 나머지 배들은 서서히 가라앉고 있었다.

싸움이 시작되고 채 반각도 되기 전이었다.

"상선들이 달아나려고 합니다."

적이 저항력을 상실할 무렵 상선을 살피던 호소가와가 말했다. 무영이 보니 그들이 싸우는 틈을 이용해 상선들이 뱃머리를 돌려 저만치 달아나고 있었다. 하지만 해남도 해적들에게 돛이 타격을 입어 속도가 느렸다.

"정지하라고 하시오."

전투함 몇 척이 상선대의 앞에 몇 발의 포격을 퍼부었다. 상선들은 속력을 낼 수 없자 도저히 달아날 수 없는 상황이라는 것을 깨달은 듯 서서히 배를 멈추었다.

"물에 빠진 놈들을 죄다 건져서 꽁꽁 묶어두라고 하시오."

무영의 지시를 받은 배가 상선 쪽으로 갔다. 배가 가까이 접근하자 소선(小船)을 탄 무영과 호소가와, 그리고 곡완주, 상문인 등 네 명이 배를 저어 수하 하나와 함께 상선으로 건너갔다.

배에 오르니 값비싼 비단옷을 입은 중년인이 정중한 자세로 일행인 그들을 맞았다. 그들은 무영의 쌍봉기는 처음 보았지만 왕극아의 배에 걸린 적룡기를 보고 무영 일행이 남사도 해적인 것으로 알고 있었다. 헤남도나 남사도의 깃발은 남해 일대를 오가는 상선을 타본 사람치고 모르는 자가 없었다. 함대의 막깅한 화력을 목도했기에 전혀 다른 생각은 하지 못하고 그저 목숨만 건지려는 태도였다.

"험, 본인은 용유 상방(龍游商幇) 소속의 대행두 낙송생(樂松生)이라 하오. 남해의 손님들이 이렇게 저희 배를 찾아주시니 그저 반갑게 맞을 따름이오."

"용유 상방?"

문득 황영기 대행두로부터 들었던 용유 상방에 관한 말이 떠올랐다. 사대상방에 끼지는 못했지만 상산(常山), 개화(開化), 강산(江山), 용유(龍游) 등에 본거지를 두고 절강, 복건, 안휘 등을 무대로 뛰는 상인들로 규모는 크지 않았지만 내실이 있고 다방면에 걸친 물산을 골고루 취급한다는 상방이었다.

그중에서 용유 상방에서 주로 취급하는 물건은 종이, 약재, 보석 등이었다.

활동 범위가 얼마나 넓었던지 '편지용유(遍地龍游:온 땅에 용유 상인이 있다)' 라는 말까지 나올 정도였다.

이번에 낙송생이 운송하는 것도 남해 여러 나라에 종이와 비단을 팔고 그 대금으로 약재와 보석 등을 받아 싣고 오던 중이었다. 희귀한 약재와 보석은 중원에 가져가면 최소한 스무 배 이상의 이문이 보장된 물품이었다.

'단단히 대비를 했건만 갈수록 해적들의 규모가 커지고 화력도 대단해지니… 휴우……'

낙송생은 내심 한탄했다.

이런 대규모 해적을 만난 것도 자신의 불운이었다. 해적을 대비하기 위해 비싼 대금을 치르고 관아에서 모르게 다량의 화포를 장착했고 무공이 제법 있다는 보표들도 백여 명 고용했건만 천인지 이천인지 헤아릴 수조차 없는 대규모 해적들을 만나니 무용지물이었다. 게다가 그 사납다는 해남도의 해적조차 반각도 버티지 못하는 것을 보니 자신들은 그저 목숨만 건져도 다행이라는 생각이 들었다.

광동 상방 같은 큰 상방에서야 암묵적으로 약정이 되어 있어 통행료만 좀 비싸게 내면 그뿐이었지만 용유 상방같이 아무런 사전 약속이 없는 상방은 몽땅 털리는 것은 물론이고 목숨까지 잃는 경우도 다반사였다. 해적들도 큰 상방을 무리하게 털다가는 훗날 놈들이 대규모 토벌대를 편성해 보복해 올 수도 있다는 것을 깨닫고 있기 때문이었다.

'음, 우리를 해적으로 아는군.'

무영은 그의 태도를 낙송생이 자신들을 어떻게 여기는지 보고 짐작할 수 있었다.

"하하하, 우리는 이번에 새로 편성된 남해 무적 호송단입니다. 실례지만 우리를 해적으로 여기시는 것 같은데 잘못 보셨습니다."

"예? 무슨 호송단이요?"

"남해 호송단이오. 상선들을 해적의 약탈로부터 지켜주고 일정한 대가받는 일을 하고 있지요."

"그럼 해적이 아니라는 말씀?"

"딱 맞췄습니다."

"으핫핫핫, 으핫핫핫."

낙송생은 기쁜 마음과 자신이 멍청하게 오해했다는 자책감에 터지는 웃음을 주체하지 못했다.

몽땅 털릴까? 절반 정도 가져갈까?

목숨은 건질 수 있을까?

혹시 통행세만 조금 비싸게 치르면 되지 않을까?

무영의 소선이 자신의 배로 다가오는 순간 머리 속을 스쳐 갔던 온갖 상념들을 생각하니 자신이 한없이 바보스럽게 느껴졌다.

무덤 속의 부모님이 살아 오신들 이보다 더 기쁠까?

"낄낄낄, 낄낄낄."

그는 흐르는 눈물과 바보 같은 웃음을 주체하지 못했다.

"뭐가 잘못됐습니까?"

너무 좋아 눈물 콧물에 범벅 된 그를 보자 내심은 짐작이 갔지만 웃음이 끝나기를 기다리기가 지루했던 무영이 물었다.

'아차!'

낙송생은 그제야 자신의 실책을 깨달았다. 아무리 호송단 어쩌고 해도 상대가 마음을 바꿔 해적질을 하겠다면 말려줄 사람도 없었다. 그런 생각이 들자 너무 좋아해서는 안 된다는 생각에 긴장감이 온몸을 다시 엄습했다. 문득 무영의 배에 남해대왕의 일당이라는 적룡기가 걸려 있었음을 상기했다.

'이거 뭐가 뭔지.'

갑자기 머리 속이 복잡해지며 생각이 엉켰다. 하지만 계속 상대를 갑판에 붙들고 있을 수만은 없었다.

"어이구, 이거 제가 큰 손님을 모시고 실례를 범했습니다. 제가 손님을 모셔야 하는데 해적들과 한판하다 보니 잠시 머리가 어떻게 된 것 같습니다."

그는 황급히 일행을 배 안에 마련된 특실로 무영 일행을 안내했다.

'음, 기선을 제압해야지.'

무영은 고개를 빳빳이 세우고 그의 뒤를 따라 들어갔다.

특실이라고 해야 반듯한 탁자 하나와 의자 몇 개가 놓여 있는 것이 고작이었는데, 단지 창을 통해 밖을 볼 수 있어 전망이 좋고 여럿이 앉을 수 있을 만큼 넓다는 것 외에는 특별한 것이 없었다.

"이렇게 저희 상단을 구원해 주시니 무어라고 감사의 말씀을 드려야 할지 모르겠습니다. 이 은혜를 어떻게 갚아야 할지……."

낙송생은 인사말을 곁들여 은근히 상대의 의중을 탐색했다.

"하하하, 은혜랄 것이 있겠습니까? 대규모 호송단을 꾸리려니 힘들기는 하지만 좋은 일을 했다고 생각하면 아무것도 아니지요. 그저 고객만 많이 확보할 수 있었으면 하는 소원이 전부지 다른 욕심은 없는 사람입니다."

"핫핫핫, 그러시군요. 그런데 아까 보니 남해대왕의 적룡기를 달고 있어 오해할 뻔했습니다."

낙송생은 아까부터 찜찜했던 의문점들을 은근히 돌려 물었다.

"아, 그건 제 밑에서 일하는 수하들 중 일부가 남해대왕과 함께 일했기 때문입니다. 지금은 호송선단 일만 전념하고 있지요. 선단에 달린 쌍봉기는 바로 우리 무적 호송단을 상징합니다. 남해대왕도 제게는 함부로 하지 못하지요. 쌍봉기가 걸려 있으면 적룡기를 단 해적들은 얼씬도 하지 않을 겁니다. 오히려 도와주려고 할 것입니다."

"허, 그러시군요. 대체 남사도 사람들과 무슨 관계이기에?"

해적들이 도와주기까지 한다는 말에 아무래도 미심쩍어진 낙송생이 물었다. 동석을 했던 호소가와가 입맛을 다셨다. 쓸데없는 소리를 해서 일을 복잡하게 만든다는 표시였다.

"남해대왕이 제게 신세를 진 일이 있습니다. 그렇기에 자신의 부하들까지 제게 주지 않았겠습니까?"

낙송생은 그제야 고개를 끄덕였다. 더 자세하게 묻고 싶었지만 초면에 미주알고주알 물을 수도 없는 일이었다.

"저희가 도와드릴 방도가 있었으면 좋겠군요."

일단 큰 신세를 진 것이 있으니 분위기상 어떤 형식으로든 갚기는 갚아야 했다. 만약 해남도의 해적들에게 당했다면 물건을 모두 잃고 목숨마저 내놓아야 할 형편이었다. 자신이 물건을 싣고 오기만을 기다리는 상방의 상인들이며 가족들을 생각할 때 무영이 해적을 물리치고 구해준 것은 무엇으로도 갚기 어려운 큰 은혜였다.

"저희 호송단은 이제 막 출범을 해서 아직 고객이 없습니다. 앞으로 용유 상방이 남해 쪽으로 물건을 싣고 오갈 때 우리 호송단이 그 일을 독점적으로 맡았으면 좋겠습니다."

"그게 정말입니까? 그거라면 저희도 바라는 일입니다. 중원에서야 보표만 제대로 구하면 되지만 바다에서는 준비를 한다고 해도 안 되니 어떻게 할 도리가 없더군요. 그렇게만 해주신다면 보수는 넉넉히 쳐드릴 수 있습니다."

"어느 정도 예상을 하고 계신지요?"

이쪽에서 가격을 제시해야 정상이지만 자세한 비용을 산출하기가 쉽지 않았다. 무영은 그가 생각하는 호송비를 대충 알고 싶었다.

"이익금의 삼 할을 드리지요. 우리 상방에서 남해 여러 나라로 한 번 나가면 십만 냥에서 이십만 냥어치의 물건을 가져갑니다. 중원으로 무사히 가져오면 대략 열 배에서 스무 배 정도는 값을 받지요. 그만큼 위험 부담도 크고 가끔은 해적들에게 다 털리기도 하기에 그걸 비용으로 환산하여 계산하면 평균적으로 원금의 네다섯 배 정도 남습니다. 하지만 안전하게 호송할 수 있다는 보장만 있으면 열 배에서 스무 배에 이르는 이문이 고스란히 남는다고 할 수 있지요. 기타 비용은 원금의 두 배 정도 계산합니다. 중원에서 장사를 하지 않았을 경우의 이자 수입에 인건비, 그리고 뭍에서 보표를 고용하는 비용과 물품비 정도지요."

'어이구, 머리 아파.'

"하하하, 저는 계산이 잘 되지 않는군요. 그럼 십만 냥에 해당하는 비단이나 차를 가져가 팔고 대신 현지 물건을 구입해 안전하게 중원으로 돌아왔을 경우 구체적으로 몇 배가 남는다는 겁니까?"

머리가 복잡해진 무영이 물었다.

"시황에 따라 다르지만 열 배의 이문을 계산하면 여덟 배 정도 남는다고 할 수 있습니다. 약간의 추가 비용을 계산해도 일곱 배 이상이지요. 스무 배의 이문을 계산하면 그 곱이고요."

"그 삼 할이 우리 몫이라는 것이군요."

"그렇습니다. 해적의 습격을 대비해 무사를 고용하고 무기를 사들이는 데 드는 비용을 이익금의 일 할로 계산하지만 이 경우는 필요가 없지요. 단, 조건이 있습니다. 임무를 완수해야 지급한다는 것이지요. 우리로서도 확실한 보장을 받지 못하면 그만큼 큰 금액을 투자할 필요가 없는 것이지요."

"그건 필요없는 조건 같군요. 어차피 이익금의 삼 할인데 호송을 실패해 이익이 없다면 받을 것이 없지 않습니까?"

"핫핫핫, 그렇군요. 제가 좀 멍청했습니다. 그럼 얘기가 된 것으로 하고 정식으로 계약서를 작성하도록 하지요."

"좋습니다."

막상 대답을 하고 보니 너무 적게 요구한 것이 아닌가 하는 생각이 들었다. 하지만 호송을 하면서 이 편에서도 양쪽에 필요한 물건들을 가져다 팔면 괜찮을 것 같기도 했다.

지필묵이 준비되자 낙송생은 계약서를 작성했다.

호송 대금의 지급은 물품이 중원에 도착한 후 일 개월 이내로 하고 장소는 중원의 항주로 정했다. 그는 이름을 마지막에 쓰고 무영에게 건넸다. 무영에게도 서명을 하라는 것이었다.

무영이 이름을 써서 건네자 그가 계약서에 쓴 그의 이름을 보더니 웃는 얼굴로 말했다.

"북경에 있는 대학사댁의 아드님 이름과 같군요. 혹시 아실는지 모르겠습니다만 거용관 전투에서 육천의 병력으로 십만의 달단 오랑케를 물리쳤다는 대단한 분이셨지요. 그분의 이름은 중원에서 삼척동자라 해도 알고 있습니다. 안타깝게도 부친은 자객의 손에 돌아가셨고 아드님도 행방이 묘연하다고 하더군요."

순간 무영의 얼굴이 굳었다.

한동안 바쁘게 지내며 잊고 있던 얼굴들이었다.

언제 대해도 따스했던 어머니 주설하의 자애로운 미소와 아버지 장자맹의 엄격한 얼굴 뒤에 있는 자식 사랑, 친아들처럼 사랑을 주었던 미랑, 청해삼호, 조씨 형제들……

'중원으로 가야 해.'

자신을 기다리고 있을 여러 사람들의 얼굴이 주마등처럼 스쳐 갔다.

뜻하지 않은 반응에 낙송생은 당황했다.

"제, 제가 무슨 실례라도……?"

묻는 순간 그는 자신의 질문이 바보스러웠다는 것을 깨달았다. 대학 사댁 이야기를 꺼내자마자 굳어지는 저 얼굴. 수십 년 장사를 하며 눈치로 잔뼈가 굵은 그였다.

"그… 렇다면?"

낙송생은 무영의 뒤에 서 있는 곡완주와 호소가와, 상문인 등을 휘둥그레진 눈으로 보며 말했다.

곡완주가 가만히 고개를 끄덕이며 그의 말을 확인시켜 주었다.

"어이구, 제가 대장군님을 몰라뵈었습니다."

낙송생은 황급히 자리에서 일어나 포권을 했다. 그의 돌연한 행동에 상념에 빠져들었던 무영이 황급히 일어나 마주 포권을 했다.

"이미 대장군의 직위는 사임을 했습니다."

아직도 풀어지지 않은 굳은 얼굴의 무영이 말했다.

"그런데 어떻게 이곳에서 호송단의 일을 하고 계신지요? 정말 세상 일이라는 것은 알 수가 없군요."

"그렇게 됐습니다. 아무튼 이것으로 계약은 된 것으로 알겠습니다."

무영은 그의 질문에는 대답하지 않고 계약을 언급했다. 그에 관한 말은 하고 싶지 않다는 뜻이었다. 낙송생도 그의 의도를 알고는 더 이상 묻지 않았다. 그가 중원을 떠나온 것은 대학사의 죽음과 무영의 실종이 세간에 알려진 직후였다. 궁금한 것이 있었지만 더 물을 수는 없었다.

두 사람은 두 장의 계약서를 서로 나누어 품속에 갈무리했다.

무영의 전력을 알게 된 낙송생으로서는 사실 마음이 한결 편했다. 갑작스레 계약을 하면서도 과연 믿을 만한 상대인지에 대해 내심 불안한 마음이 없지 않았다. 하지만 나쁜 마음을 먹었다면 지금이라도 강탈해 갈 수 있는데 굳이 운송 계약 운운하며 번거롭게 하지는 않았을 것이라는 생각에 계약을 한 것이다. 하지만 북경 대학사댁의 장무영이라는 사실은 그의 우려를 말끔히 씻고도 남았다.

"이번 물품은 귀로(歸路)만 호송하는 것으로 하고 호송비는 절반으로 하는 것이 어떻습니까?"

낙송생이 말했다. 그가 이번에 싣고 오는 물품은 후추와 향료 등이었다. 앞으로 가야 할 길도 멀었다.

"좋습니다. 우리 함선들이 중원까지 호송을 맡겠습니다."

"부탁드리겠습니다."

무영은 낙송생에게 인사를 한 후 소선을 타고 본선으로 돌아갔다.

갑판 위에는 수십 명의 해남도 해적들이 굴비 엮이듯 줄줄이 밧줄에 묶어 있었다.

"한 척은 달아났습니다. 추격을 했습니다만 워낙 죽기 살기로 달아나는지라 끝까지 잡으려고 하면 이쪽의 피해가 너무 커질 것 같아 그만두었습니다."

왕극아가 보고를 위해 본선으로 건너와 무영에게 죄송하다는 표정을 지으며 말했다.

"달아났다고? 음, 피해가 크더라도 끝까지 잡아야 했는데."

무영이 안색을 굳히며 말을 이었다.

"해남도의 해적들이 이미 적룡기를 본 상태다. 분명 보복을 하러 올 터인데 일이 시끄러워지겠구나."

"그 점을 미처 생각하지 못했습니다."

그제야 왕극아가 자신의 실책을 깨달았다. 남사도의 깃발을 보았으니 해남도의 해적들이 보복하러 올 가능성이 높았다. 자기 딴에는 전력을 아낀다고 한 것이었는데 오히려 일을 키운 것이다. 그녀는 얼굴을 붉히며 어쩔 줄 몰라 했다.

"하는 수 없지. 앞으로는 깊이 생각하도록 해라."

무영은 얼굴을 붉히는 왕극아를 보고 그 문제는 덮어두었다. 그녀는 풀이 죽어 자신의 배로 돌아갔다.

"모두 끌고 오너라."

무영의 지시에 해남도의 해적들은 밧줄에 묶여 줄줄이 앞으로 끌려나왔다. 목숨만이라도 건져 보려고 바닷물에 뛰어들었던 해적들이었다. 살기는 했지만 물속에서 고생을 해서 그런지 모두 축 늘어져 있었다.

"상문인, 자네가 문초를 해보게. 특히 해남도 해적들의 전력을 자세히 알아보도록."

귀찮아진 무영은 그렇게 당부하고는 안으로 들어갔다.

해적들과의 싸움에서 부서진 곳을 대충 손본 후 낙송생의 선단이 앞장서고 그 뒤를 무영의 선단이 호위하듯 뒤따랐다.

도중에 무장을 한 배들이 몇 척 지나다녔지만 열 척이 넘는 함선들의 이동을 보고는 오히려 멀리 떨어지기에 바빴다.

"보고드릴 것이 있습니다."

상문인이 들어왔다.

"놈들 중에 해남검파의 문인들이 다수 있는 것 같습니다. 제가 보기에도 무공이 웬만큼은 되는 자들이 한둘이 아닙니다."

"해남검파?"

문득 개방 방주 유석대의 얘기가 떠올랐다. 정사대전 당시 무림맹의 정예를 이끌고 마교와 대항해 싸웠다는 폭풍검 단운비가 바로 해남검파 출신이라고 하지 않았던가?

"바닷물에서 허우적거리며 힘을 빼지 않았더라면 생포하는 데 힘들었을 것 같더군요. 태양혈이 불쑥 솟은 놈도 어엿인데 향두규이라고 합니다. 달아난 배에 외당 순찰당주가 타고 있었다고 하더군요."

어느 정도 수련을 한 놈들이라는 말이었다.

"음, 정말 아깝군. 그놈을 잡았어야 했는데. 무슨 일로 해남검파 문인들이 해적 행위를 했다고 하는가?"

"하급 제자 하나를 얼러가며 문초하니 윗사람들의 지시라고 합니다. 광동 상방의 배를 제외하고는 모조리 공격해서 물건을 뺏은 후에 격침하라는 지시라고 합니다."

"뭣이?"

무영이 눈을 크게 떴다.

"그렇다면 광동 상방이 해남검파 놈들과 어떤 형태로든 연계되었다는 말이 아닌가?"

"그렇습니다. 아무래도 광동 상방이 남해의 무역을 독점하기 위해 일을 꾸미는 것 같습니다. 앞으로 우리에게 고객들이 아주 많이 찾아올 것 같은 예감이 드는군요."

"음, 나도 그런 예감이 드는군."

"그런데 이상한 얘기를 들었습니다. 얼마 전에 무림의 판도를 가를 공전절후한 큰 싸움이 벌어질 것이라며 장문인이 해남검파에서도 장로급을 포함해 무공이 뛰어난 제자 이백여 명을 추려 중원으로 보냈다는 말을 들었습니다. 구체적인 행선지는 알려주지 않았다고 합니다."

"공전절후의 싸움?"

"그렇습니다. 하지만 자세한 내막은 모른다고 하더군요."

무림인 간의 싸움에 관해서라면 자세한 내막은 알고 싶지도 않지만 광동 상방이 관련되었다는 말은 아무래도 개운치 않게 들렸다.

바람이 시원스럽게 불었다.

힘차게 밀어주는 바람에 돛이 팽팽하게 당겨지며 배는 속력을 더했다. 배가 중원으로 다가갈수록 무영의 긴장은 더했다. 오랫동안 볼 수 없었던 사람들을 만날 수 있다는 생각과 특히 남궁화가 아직 자신을 기다리고 있을지가 궁금했다.

해안선을 끼고 올라가는 선단의 주위에 중원의 섬들이 저 멀리에 수시로 모습을 드러냈다. 뭍을 끼고 따라가는 근해항법(近海航法)의 장점은 배에서는 섬이나 뭍을 관측하며 목적지까지 편하게 방향을 잡아 갈 수 있지만 뭍에서는 배가 보이지 않아 비교적 안전하게 운항할 수 있다는 것이었다.

며칠을 그렇게 갔을까? 낙송생이 정선(停船) 신호를 보냈다.

그의 신호에 따라 선단 전체가 바다 위에서 멈추었다. 그는 본선에서 내려진 소선을 타고 무영의 배로 건너왔다.

"내일이면 광주 근해에 도착합니다. 오늘은 괜찮지만 내일 뭍이 멀지 않은 근해로 이런 대선단을 몰고 가면 관선(官船)들이 왜구로 오인해 문제가 생길 수 있으니 호송선단은 우리 상단과 멀리 떨어진 바다 쪽에서 따라오며 호위를 해주십시오. 대신 해적이나 왜구를 만나면 신호탄을 쏘아 올리겠습니다."

멀리 돌아가면 관선들과 마주칠 일은 없지만 아무리 큰 선단이라 할지라도 뭍에서 멀리 떨어져 항해를 한다는 것은 위험한 일이었다.

이미 무영도 생각하고 있던 일이었다. 이미 해상에 대한 주도권을 포기한 조정에서 이런 대규모 선단을 발견한다 해도 대규모 수군을 동원하기 전에는 감히 대적을 해오지 못하겠지만 용유 상방의 선단이 후일 문제가 될 우려가 있었다.

무영은 그에게 포로들을 문초해서 들은 광동 상방의 개입 사실을 말해 주었다.

"광동 상방이라면 그런 짓을 하고도 남을 겁니다. 제가 듣기로 총행두 위진해는 지극히 독선적이며 욕심이 많은 것은 물론이고 모략에 능한 인물입니다. 지금 산서 상방과 천하 상권을 놓고 경쟁을 하고 있다고 들었습니다. 사대상방 중 섬서 상방은 폐가(廢家)가 되다시피 했고 휘상도 휘청거리는 판국에 한쪽만 무너뜨리면 천하를 얻을 수 있으니 욕심을 내는 것도 무리가 아니지요."

"둘이 붙으면 누가 이길 것 같습니까?"

"핫핫핫, 제가 그걸 알 정도라면 벌써 결판이 났을 것입니다. 각각 일장일단이 있다고 하겠습니다만 산서 상방의 총행두 교평천은 조정과 황실의 위세를 등에 업고 있으니 아무래도 그에게 유리한 싸움이 될 것 같기는 하군요."

낙송생은 상계에서 잔뼈가 굵은 인물답게 상방들의 돌아가는 사정을 꿰뚫고 있었다.

"광동 상방은 남해와 양이(洋夷)들과의 밀무역이 주 수입이고 산서 상방은 달단과 후금 등과의 밀무역으로 상당한 이문을 보고 있는 것으로 듣고 있습니다. 상계에 있는 사람이라면 누구나 알고 있는 사실이지요. 조정의 관리들도 아는 사람이 적지 않지만 다들 큰 신세를 지고 있는 형편이라 입을 다물고 있다고 들었습니다."

그는 잠시 말을 멈추고 무영의 눈치를 살피는 듯하더니 다시 말을 이었다.

"대학사님이 살해당하신 것도 폐하께 산서 상방과 후금국의 밀무역에 대해 상소하려 하셨기 때문이라는 얘기가 각 상방의 수뇌부들 사이에서 은밀히 나돌고 있습니다. 진위는 알 수 없지만 군소상방들도 황실에 나름대로 줄을 대고 있으니 허튼소리는 아닐 것입니다."

"역시 그랬군."

무영의 눈꼬리가 치켜 올라갔다.

그렇다면 백문호가 말했던 사실들과 아귀가 맞아떨어졌다. 백문호의 추리도 상당히 설득력이 있지만 조정 내부의 일을 확인할 수 없기에 그냥 추리로 끝났었다.

"알고 계셨습니까?"

무영의 반응이 의외였는지 낙송생이 물었다.

"대충 그런 얘기는 들었습니다. 제가 남해에 있게 된 것과도 관련이 있지요."

무영은 그렇게 말했다. 선문학관이나 청수원에 관한 얘기까지 해줄 필요는 없었다.

"항주와 영파 공소에 기별을 넣어 선단이 맡을 수 있는 일거리를 준비해 보겠습니다."

낙송생이 말했다.

그는 무영의 선단이 정박할 곳이 마땅치 않다는 것을 알고는 자리를 잡을 동안 일거리를 만들어주려고 했다.

그러지 않아도 걱정이었는데 낙송생이 미리 가려운 데를 긁어주니 고마울 따름이라 마다할 이유가 없었다.

다음날 아침 해가 뜰 무렵 과연 멀리 큰 섬 하나가 보였다.

"계산도(桂山島)로군요."

상문인이 천리경으로 섬을 살피더니 말했다.

"이는 섬인가?"

"저 섬에서 광주까지는 큰 배들도 조수를 타고 오갈 수 있습니다. 고아주나 오문으로 들어가는 일종의 관문인 셈이지요. 오가는 관선들도 적지 않으니 지금부터는 뭍에서 더 멀리 떨어져야겠습니다."

무영도 천리경으로 살피니 과연 오가는 상선이며 어선들의 수가 적지 않았다. 배는 다시 동해로 방향을 틀어 북상을 계속했다. 배들과 적잖이 마주치기는 했지만 적룡기를 내린 데다 전투태세를 갖추지 않은 것을 보고는 그냥 지나갔다.

무영은 생각에 잠겼다.

이제 중원으로 돌아가야 했다.

배를 맡길 만한 사람은 아무리 생각해도 호소가와나 상문인밖에 없었다. 남해대왕이 반기를 들고 다른 도주들이 이에 동조하기 전에는 감히 대적할 적수가 없을 것이었다.

중원과 남해 여러 나라와의 교역에 대한 호송을 담당하려면 아무래도 근처에 배를 댈 수 있는 항구가 필요했다. 며칠 후면 복주에 닿을 것이고 호송을 마치면 항주로 돌아가야 했다. 어차피 호송단을 유지하려면 근거지가 없어서는 일을 할 수 없었다.

'음, 섬을 하나 개척해야겠군.'

명나라는 바다에 대해 해금책(海禁策)으로 일관했기에 정화 이래 수군이 바다로 나오는 일은 드물었다. 황제는 정치에 관심이 없고 개인적인 안녕과 취미에만 몰두해 모든 일을 환관들에게 맡기다시피 했다. 안으로는 관리들이 곪아 있고 밖으로는 북방의 후금과 달단이 계속 괴롭히고 있어 바다 쪽에는 신경 쓸 형편도 되지 않았다.

뭍에서 멀지 않은 적당한 섬을 하나 골라 기지로 삼는다 해도 크게 문제 될 것은 없겠다는 생각이 들었다.

이 근처의 뭍에 관한 정보라면 양 선장이 제격이었다.

"영파(寧波) 부근에 우리 배들이 정박할 만한 좋은 섬이 있겠소? 수심이 깊고 물길이 좋으면서도 남의 눈에 잘 띄지 않을 만한 곳으로 말이오."

양 선장도 이내 무영의 의도를 알 수 있었다. 중원에서 죽어가던 그때부터 죽 지켜보았던 그였다. 그는 내심 무영에게 감탄하고 있었다. 배도 잃고 가족과 떨어져 죽음의 고비를 숱하게 넘겼지만 무영같이 대단한 사람을 만나 고락을 함께했다는 사실은 인생의 큰 행운과 경험이라고 생각하고 싶었다.

대장군 장무영, 대학사댁 아들, 하미왕국의 충의대장군, 남해 해적왕을 굴복시키고 해남도 해적 격파……. 그동안 무영의 행적을 듣고 보노라면 절로 피가 용솟음치는 흥분을 억제할 수 없었다.

"뱃사람들이 어산도(魚山島)라고 부르는 섬이 있습니다. 크지는 않지만 뭍에서 적당히 떨어져 있어 어느 정도 비밀이 보장되고 무엇보다도 수심이 적당해 배를 대기에는 아주 좋습니다. 거의 돌산으로 이루어져 있어 어민들도 살지 않는다고 들었습니다. 한 번 폭풍을 만나 정박한 적이 있는데 손을 조금 본다면 포구로 쓸 수도 있겠다는 생각이 들더군요. 하지만 큰 배는 대규모 공사를 해서 자리를 만들어야 댈 수 있을 겁니다."

무영은 머리가 개운해지는 느낌이었다. 이토록 쉽게 대답이 나오리라고는 생각지 못했다.

"만일 그 섬이 마음에 들지 않으신다면 태주도(台州島)가 있습니다. 어산도보다 몇 배는 큰 섬이라 주민도 제법 되지만 관아의 손길이 미치는 곳이 아니니 상관없습니다. 포구를 확장하는 공사도 훨씬 쉽게 마무리 지을 수 있을 겁니다."

"그 섬도 마음에 들지 않으신다면……."

"됐소, 됐소. 일단 일을 마치고 나서 살펴봅시다."

양 선장이 계속 섬들을 소개하려 하자 무영이 웃으며 만류했다.

항해는 순조로워 삼 일째 되던 날이었다.

펑! 펑! 펑!

멀리 앞바다에서 세 개의 검은색 폭죽이 솟아올랐다.

"신호가 왔습니다."

호소가와가 알렸다. 무영도 보고 있다는 것을 알고 있지만 그는 그런 말을 해주는 것이 자신의 의무라고 생각하는 것 같았다.

"음, 우리도 폭죽을 쏘라고 하게."

펑! 펑! 펑!

붉은색 폭죽 세 개가 폭음과 함께 하늘로 솟구쳤다.

호송선단으로서 소임을 마쳤으니 우리는 이만 가보겠다는 신호였다. 미리 약속한 대로 서로 신호를 주고받은 뒤 무영의 선단은 북상을 서둘렀다. 호송비 정산은 항주에 있는 용유 상방의 공소에서 하기로 사전에 약속을 했으니 문제가 없었다.

배는 바람을 받아 물살을 힘차게 가르며 가고 있었지만 조급한 마음이 점점 심해지는 것은 어쩔 수 없었다.

둘이 뱃전에 섰다.

배가 물살을 가르는 소리를 들으며 나란히 선 두 사람은 하늘을 빼곡이 채운 별들을 올려다보았다.

무영은 정말 오랜만에 느끼는 편안한 감정을 즐겼다.

곡완주는 무영이 어디로 가든 절대 곁을 떠나려 하지 않았다. 뒷간에 갈 때는 헛기침을 하며 신호를 보내야 할 정도였다.

"아기를 가진 것 같아요."

곡완주가 말했다. 목소리가 약간 떨리고 있었다. 어쩌면 그 말을 했을 때 무영의 반응이 두려웠기 때문인지도 몰랐다.

"컥!"

무영이 깜짝 놀랐다.

하기는 그렇게 숱한 밤을 같이 보냈는데 둘 중 하나나 둘 다 문제가 없다면 당연했다.

"……."

곡완주는 여전히 무영의 대답을 기다리고 있었다.

"험, 험."

무슨 말을 하기는 해야 했는데 언뜻 마땅한 대답이 떠오르지 않았다.

"아이를 싫어하시나요? 아니면 제가 마음에 들지 않는지……?"

곡완주는 우려했던 상황이 나타나는 것은 아닌가 하는 생각이 얼핏 스쳐 조심스런 표정으로 물었다.

"핫핫핫, 아, 아니야. 그럴 리가 있겠어? 사내야? 계집이야?"

'아차, 아직 모르지.'

질문을 하고도 멍청하다는 생각이었지만 너무 당황해서 불쑥 나와 버린 말이었다.

"푸웃, 사내아이일 거예요, 당신을 닮은."

"험, 험, 몇 달이나 됐어?"

"세 달쯤 된 것 같아요."

"나도 머지않아 아빠가 되는 거야?"

"푸웃!"

곡완주가 고개를 숙이며 웃었다.

그럼 자기가 아빠가 되지 않으면 남해대왕이나 호소가와가 되어야 한다는 말인가?

무영의 손이 가만히 곡완주의 어깨를 감쌌다.

"작년 어머님께 일 년 안에 떡두꺼비 같은 손자를 낳아드리겠다고 약속했거든. 그런데 손자를 안아주실 어머님은 가셨으니… 극락에서

도 아실까?'

장원의 누군들 반기지 않겠냐마는 가장 먼저 떠오르는 얼굴이었다.

"좋은 분이셨는데."

곡완주는 눈물을 보였다.

몇 달 같이 있지는 못했지만 마음속으로는 친어머님같이 생각했던 분이었다.

"……."

무영도 말을 잇지 못했다.

공연히 무림출도니 뭐니 하면서 속만 잔뜩 썩혀 드리다가 끝내 임종도 보지 못하는 불효 자식이 되고 말았다.

"사람이 죽으면 하늘로 올라가 별이 된다던가? 그 말을 들었을 땐 그냥 피식 웃었었어."

고개를 들어 하늘을 보았지만 눈물이 앞을 가려 별이 보이지 않았다.

아기가 들어 있을 곡완주의 배에 가만히 손을 얹고 하늘을 보았다.

'어머니, 여기 손자가 있대요.'

곡완주도 그의 마음을 알았는지 가만히 그의 손을 감싸 쥐며 하늘을 보았다.

제11장 중원으로

"낙가산(洛迦山)입니다."

멀리 보이는 조그만 섬을 보며 양 선장이 말했다.

지금 그의 배에서 이 부근의 물길을 아는 사람은 양 선장과 그의 배에 탔던 선원 두 명이 전부였다.

큰 배를 댈 곳이 마땅치 않았다. 이런 중무장을 한 선단을 이끌고 영파로 들어갈 수는 없었다.

일단 선단을 멀지 않은 바다에 대기시킨 무영은 상문인과 하경, 그리고 양 선장 일행만을 대동하고 중원 땅으로 들어섰다.

절강은 예로부터 청산녹수사부다향(靑山綠水絲府茶鄕)이라 했다. 그만큼 산과 물이 푸르고 실과 차가 유명한 고장이라는 말이었다. 내해로 들어서니 사방 해안선을 따라 우거진 녹음이 그 말을 확인시켜 주었다.

동해에서 항주까지는 물길로 닿았다.

낙송생의 연락을 받았는지 무영을 맞은 영유 상방의 항주 대행두는 유구(琉球)로 가는 비단과 도자기 등의 호송을 의뢰했다.

선단의 규모로 따져 볼 때 손해가 나는 의뢰였지만 마땅히 정박할 곳도 없고 해서 상문인을 딸려 보내는 것으로 마무리를 지었다.

그 길로 무영은 동가장으로 향했다.

북경에서 있었던 싸움 이후 누가 어떻게 되었는지는 알 수 없기에 다만 모두 살아 있겠지 하는 마음뿐이었다.

하경과 사향 등도 마땅히 갈 곳이 없다는 것을 알기에 동행했지만 수진은 굳이 남겠다고 했다. 그녀가 나이가 이십 년도 넘게 차이나는 호소가에게 은근한 마음을 갖고 있다는 것을 하경과 사향은 알고 있었지만 입 밖에 내지는 않았다.

동가장 정문은 굳게 닫혀 있었다.

높게 둘러진 담장은 안에서 무슨 일을 하는지 밖에서는 전혀 알 수 없게 되어 있었다.

쾅! 쾅!

문을 두드리니 얼굴을 모르는 하인 하나가 무영을 맞았다. 적어도 문하생이 마중을 하리라 기대했던 무영은 깜짝 놀랐다.

'어, 이거 동가장 주인이 바뀌었나?

하기는 일 년이 다 되어가니 무슨 일이 생겼는지 알 수 없었다.

"저, 혹시 이곳에 풍진악이라고 사나요?"

하인으로 보이는 낯모르는 사람이 나오고 분위기도 한 문파의 분타라고 하기보다는 여느 평범한 장원이라 무영이 조심스럽게 물었다.

"예?"

사실 하인 차림의 사내는 입문한 지 몇 달 되지 않은 제자였는데, 이곳의 내막을 숨기기 위해 일부러 무공이 드러나지 않을 만한 제자로 하여금 당번을 정해 근무를 시키고 있었던 것이다.

그는 몇 달 전에 새로이 정한 항렬에 따라 운강(雲堈)이라는 이름으로 불렸는데, 예쁜 여자를 한 꾸러미나 줄줄이 매달고 온 사내로부터 마치 어느 마을 장 서방 찾듯 물어오니 그로서도 당황하지 않을 수 없었다. 그도 그럴 것이 동가장을 찾는 사람들은 가끔씩 들르는 관아의 사람들이나 인근의 주민들이 전부였다.

'이키, 아닌 모양인데?'

하인의 무슨 엉뚱한 질문이냐는 표정에 무영이 당황했다.

"호, 혹시 예전에 여기 살았던 사람을 아시는지요? 한 일 년 전쯤에……."

"소, 소인은 이곳에 온 지 얼마 되지 않아 일 년 전에 누가 살았는지는……."

운강은 일 년 전까지 들먹이자 머리가 복삽해졌다. 하기는 일 년 전에 이곳으로 왔다는 말을 듣기는 했었다.

'풍진악은 우리 순찰당주님 이름인데…….'

하지만 풍진악이 여기 사냐는 말에 당황했다.

'혹시 고향 친구 분이?'

언젠가 순찰당주가 전에 살던 곳이 청해 부근의 어느 촌구석이란 말을 들은 기억이 났다.

"혹시 청해에서 오신 분이……?"

"아닌데요."

'음, 친구는 아니군.'

"여보서, 집을 잘못 찾아왔소."

철저히 개인의 장원인 것으로 위장하라는 지시를 받은 터였다. 그는 큰 장원의 하인답게 어깨를 불쑥 앞으로 내밀며 말했다. 풍진악이라는 이름을 댄 것이 조금 걸리기는 했지만 머릿수 많아 바글거리는 중원 천하에 동명이인이 한둘인가?

"그, 그래요?"

어설프게 대답하는 무영의 얼굴이 하얗게 변했다.

'으음, 아저씨들하고 조씨 형제들도 변고를 당했군. 문파는 촌사람들이 꾸리다가 그예 문을 닫은 거고.'

생각해 보니 자신과 청해삼호, 그리고 조씨 오 형제가 빠진다면 돈줄도 없고 촌부나 다름없는 사람들이 항주 같은 대도(大都)에서 살아간다는 것은 쉬운 일이 아니었다.

넓은 중원천지에 혼자만 남은 것 같단 생각이 들었다.

"뭐가 잘못되었나요?"

불안한 마음으로 지켜보던 곡완주가 무영의 얼굴이 일그러지는 것을 보고 물었다.

"문을 닫은 모양이오. 풍진악 그 사람도 따지고 보면 촌사람들인데 이런 큰 곳에서 어떻게 살았겠어?"

"그럼 남우선 선생과 백 관주, 그리고 학예춘 같은 사람들은 다 어디로 갔지요?"

"누가 알겠어? 지금부터라도 찾아봐야지."

갑자기 일이 막막하게 되어가는 느낌이라 무영이 낙담한 표정으로 말했다.

운강은 눈이 커졌다.

'남우선, 백 관주, 학예춘?'

곤륜파의 실세들의 이름이 아닌가?

그는 자신이 큰 실수 했음을 깨달았다.

"저, 풍요립 장문, 아니, 노사하고 남우선 선생님이나 백 관주님은 다 여기 사시는데요."

운강은 아직 상대의 정체를 모르니 함부로 장문인 운운할 수 없다는 것을 깨닫고 황급히 노사로 바꾸어가며 말했다.

"예? 아니, 방금 잘못 찾아왔다고 하지 않았소?"

"실례지만 어디서 오셨다고 여쭐까요?"

"장무영이라고 전해주시오."

"아, 장 공자시군요. 잠시만 기다리십시오."

운강은 얼른 안으로 달려 들어갔다. 곤륜파 거물들의 이름을 이웃집 사람 이름 부르듯 하는 것을 보면 보통 인물은 아닌 성싶었다.

'장무영? 어디서 들은 이름 같기도 하고.'

하지만 알리는 일이 더 급했기에 그는 깊이 생각하지 않고 안으로 달려갔다.

"뭐라고? 장무영?"

풍요립은 펄쩍 뛰며 놀랐다.

"어, 어디 있느냐?"

"예? 지, 지금 자, 장원 문 앞에서 기다리고 있는데요?"

"아니, 왜 안으로 모시지 않고 문밖에 기다리게 했느냐?"

풍요립은 황급히 밖으로 걸어가며 말했다.

"외인은 당주급 이상의 허락이 있기 전에는……."

"닥쳐라, 멍청한 놈! 아무리 들어온 지 몇 달 되지 않았다고 하지만 어찌 감찰단주 장무영의 이름도 모른단 말이냐?"

풍요립은 말을 하면서도 쉬지 않고 밖으로 내달았다.

'씨, 어째 들어본 이름 같더라.'

졸지에 멍청한 놈이 된 운강은 내심 투덜거리면서도 그의 뒤를 황급히 따랐다.

풍요립은 이게 꿈인가 생신가 싶었다.

오늘의 곤륜이 있기까지 일등공신을 뽑으라면 바로 그였다. 그랬기에 아라 공주와 남궁화가 무영을 찾아 보따리를 싸들고 왔어도 불평은 커녕 번듯한 집이라도 지어 살 곳을 마련해 준 것에 마음이나마 조금 편했다. 지금은 수십만 냥의 은자를 쌓아놓고 쓸 곳을 고민하고 있지만 그때만 해도 간부들조차 그저 그런 단칸방에서 지낼 때였다.

장원 문 쪽으로 가니 대문이 굳게 닫혀 있었다. 빌어먹을 운강 놈이 마치 도둑놈 대하듯 대문을 굳게 닫고 자신에게 알리러 왔던 것이 틀림없었다.

'멍청한 놈.'

풍요립은 뒤따라 온 운강이 문을 열어줄 때를 기다리지 않고 자신이 직접 문을 열었다.

"장 단주!"

"장문인."

두 사람은 예도 잊고 서로 얼싸안았다.

무영의 눈에서 눈물이 흘렀다.

"난 자네가 살아 있을 것이라고 믿었네."

"저 사람이 절 몰라보기에 문을 닫은 줄 알았지 뭡니까?"

펙!

사람 좋은 풍요립이었지만 이때만은 참지 못했다.

"너는 앞으로 내 눈에 띄지 않도록 지금부터 수련원에 가서 일 년 동안 밖으로 나올 생각을 말아라. 상급자도 제대로 알아보지 못하는 멍청한 놈!"

운강은 그저 죄송스러운 생각에 고개만 조아렸다.

'씨, 내가 언제 감찰단주를 본 적이나 있나.'

마음속에서야 불만이 많았지만 입 밖으로 낼 수는 없었다.

'가만, 방금 장문인께서 일 년 동안 수련원에 가 있으라고?'

그는 장문인의 말을 곰곰이 되씹었다. 운강으로서는 뜻하지 않은 횡재였다.

수련원은 아무나 들어갈 수 있는 곳이 아니었다. 적어도 입문한 지 일 년이 넘는 제자로서 기초 훈련 과정을 확실히 마친 자라야 가능했다. 모든 제자들이 원하는 곳이 바로 수련원 과정으로 그곳에 가려면 대문간 지키기는 기본이요, 원공돈 유람객 모집하기, 산에 가서 나무하기, 그 나무 날라오기, 차(茶) 구입하러 가기 등등 거쳐야 하는 중간 과정이 하나둘이 아니었다.

"알겠습니다. 장문인의 지시대로 어떤 일이 있어도 앞으로 일 년간 절대 수련원을 벗어나지 않겠습니다."

운강은 풍요립의 지시를 재확인하듯 힘차게 대답하고 쏜살같이 수련원으로 뛰었다. 장문인의 마음이 바뀌기 전에 어서 눈앞에서 사라지는 것이 낫겠다는 생각이 퍼뜩 들었기 때문이다.

무영이 돌아왔다는 소식은 곧 동가장 전체를 뒤흔들었다.

아라 공주와 남궁화도 달려왔다.

"상공."

"가가."

아라 공주와 남궁화가 무영을 확인하고는 눈물을 펑펑 쏟았다.

두 사람이 서로 무영의 가슴으로 파고들려 했기 때문에 가슴이 하나
인 무영으로서는 난감한 노릇이었다. 그는 왼팔로는 아라 공주를 안고
오른팔로 남궁화를 안았다.

"흑흑."

"앙앙."

무영도 눈시울이 뜨거웠다.

자신을 끔찍이도 사랑해 주셨던 부모님이 이미 저세상으로 가버린
중원이었지만 그래도 가슴으로 자신을 기다려 주는 사람이 있었다.

세 사람은 한 덩어리가 되어 한참을 울었다.

무영이 등을 두드리고 하여 어느 정도 진정이 된 두 사람은 이내 자
신의 상태를 깨달았다. 반쯤 안겨 있는 자세가 아무래도 마음에 들지
않았던 남궁화는 은근히 한쪽 어깨를 들이밀며 안으로 파고들었다.

무영이 돌아왔다는 소식에 아무 생각 없이 가슴에 안겨 있던 아라
공주도 은근히 한쪽으로 밀어내는 남궁화의 어깨를 느꼈다.

'아니, 이것이!'

그동안 숱하게 당하면서도 공주 체면 때문에 번번이 참아야 했던 아
라 공주도 이번만큼은 양보할 수 없었다. 이번에는 조금 옆으로 밀렸
던 아라 공주가 왼쪽으로 어깨를 들이밀었다.

'아니, 이것이!'

그동안 모든 것을 참아주기만 하던 아라 공주에게 익숙해 있던 남궁

화는 아라 공주의 생각지도 못한 반격에 화가 치민 나머지 어깨를 힘껏 오른쪽으로 밀었다.

"어맛!"

쿵!

아라 공주는 맥없이 저만치 튕겨져 나가 쓰러졌다.

당연한 일이었다. 남궁가의 가전무공을 십수 년 연마한 남궁화가 무공도 모르는 아라 공주를 힘껏 밀었으니 버틸 재간이 없었던 것이다.

"아라 공주."

예상치 못한 황당한 사태에 당황한 무영이 얼른 달려가 아라 공주를 일으켜 세웠다.

'흐흑.'

아라 공주는 수치심에 어쩔 줄 몰라 하며 눈물을 뚝뚝 흘렸다. 창피하고 망신스러웠던 것이다.

'어떡해.'

창피하기는 남궁화도 마찬가지였다. 누가 보너라도 자신이 아라 공주를 밀어 제쳐 쓰러뜨리고 무영의 가슴을 독차지하려 했다는 것은 변명의 여지가 없었다.

"아앙!"

남궁화는 얼굴을 가리고 자신의 처소로 뛰었다.

아무도 말하는 사람은 없었다. 단지 멀찍이서 그런 기막힌 장면을 보고 있던 남궁우가 남궁화의 뒤를 따라갔을 뿐이었다.

"험, 험."

입장이 난처해진 무영이 연신 헛기침만 하자 풍요립이 나섰다.

"자, 자, 이러고 있을 것이 아니라 안으로 들어갑시다."

오랜만에 만나 사람들 앞에서 여자들 싸움만 구경시킨 꼴이 된 무영의 속마음도 편치 않았다. 게다가 아무 생각 없이 뒤를 돌아보니 곡완주를 비롯해 하경과 사향이 한데 서 있으니 마치 어디서 실컷 바람만 피우고 온 모양새다. 부분적으로 사실이기는 하지만.

'죽겠군.'

첫날부터 영 체면이 서지 않았다. 그렇다고 계면쩍어 먼저 돌아서는 사람들을 붙잡고 곡완주만 제 여자고 다른 여자들은 어쩌고저쩌고하며 일일이 설명을 늘어놓을 수도 없는 일이다. 곡완주와 아라 공주, 그리고 남궁화만 해도 벌써 셋이 아닌가?

미처 안으로 들어서기도 전에 청해삼호가 허겁지겁 달려왔고 그 뒤를 조씨 형제들이 따랐다.

"공자!"

"소주!"

멀리서 무영의 모습을 발견한 순간부터 그들의 눈은 이미 젖기 시작했다. 그 뒤에는 미랑이 젖 먹던 힘까지 내가며 달려오고 있었다.

"상인이 되겠다고 했다면서?"

"그렇습니다."

무영에게 남우선의 존재는 언제나 어려운 사람이다.

"무엇 때문이냐?"

"어려운 사람을 돕고 싶습니다. 그리고 그 방면이 제 성격에 맞는 것 같습니다."

"흠, 괜찮은 생각이로군."

의외의 반응이다. 예전 같으면 어림도 없었을 것이다.

"기왕 상인이 되려고 했으면 거상(巨商)이 될 생각이겠지?"

"당연하지요. 중원 최고 거상이 될 생각입니다."

"흠, 네놈다운 생각이로군. 그래, 준비는 마쳤느냐?"

무영은 그동안 막청과 황영기 등에게 듣고 배운 사실과 자신이 하고 있던 일에 대한 구체적인 것들을 말해 주었다.

"제법이구나. 하지만 내가 경험한 바로는 무슨 일이든 가장 중요한 것이 세 가지가 있다. 그걸 아느냐?"

"뭔데요?"

"뭐든지 쉽게 배우려는 생각은 여전하구나?"

"쉬운 길이 있는데 돌아갈 이유가 있나요?"

"허허허, 입담은 여전하구나. 하지만 잘 들어라. 모든 일의 근본은 자신을 잘 다스리는 데 있다. 그걸 지신(砥身)이라 한다. 지신은 만사의 근본이니 상인이 되어도 스스로를 갈고닦지 않으면 크게 되더라도 그 영화가 길지 못할 것이다. 항상 자신을 새롭게 연마하도록 해라."

'음, 맞는 말이군.'

"다음은 사람을 제대로 쓸 줄 알아야 한다는 것이다. 그것을 진인(盡人)이라 한다. 아무리 하찮게 보이는 사람이라도 그 쓰임새를 제대로 알아 적재적소에 배치한다면 자신의 능력을 백분 발휘할 수 있다."

"그렇군요."

"마지막으로 명심할 것은 축시(逐時)다. 상인이라면 능히 기회를 잘 포착해야 한다. 아무리 좋은 물건을 가지고 있더라도 그 시기를 맞추지 못한다면 이문이 적거나 박할 것이다. 쉽게 말하자면 물건을 사고 팔 시기를 제대로 아는 것과 그 흐름을 제대로 아는 일이다. 날카로운 눈으로 흐름을 보고 물건을 진정한 가치를 파악해야 하는 것이니, 이를 제대로 알지 못하고 물건을 사거나 팔더라도 제 값을 모른다면 진정한 상인이라고 할 수 없다."

남우선은 정말 신기한 인간이다.

무슨 걸어다니는 인간 백과사전도 아니고 어떤 주제만 주어지만 조금도 망설이지 않고 그에 관한 깊은 가르침까지 내리니 보고 들을 때마다 감탄이 절로 솟는다.

"언제 장사해 보셨어요?"

"험, 만류귀종(萬類歸終)이라 하지 않았느냐? 모든 사물이 수천 수만의 갈래로 보이지만 종국에는 다시 하나가 되는 법이다."

"……‥"

'흠, 뭐가 있어.'

만류귀종은 책에나 나오는 얘기지 지신이니 진인이니 축시니 하며 깊은 용어까지 들먹일 수 있게 만들어주지는 않는다.

"험, 험."

무영의 눈이 게슴츠레해지는 기미가 보이자 남우선이 연신 헛기침을 했다.

'음, 틀림없군.'

"음, 음."

무영이 딴청을 피우자 남우선은 더욱 좌불안석이다.

"어디 불편하세요?"

"부, 불편하기는."

"아까 상인에 관한 수준 높은 지도 말씀은 정말 감명 깊게 들었어요. 평생 잊지 않을게요. 험."

'눈치 빠른 놈.'

"사실은 왕년에 강호를 주유하며 사귄 친구 중에 유홍(楡泓)이라고 있다. 그 친구는 상인이면서도 말과 행동이 능히 친구로 사귈 만했지. 우리는 이십 년도 넘게 교류를 했지만 서로에 대해 실망한 적은 단 한 번도 없었단다. 동정 상방의 총행두 유홍은 대단한 사람이니 너도 알아두면 도움이 크게 될 게다."

무영이 조사와 조오가 누워 있는 방을 찾은 것은 밤이 깊어서였다.

그는 마중 나온 조씨 형제들 중 넷째와 다섯째가 보이지 않는 것을 보고 의아해하자 조일이 그들의 상태를 말해 주어 알았다.

진작 찾아오고 싶었지만 윗사람들을 찾아뵙고 일일이 인사를 해야 하니 몸을 뺄 수가 없었다.

'소주!'

넷째는 말을 하지 못했다. 다만 눈물을 흘리며 무영을 보는 눈은 분명 그렇게 말하고 있었다.

"주공이 외도 누워서 맞는 못된 버릇은 어디서 배웠어?"

말은 그렇게 했지만 무영도 눈물을 참지는 못했다. 자신 때문에 다쳐 누웠다는 자책감이 도리어 누워 있는 조사에 대한 원망으로 나왔다.

다른 형제들이라고 두 사람의 마음을 모르겠는가?

"끄흐흑."

조일을 비롯한 형제들도 그동안 억눌러 왔던 가슴속의 응어리를 풀듯 모두들 소리 죽여 울었다.

무영은 넷째의 완맥을 짚었다.

이미 숱한 의원이 다녀갔지만 모두 고개를 설레설레 저었던 몸이기에 다른 형제들은 특별한 생각이 없었다.

'흠, 진기가 미약하게나마 흐르는구나.'

그는 품속에서 화령속근단이 든 주머니를 꺼냈다. 주머니를 열자 단아한 향내가 코를 찔렀다.

"화령속근단이 아닙니까?"

조일이 물었다. 전에 달우와 달뢰가 다쳤을 때 먹이는 것을 본 까닭이었다.

무영이 말없이 고개를 끄덕이자 조일이 말을 이었다.

"넷째는 소림의 대환단이라 해도 몸을 되돌릴 수 없다고 들었습니다."

그는 동생에게 좋은 영약을 먹이려는 마음이 고맙기는 했지만 또 다른 실망을 안겨줄까 두려웠다. 이미 여러 유명한 의원을 부르고 했을 때마다 숱하게 실망을 해왔던 넷째였다. 더 이상 실망하는 것은 보고 싶지 않았다.

"조일, 니가 주공 해라."

어쩌면 묵환과 신검의 공력으로 치료할 수도 있을지 모른다는 생각을 하며 가능성을 고려하는 중이었는데 조일이 대뜸 부정적인 말을 하자 예민해진 무영이 그렇게 쏘아붙였다.

"죄송합니다."

전혀 예상치 못한, 신경질적이라고 해도 과언이 아닌 반응에 조일이 황급히 물러났다. 뒤로 물러나면서도 자신이 한 말이 그렇게 심한 말이었나 생각하게 할 정도로 무영의 반응은 예민했다. 하지만 그도 눈치는 있는지라 무영이 매우 심각한 상태라는 것을 알았다.

다만 뒤에 몇 걸음 물러나 있는 곡완주만이 무영의 생각을 짐작하고 있었다.

"모두 물러나고 주매만 남도록 해."

사람들은 그 말에 아무도 입을 열지 못하고 물러났다.

무영은 넷째에게 화령속근단을 먹였다.

"운공을 해봐. 이게 마지막 기회야."

조사는 갑자기 이게 무슨 일인가 싶었지만 혹시 하는 기대로 무영의 말을 따랐다. 일어나 앉을 수도 없었기에 누워서 하는 와공(臥功)을 하는 수밖에 없었다.

화령속근단이 죽어 있는 경혈을 자극하자 약간의 진기가 단전에 모였다. 조사는 진기가 모이는 것을 놓치지 않고 일주천을 시도했다.

'응?'

갑자기 명문혈이 뜨거워지며 외부에서 강력한 진기가 자신의 몸 안으로 흘러 들어오는 것을 느꼈다.

"정신 차려! 다른 생각은 금물이야. 평생 누워서 대소변을 받아내지 않으려면 딴생각 말고 운기나 해."

무영이었다. 그는 넷째에게 장심을 대고 자신의 신기를 불어넣어 주었다. 자신의 본원진기가 상할 우려가 많은 방법이었지만 지금은 가능한 모든 힘을 모아줄 때였다.

'아! 진기를 움직일 수 있다.'

운공을 해본 것도 일 년이 다 되어갔다.

조사는 흥분을 가라앉히고 진기를 이끌었다.

조용히 태청심법의 구결을 떠올리며 천천히 진기를 유도해 자신이 원하는 방향으로 이끌었고 간혹 막히는 곳은 무영의 진기가 뚫어주었다. 무영은 땀을 흘릴 정도로 공을 들여가며 그의 운공을 도왔다.

곡완주는 자신을 남게 한 무영의 의도를 알고 있었다. 그녀는 문 앞을 지키고 서서 만일의 사태를 대비했다. 자칫 외부의 방해라도 있게 된다면 두 사람 모두 끝장이었다.

일각이 흘렀을까?

무영이 조사의 몸에서 천천히 손을 뗐다.

병자 같던 조사의 얼굴은 어느새 혈색이 돌았다.

"휴우……."

무영이 물러서며 소매로 땀을 훔쳤다.

"어떤가요?"

"며칠 더 운공을 해서 몸을 회복시킨 후에 묵환을 사용한다면 가능성이 있겠어."

무영이 미소를 띠며 말했다.

조사의 몸은 너무 오랫동안 운기를 하지 않아 아직 묵환을 이겨낼 만한 준비가 되지 않은 상태였다.

"고맙습니다, 주공."

잠시 후 조사가 눈을 뜨며 말했다.

"일어날 수 있겠어?"

무영이 진기를 흘려보내 알아본 바로는 몸 안 진기의 양으로 볼 때 스스로 움직일 수도 있을 것이라는 생각이 들었지만 워낙 오랜 시간이 흘렀기에 무리가 따를 수도 있었다.

조사가 몸을 일으키려 했지만 팔다리가 말을 듣지 않았다. 너무 오랫동안 사용을 하지 않아 근육이 굳어버린 것이다.

"생각보다 시간이 더 걸리겠는데… 뭉쳐진 근육부터 풀어야겠어."

조사는 자신이 회복될 수 있다는 말에 벅찬 희열을 맛보고 있었다. 그동안 형제들이 와서 말을 건넬 때마다 행여 자신이 슬픈 표정을 지으면 형제들이 아파할 것이라는 생각에 감히 눈물도 제대로 보이지 못했었다. 하지만 무영의 말을 들으니 자신이 회복될 수 있다고 하지 않는가? 시간이 좀 걸린들 그게 대수랴?

"창문을 좀 열어주시겠어요?"

곡완주가 얼른 닫힌 창문을 열었다.

어스름한 달빛이 동가장을 내려다보고 있는 옥천산이며 다른 여러 건물들을 비춰주었다.

조사는 말없이 눈물만 흘렸다.

그동안 누워 지내며 창밖을 오가는 사람들을 볼 때마다 가슴앓이를 했던 그였다. 차라리 죽어버리겠다는 마음을 먹은 적도 한두 번이 아니었다.

이제 살 길이 열렸다. 다시 사람 구실을 할 길이 열렸다.

조사는 그렇게 확신했다.

'주공, 대를 이어 목숨을 두 번이나 받았습니다. 죽는 순간까지 주공을 따르겠습니다.'

눈물이 줄줄 흘러 그의 옷을 적셨지만 닦을 생각도 하지 않았다.

잠시 후에 방 안으로 들어온 사람들도 곡완주의 설명을 듣고는 모두 눈물을 감추지 못했다.

'음, 다섯이라.'

감일웅만큼 동행한 여자들에게 관심이 있는 사람도 드물었다.

이미 남궁하와 아라 공주 일로 적잖이 마음고생을 한 그였다. 그래도 요즘은 자금 사정이 넉넉해 예전같이 그런 고민을 할 필요는 없었지만 습관적으로 준비를 했다.

"학 부당주, 동가장 근처에 크게 집 지을 터를 알아보게. 장원 규모로. 안에 최소한 일곱 가구는 들어설 수 있을… 아냐, 아냐, 앞으로 또 몇 명을 더 데려올지 모르니 이번 기회에… 음, 한 열댓 채는 있어야겠군."

그는 이번 기회에 무영의 마누라들이 거주할 장원을 지어야겠다고 생각했다. 아주 넓고 크게.

"예? 뭐에 쓰시려고요?"

재건당 부당주는 학예춘이었다.

학예춘은 그 직책이 자신의 적성에 꼭 맞는 것 같아 내심 즐기며 일을 하고 있었다.

"이 사람아, 자네는 눈도 없나? 남궁 소저와 아라 공주를 어떻게 조치했는지 보고도 모른다는 말인가? 이번엔 또 다섯이 아닌가? 그리고 일이 년 후에 몇 명이 될지 누가 아는가? 사람이 준비성이 있어야지. 적어도 부당주라면 미래를 보는 안목 정도는 당연히 갖추어야 하지 않겠는가?"

"그럼 이번에 따라온 여자들이 모두 마누라?"

"제대로 봤네. 다 큰 처녀들이 집을 떠나서 젊은 사내 뒤를 졸졸 따라왔을 때는 당연한 것이 아닌가? 쯧쯧쯧, 그렇게 상황을 인식하는 눈이 없어서야……."

'음, 재주 좋은 놈.'

학예춘은 시간이 나면 그 비법을 꼭 배워두리라 맹세했다.

제12장 　구름의 위는 밝았지만 아래는 캄캄했다

배는 물살을 헤치며 힘차게 나아갔다.

교평천의 명에 따라 양주로 파견되었던 산서 상방 상검수 삼십여 명이 급히 교가장으로 돌아오라는 전갈을 받고 되돌아가는 중이었다.

배를 젓는 노꾼들은 등에 땀이 줄줄 흐르도록 열심히 저었고 돛은 바람을 타고 펄럭였다.

이제 몇 시진만 더 가면 북경이 멀지 않았다.

뱃전에 서서 배가 가는 방향을 내다보는 옥담보(玉擔寶)는 심각한 표정이었다. 그는 상검수의 수장으로 보름 전에 양주를 지키라는 총행두의 명령에 따라 그곳에 파견되어 있었다.

'뭔가 흔들리고 계셔.'

옥담보는 알지 못할 불길함에 은근히 긴장을 풀지 못했다.

자신이 알고 있는 장주는 이렇듯 명령을 쉽게 바꾸는 사람이 아니었다. 하지만 양주로 파견한 것이 언제라고 이렇듯 아무런 성과도 없이 금방 회군을 명하는 교평천의 태도는 예전의 장주가 아니었다. 뭔가 급박하게 돌아가는 알지 못할 위협에 장주가 흔들리고 있는 것일지도 모른다는 생각이 들었다.

"배가 여러 척 다가옵니다."

전방을 책임지고 있던 수하 하나가 알려왔다. 옥담보도 그 배들을 보고 있었지만 다른 생각을 하느라 무심결에 간과했다.

전면으로 다가오는 배는 쾌속선 다섯 척이었다.

"엉?"

부하의 말에 배를 자세히 살피던 옥담보는 깜짝 놀랐다.

쾌속선들은 지나는 예사 배가 아니라 도검으로 무장한 무인들이 배마다 가득 타고 있었다.

서로 마주 보며 가고 있었기에 순식간에 거리가 좁혀졌다.

'우리 배가 목표다!'

이리로 지나다니는 배는 한두 척이 아니었지만 다가오는 방향이나 무장 등을 고려할 때 의심의 여지가 없었다.

"전투 준비!"

그의 말에 따라 여기저기 흩어져 있던 상검수들이 신속하게 싸움을 준비하며 뱃전으로 모였다.

쾌속선마다 십여 명의 사람들이 타고 있는 것으로 보아 적은 대략 오십여 명으로 보였다.

"후후후, 상대를 잘못 골랐다."

옥담보는 자신했다.

뒤에 도열해 있는 사람들은 모두 하나같이 상승 무공을 지녀 어느

문파에 가도 당주급으로 대우받을 정도 되는, 뽑고 뽑은 산서 상방의
정예였다.

그는 이 정도의 전력이면 강호의 웬만한 중소방파 전체와 붙어도 한
번 해볼 만하다는 자부심을 갖고 있었다. 그런데 상대는 겨우 오십여
명으로 덤비고 있었다.

"엇!"

배가 가까워지자 쾌속선에 타고 있던 인물들이 허공으로 솟아올랐
다. 이십여 장이 넘는 거리였는데 마치 개울물을 건너듯 하는 그들의
경공을 본 옥담보는 기절할 듯 놀랐다.

'모두 고수들이다!'

옥담보의 머리는 빠르게 회전했다.

강호에 이만한 숫자의 고수를 보유한 방파와 그 방파 중에 산서 상
방을 적으로 돌릴 만한 곳이 어딘가?

하지만 상대는 더 이상 생각할 기회를 주지 않았다. 배는 더 가까이
붙었고 날아오른 적들이 그의 배에 상륙했다.

펑!

옥담보는 기선을 제압하기 위해 가장 앞에서 날아 내리는 놈을 향해
일장을 날렸다. 상대도 이미 예측을 했는지 쌍장이 교차되었다.

'흡!'

옥담보의 놀람은 극에 달했다.

상대의 무공은 결코 자신의 아래가 아니었다. 아니, 오히려 자신보
다 높았다. 일장을 교환하는 순간 가슴을 쇠뭉치에 맞은 듯 꽉 결려오
고 숨이 답답해졌다. 그나마 뒤로 밀려나지 않은 것만도 다행이었다.

공세의 강도로 보아 상대는 자신을 일격에 격살시키려는 듯 전력을

다했다는 것을 알았다. 애초에 상대를 경시하고 장력에 팔 할의 내력만 쏟은 것이 실수였다.

"울컥!"

순간 목구멍에서 뭔가 답답한 것이 올라오는 듯하더니 한 움큼의 선혈이 앞섶을 적셨다. 갑자기 눈앞이 흐릿해지는 순간 이대로 당하고만 있을 순 없다는 생각에 몸을 돌려 피하며 일검을 날렸다.

하지만 상대는 옥담보의 공격에도 전혀 개의치 않고 그대로 베어왔다.

'이, 이런!'

"으악!"

오히려 반격을 했던 그가 검을 거두어야 양패구상을 면할 수 있었기에 재빨리 검을 거두며 몸을 틀어 공격을 피했지만 왼팔이 잘려지는 것은 피할 수 없었다.

"악!"

"으악!"

여기저기서 비명이 들렸다. 옥담보는 그것이 자신의 부하들이 죽어가는 소리라는 것을 짐작했다. 무공은 비슷했지만 수적으로 열세인데다 상대는 죽음을 도외시하고 공격해 왔기 때문이었다.

"미, 미친놈들!"

옥담보는 입가로 선혈을 튀겨가며 일성을 질렀다.

놈들은 제정신이 아니었다.

강호에 이토록 미친놈들이 있다는 말은 들어본 적도 없었다. 상대의 목을 벨 수 있다 해도 내 팔이 떨어져 나갈 경우라면 손속을 거두는 법인데 놈들은 그 반대였다.

오히려 목을 들이밀고 상대의 팔을 자르다니…….

배 위는 아수라장이었다.

상검수들은 절대 쉽게 밀리지 않을 무공의 소유자들이었지만 이토록 죽음을 무릅쓰고 상대에게 타격을 가하려는 상대는 감당해 본 경험이 없었다.

비명을 지르며 배 위에서 속절없이 죽어가는 것은 대부분 상검수들이었다. 악이 받친 그들도 목숨을 도외시하며 상대했지만 이미 때를 놓쳤다.

"후후후, 일각 안에 정리가 되겠군."

그 광경을 쾌속선 위에서 보고 있던 적의(赤衣)를 걸친 중년의 사내가 뇌까렸다.

"귀견수 오십은 너무 많았던 것 같습니다. 상대의 전력을 너무 과대평가한 면이 없지 않습니다."

옆에 서 있던 사내가 말했다.

"흐흐, 너도 그렇게 보느냐? 아무튼 오늘 일은 의외로 쉽게 마무리지을 수 있겠군. 일이 끝나는 즉시 철수 준비를 해라."

대낮의 일이었다.

주변의 이목이 적지 않았다. 그러나 수로를 오가는 배들도 모두 이 싸움을 지켜보았지만 감히 주변을 지날 생각을 못하고 멀찍이 돌아갔고, 수로를 순시하는 관선 한 척도 다가왔지만 허공을 몇 장씩 뛰어오르며 싸움을 벌이고 있는 백여 명의 무림고수들을 보고는 황급히 선수를 돌렸다. 관병 몇십 명이 끼어들 싸움이 아니었다.

옥담보는 죽음을 예감했다.

배 위라 마땅히 몸을 뺄 곳도 없었다.

그의 주변에는 미처 대비하지 못하고 속절없이 쓰러지는 수하들의 비명이 뒤를 이었지만 눈길조차 돌릴 여유도 없었다.

어느새 그는 십여 명의 적들에게 포위되었다.

"네놈들은 누구냐?"

옥담보는 자신을 포위한 상대들을 향해 물었다. 죽기 전에 놈들의 정체라도 알고 싶었다.

그러나 상대들은 아무 대답도 없이 무표정한 얼굴로 계속 공격을 퍼부을 뿐이었다.

수하 상검수들이 대부분 죽었는지 주변에는 간간이 이어지는 도검 소리가 전부였다.

"헉!"

옥담보의 손발이 급격히 어지러워지는 순간 장검 하나가 그의 등을 깊숙이 꿰뚫었다. 그것을 필두로 여러 개의 검이 그의 몸을 교차했다.

쿵!

옥담보는 그대로 배 위로 쓰러졌다.

'어떤 자들이기에……'

그는 마지막 생각을 잇지 못했다.

교평천은 분노로 몸을 떨었다.

상검수들은 교가장의 주요한 재원이었다.

'삼십을 잃었다. 받은 열 배로 돌려준다.'

그는 이를 갈았다.

"팽가장과 흑방에 전서구를 띄워라. 복주와 온주를 친다."

"존명."

놈들이 먼저 칼을 휘둘렀다. 하지만 후회하게 해줄 자신이 있었다.

하지만 상대의 전력이 어느 정도인지 아직 모르니 일단 건드려서 반응을 볼 필요가 있었다.

'이번이 마지막이야.'

팽달(彭達)은 뱃전에 서서 마음을 다졌다.

가문의 앞날을 위해서도 더 이상 산서 상방의 개가 되는 일은 없어야 했다.

그동안 그쪽과 인연을 맺은 이래 받은 은자가 오십만 냥이 넘었고 그 자금은 팽가장의 이름을 중원에 각인시키는 밑거름 노릇을 톡톡히 했다. 사람들이 팽가를 남궁세가와 어깨를 겨룰 정도의 가문으로 인식하게 했고 하북과 산서 최고의 무가로 자리를 굳힐 수 있게 했다.

하지만 그 덕분에 대장로인 자신이 이렇게 산서 상방의 지시대로 죄 없는 상인들을 죽이러 가는 길에 동참하게 되었다. 정말 내키지 않는 걸음이었다.

'무인으로서 절대 해서는 안 될 일인데… 할 짓이 아니야.'

가주의 결정이기는 했지만 세상에 알려지면 팽가장은 얼굴을 들 수 없을 것이 분명했다. 비록 중원의 대부분 무가(武家)들이 상방의 보조를 어느 정도 받고 있기에 암묵적으로 상방의 일에 협조하는 것이 그리 대단한 일은 아니었지만 팽가에서 근래에 개입한 산서 상방의 일 같은 것은 그로서도 감내하기 힘들 정도의 충격이었다.

팽달은 뒤를 돌아보았다.

배 안에 타고 있는 팽가의 제자들은 자신과 외삼당주를 포함해 모두 칠십이 넘었다.

그들은 지금 온주(溫州)에 진출한 광동 상방의 공소를 습격하기 위해 배를 타고 이동 중이었다. 신분을 알아보지 못하게 하기 위해 모든 제자들은 평범한 검으로 무장을 했다.

팽달은 만일 또다시 이런 지시를 받는다면 팽가장 대장로의 이름을 걸고라도 가주에게 충언을 드리겠다고 다짐했다.

광동 상방 복주회관.

복건 일대 광동 상방의 모든 상거래며 아전을 총지휘하는 곳이었다.

밤이 깊었지만 회관 주위는 대낮처럼 횃불이 밝혀져 있었고 곳곳에서 상방을 지키는 호위무사들이 삼삼오오 대열을 지어 상방 주위를 순찰하고 있었다.

이백여 명의 검은 복면들이 은밀히 회관을 포위했다.

그들은 마치 어둠의 일부인 양 횃불의 그늘을 타고 몸을 움직였다. 한동안 미동도 않고 그렇게 몸을 숨기고 있던 그림자들이 움직였다.

"컥!"

"컥!"

여기저기서 호위무사들이 비명을 지르며 쓰러졌고, 비명 소리를 신호 삼아 복면인들이 회관의 담을 넘었다.

짧은 비명 소리가 몇 번 들렸을 뿐 별다른 저항을 보이지 않던 회관 건물이 한순간 화염에 휩싸였다.

불길이 서서히 전체로 번져 가자 그림자들은 오던 때처럼 소리없이 어둠 속으로 사라져 갔다.

광주, 광동 상방 총방.

위진해는 행두들과 회의를 진행하고 있었다.

"이번에 복주회관과 온주 공소가 습격을 당한 것은 아무래도 산서 상방 교평천이 저질렀다는 의심이 짙게 듭니다."

회의에 참석한 행두 하나가 말했다.

"하지만 그가 아무런 까닭 없이 우리 상방을 공격했다는 것이 이상하지 않은가?"

위진해가 이해할 수 없다는 표정으로 물었다.

"저도 그게 이상합니다. 우리가 그들에게 먼저 공격을 가한 것도 아닌데 장강 남북을 서로 나누기로 한 협약을 먼저 위반할 리는 없다는 생각입니다."

다른 행두 하나가 나섰다.

"음, 하지만 온주 상방을 공격한 자들은 팽가장일 가능성이 높다는 보고가 있습니다. 모두 알다시피 죽은 사람의 상흔이 팽가의 검법이라는 데에는 온주 상방 상인들의 시체를 검시했던 여러 검시관들의 견해가 일치하고 있습니다. 게다가 상방과 직접적인 이해관계가 없는 무림인들이 공격했을 아무런 이유도 없고… 만일 상방으로 국한시킨다면 당금 상계에서 감히 우리 광동 상방을 공략할 세력을 가진 곳은 산서 상방뿐이니 달리 의심할 길이 없습니다."

처음 말을 꺼냈던 행두였다.

"흠, 의심이 가지 않는 것은 아니지만 내가 알고 있기로 교평천은 일을 그렇게 처리할 자가 아닌데… 반응을 보는 것인가?"

"보복을 해야 합니다."

"하지만 간단한 일이 아니야. 전면전을 각오해야 할 거야. 그리고 무엇보다도 수백만 냥의 전비를 들여야 한다는 것이 문제지."

"그런데 이상한 일이 있었습니다. 얼마 전에 산서 상방의 아는 행두 하나가 금릉전장은 잘 운영이 되느냐고 묻더군요. 그때는 무심히 넘겼는데 나중에 생각해 보니 마치 우리가 금릉전장을 좌지우지하는 것이 아니냐는 의미였습니다."

"금릉전장? 금태산의 금릉전장을 말하는가?"

중원에 금릉전장이 둘일 까닭이 없었지만 위진해는 확인을 하듯 물었다.

"그렇습니다. 그쪽 정보선에 무슨 착오가 있는 것이 아닌가 하는 생각마저 들더군요."

"음, 일단 하북의 비선에 연락을 해서 최근 팽가장에서 대규모 병력이 출동했는지부터 확인해 보게. 그리고 나서 움직여도 늦지 않아."

위진해는 그렇게 일단락 지었다.

교평천과의 싸움은 엄청난 물량 공세를 의미했다. 천하를 두고 하는 전쟁이니 하나가 완전히 죽기 전에는 끝나지 않을 것이 분명했다.

하지만,

하지만 교평천의 짓이 분명하다는 확증만 드러난다면 그때는 교가장의 밑동까지 뽑아주리라 다짐했다.

양주 염방(鹽幇).

신임 방주 곽수민(郭守旻)은 염방 간부들을 모아놓고 회의를 진행하는 중이었다. 산서 상방 총방의 행두를 지냈던 그는 나중인의 후임으로 이곳에 온 지 십 개월이 다 되어가고 있었다. 그동안 큰 성과를 이루며 염방을 꾸려왔기에 그는 산서 상방 내의 서열에서 교평천의 뒤를 이어 이인자 자리를 굳히고 있었다.

염방은 상방의 가장 큰 수입원이었기에 염방의 방주 자리는 교평천의 수족 중에서도 서열이 세 손가락 안에 들지 않으면 앉기 어려운 자리였다. 상방 내 서열이 한참 뒤인 그를 임명한 것을 두고 교가장 안에서는 말이 많았지만 지금은 총행두의 사람 보는 혜안을 칭송할 정도로 그는 일을 잘해왔다.

염방의 수입은 여인중이 방주였던 시절보다 두 배 가까이 늘어났고 활동 영역도 절강의 소금을 모두 평정했다는 말이 나올 정도로 넓혔다.

요즘 들어 날마다 열리는 이런 자리는 최근 들어 광동 상방의 기세가 심상치 않으니 수성에 각별히 유의하라는 총행두의 명에 따라 아침마다 모든 당주와 염효(鹽梟)들을 모아놓고 진행되는 회의였다.

평시 같으면 염효들이 이런 자리에 참석할 까닭이 없었지만 지금 같은 준전시 체제에서는 무공이 높은 염효들이 각별히 대우를 받았다. 염방은 공식적인 소금 판매 이외에도 밀거래 조직을 유지하고 있었는데, 밀거래를 담당하는 소규모 조직의 두령들인 염효의 수는 수십 명이었다. 그들 모두 당주에 필적하는 내로라하는 무공의 소유자들이다.

총방의 교평천으로부터 비상경계를 펼치라는 지시가 떨어진 이후 그들은 매일 아침 이 자리에 참석해 그날그날의 휘하 병력의 움직임을 곽수민에게 낱낱이 보고해야 했다.

곽수민은 그만큼 철저한 사람이었다.

"보고드립니다."

홀연 회의장을 박차고 들어서는 사내가 있었다. 각 소초들과의 연락을 책임지고 있는 자였다.

"무슨 일이냐?"

가뜩이나 연일 계속되는 긴상의 연속이라 곽수민이 자리를 박차고 일어서며 물었다. 평소라면 가만히 앉아 있어도 아랫사람들이 나서서 전후사정을 묻도록 두었겠지만 지금은 아니었다.

"진강 쪽에서 수상한 배들이 올라오고 있다는 보고입니다. 그리고 육로 쪽의 모든 소초(小哨)에서 올라오는 보고가 반 시진 전부터 끊겼다는 보고입니다."

"왜 이제야 보고를 하느냐?"

소초의 보고가 늦은 것을 두고 하는 말이었다.

양주 염방에 설치한 십수 개의 각 소초는 매 일각마다 본 방으로 신호를 보내게 되어 있었다. 반 시진 전에 끊겼다면 지금 보고가 두 번이나 중단되었다는 것을 말했다.

"처, 처음에는 모든 신호가 동시에 끊어졌기에 혹시 상부의 지시가 바뀌었었나 하고……."

한두 곳도 아니고 모든 곳이 동시에 끊겼으니 그런 생각을 할 만도 했다.

곽수민의 호통에 수하는 제대로 답변조차 하지 못했다.

"이쪽에서 신호를 보내보았느냐?"

"그게… 반응이 없습니다."

수하를 탓하고 있을 겨를이 없었다.

지금 양주 염방의 수비는 철통같았다.

이미 상검수 삼십이 통제하(通濟河) 부근에서 당했다는 소식이 들어와 있기에 염방은 초긴장 상태였다.

"염방의 병력을 모두 집결시켜라. 각 염효들도 즉시 수하들을 이끌고 전투 준비를 해라."

그는 적의 대규모 침입을 예상했다.

이곳에 있는 병력은 모두 천여 명, 그중 고수 축에 든다고 할 수 있는 숫자만도 백여 명이 넘었다. 불과 반년 전만 해도 그 사 분지 일에도 미치지 못했던 병력을 이렇듯 늘린 것은 광동 상방과의 대결을 예상한 총방의 지시에 따른 것이기도 했지만, 곽수민 또한 교평천의 생각과 다르지 않았기에 본인이 앞장서서 적극적으로 무인들을 끌어 모았기 때문이었다.

일각이 채 지나기도 전에 염방 주위로 속속 병력이 집결했다.

"청방 사람들이 모두 떠났다고 합니다."

수하 하나가 허겁지겁 달려와 보고했다.

"뭣이?"

곽수민은 오늘의 공격은 예사 공격이 아닐 것임을 직감했다. 사실 그는 적이 오면 청방도 방조자로서 힘을 발휘해 줄 것을 의심치 않았다. 그런데 먼저 보따리를 쌌다고 하니 허탈했지만 수하들 앞에서 그런 표정을 보일 수는 없었다.

'지사흰 놈들.'

수십 년을 염방과 동고동락하다시피 한 청방이 떠났다니, 놈들이 청방에도 미리 손을 써둔 것이 틀림없었다. 하지만 교가장도 함부로 대하기를 꺼려하는 청방이 순순히 이곳을 내주었다는 것은 그만큼 적들의 기세가 흉흉하다는 것을 의미했다.

청방은 그렇게 어수룩한 곳이 아니었다.

이미 이것저것 앞뒤를 재보고 나서 산서 상방이 불리하다고 여겼음이 틀림없었다.

'청방은 뭔가 알고 있다.'

곽수민은 사태의 위중함을 실감했다.

그때였다.

"으악!"

멀지 않은 바깥쪽에서 비명이 들렸다.

공격의 시작이라는 생각에 모두들 촉각을 곤두세웠다.

쾅! 쾅! 쾅!

요란한 폭음이 염방의 정문 쪽에서 터져 나왔다.

"와아!"

이어 수백 명의 무장한 괴한들이 무너진 벽을 넘고 일제히 염방 안으로 쏟아져 들어왔다.

제일선은 염방 직속의 호위무사 백여 명이 지키고 있었다.

막아서는 호위무사 몇십이 있기는 했지만 대부분의 직속 호위무사들은 상대가 던진 벽력탄에 맞아 죽거나 다쳐 제대로 저항을 하지 못하고 무너졌다.

쾅! 쾅! 쾅!

이어 후원 쪽에서도 벽력탄의 폭음이 새벽을 갈랐다.

"으아악!"

그곳은 염효 중 일부가 수하들을 이끌고 지키고 있던 곳이었다.

벽력탄의 파편에 맞은 수십 명이 신음 소리와 함께 나뒹굴었고 이어 무너진 후문으로 수백으로 추산되는 적도들이 몰려들었다.

"다 죽여라!"

맨 앞에 서서 고래고래 소리를 지르는 놈은 염왕회(閻王會) 회장 개산룡(開山龍) 전봉(田奉)으로 그동안 염효들의 기세에 눌려 양주 바닥에서는 감히 고개도 제대로 들지 못했던 자였다.

염왕회는 양주에 있는 타행(打行:폭력 집단)의 이름이었는데 전봉의 뒤를 따르는 놈들도 분명 염왕회 소속의 타곤(打棍:무뢰배)들이 틀림없었다.

"아니, 저놈들은?"

막아서던 염효 몇이 그들의 정체를 알아보았다.

중간쯤에서 대도를 휘두르며 싸움을 독려하는 놈은 염왕흰지 염병흰지 하는 건달패의 두령 전봉이 틀림없었다.

그의 지시에 따라 움직이는 타곤들도 평소에는 염방 소속의 염효들이 지나가면 꼬리를 말던 놈들이었는데, 오늘은 그동안 당한 것을 복수라도 하듯 미친 듯이 무기를 휘두르고 덤벼들었다. 수효도 족히 이삼백은 넘어 보였다.

타곤들이라고 해도 제법 무공이 있는 놈들이 대부분이었고 실력이 뛰어난 놈들도 적지 않았기에 막아내기가 쉽지 않았다. 놈들의 뒤에서 사주한 자들이 있는 것이 분명했다. 그렇지 않다면 감히 염방의 근처에도 얼씬거리지 못할 놈들이었다.

'음, 어려운 싸움이 되겠군.'

곽수민은 청방이 철수하고 타곤들이 공격에 가세했다는 말을 전해 듣고는 이마를 찌푸렸다.

이미 벽력탄 등을 동원한 이 정도의 공격은 예상하고 있었기에 아직 염방의 주력을 움직이진 않고 있었다. 지금 정문을 공격하는 무리들도 별게 없었다. 문제는 그 뒤에서 진면목을 드러내지 않고 있는 세력들이었다.

오늘 자신이 싸워야 할 상대는 이런 찌꺼기들이 아니라 바로 그들이었다. 아마 지금 정문 공격의 선봉을 섰던 자들도 어디서 불러 모은 잡동사니들이 틀림없었다.

"후후, 이 곽수민을 너무 과소평가하는군."

정문을 지키는 호위무사들은 실제로 얼마 전 총방의 당부에 따라 급히 고용한 매검수(賣劍手)들이었다. 그들에게 호위무사의 복장을 입혀 정문을 지키게 한 것은 이쪽의 정예를 아끼기 위함이었는데 상대도 같은 전략을 쓰고 있었다.

그의 예측대로 전면의 공격자들도 벽력탄을 이용한 공격을 제외하고는 큰 타격을 주지 못했다. 그들은 중문의 담 뒤에서 몸을 숨기고 쏘아대는 염방 사수(射手)들의 철궁을 미처 피하지 못하고 속속 쓰러져 갔고 그런 사정은 후문 쪽도 마찬가지였다.

'속았다.'

염왕회 회장 진봉은 한참을 공격했어도 아무도 도와주는 사람이 없자 자신이 속았다고 생각했다.

광동 상방의 행수라고 하는 자가 은밀히 그를 찾아온 것은 며칠 전이었다.

은자 만 냥.

상대는 착수금으로 금릉전장의 백 냥짜리 전표 백 장 묶음을 그에게 건넸고 염왕회가 선봉을 서주면 광동 상방의 정예 오백이 뒤를 밀겠다고 약속했다. 하지만 벌써 싸움이 시작된 지 이각이 넘었지만 원군은 아무도 없었고 자신의 부하들은 미처 깊숙이 쳐들어가기도 전에 입구에서 철궁에 꿰어져 꼬치구이 신세가 되어 쓰러지고 있었다. 둘러보니 살아 있는 부하들의 수가 삼 분지 일도 남지 않았다는 것을 알았다.

'죽일 놈들.'

그가 이를 갈며 퇴각을 결심하고 부하들에게 신호를 보내려는 순간이었다.

돌연 후미 쪽에서 바람을 가르는 소리가 들리더니 백여 명도 넘는 흑의인들이 염방 건물을 향해 달려드는 것이 보였다. 마치 한 떼의 야조가 먹이를 노리고 허공에서 내리찍듯 날아드는 것이 한눈에 보기에도 상당한 고수들이라는 것을 알 수 있었다.

'빌어먹을 놈들, 빨리 오지 않고.'

그렇게 속으로 투덜거린 것이 전봉의 마지막이었다.

"커억!"

어디선가 날아온 철궁 하나가 그의 가슴을 꿰뚫었다.

"쳐라!"

이미 염방에서도 기다리고 있던 일이었다.

염방 내부에서 대기하고 있던 염방의 무사들이 허공으로 솟아오르며 마주쳐 나갔다.

산서 상방 태주 공소.

공소를 책임지는 행두 적발은 개봉에서 이곳으로 자리를 옮긴 후 한동안 의기소침해 있었다.

작년에 비록 섬서 상방의 공소를 잿더미로 만들기는 했지만 워낙 희생이 커 교평천으로부터 질책까지 당한 처지라 당분간 중앙무대 진출의 꿈은 접어야 했다.

그가 그토록 원했던 총방으로 진출하지 못한 것은 물론이고 좌천이라 할 수 있는 이곳 태주로 오게 된 것에 대해 내심 불만도 많았다.

총방에서도 예상치 못할 정도로 고강한 무공의 소유자들이 개입했기 때문이지 믿고 맡겼던 수하인 가봉신 탓만은 아니었다는 것이 그의 생각이었다.

군이 위안을 삼자면, 워낙 규모가 작아 앞으로 발전 여지가 있다는 정도였다. 총방에서 목표로 삼는 항주나 소주가 멀지 않은 태주 공소는 남경, 양주 등의 공소와 함께 강남 진출의 교두보가 되지 않을까 생각하는 것이 고작이었다.

"컥!"

막 잠자리에 들려던 그는 멱을 따는 듯한 비명에 자리에서 벌떡 일어났다.

"으악!"

또 다른 비명이 뒤를 잇더니 도검 부딪치는 소리가 사방에서 들려왔다.

적발은 얼른 침상 위의 검을 잡아갔다.

쾅!

그가 미처 자세를 잡기도 전에 문짝 부서지는 소리가 들리더니 흑의인 세 명이 들이닥쳤다. 그들은 아무 말 없이 적발의 목을 베어갔다.

"흑!"

단 한 수에 적발의 목이 꺾어지더니 몸뚱이가 침상 위로 무너졌다.

무공으로 차지한 행두 자리가 아닌지라 그는 변변한 반항 한번 제대로 해보지 못하고 쓰러졌다.

"행두어른! 적이 침입했습니다!"

내실을 향해 검을 빼 든 가봉신이 달려왔다. 이미 한차례 싸움을 치렀는지 그의 검에는 피가 묻어 있었다.

"엇! 웬 놈들이냐?"

문짝이 부서져 있는 것을 본 그는 깜짝 놀라다가 밖으로 튀어나오는 세 명이 흉수를 보고는 재빨리 검을 휘둘렀다.

"커억!"

가봉신도 제법 한다 하는 무예를 지녔지만 흉수들의 무공과는 차이가 많았다.

자신의 검이 허공을 갈랐다고 느낀 순간 가봉신은 언제 당했는지도 모르게 삐져 나오는 자신의 창자를 보며 내실 문 앞에 쓰러졌다.

쿵!

밖에서는 아직도 도검이 부딪치는 소리가 요란했다.

산서 상방 항주 공소(公所).

민가하고 조금 떨어져 상당하(上塘河) 강변에 세워진 공소 건물은 무척이나 운치있고 아름다웠다.

지어진 지 몇 년 되지도 않았지만 주변 경관과의 기막힌 조화를 자랑하는 건물은 멋진 건축물이 많기로 이곳 이름난 항주에서도 알아주는 명소가 되다시피 했다.

그런데 공소의 건물은 지금 불타고 있었다.

불길은 하늘 위로 십수 장을 치솟아 올랐건만 공소 사람들의 인기척은 들리지 않았다. 맹렬히 타오르는 엄청난 기세에 인근 주민들도 감히 접근해 불을 끌 엄두조차 내지 못했다.

산서 상방 영파 공소(公所).

영파 공소는 교평천이 광동 상방의 해상 교역을 견제하기 위해 야심적으로 세운 곳이었다.

각 상방 간에 치열한 견제가 있기에 오히려 무주공산(無主空山)이나 다름없는 영파는 그만큼 여러 상방의 행회나 공소들이 난립해 있었지만 북방 교역에 치중하는 산서 상방은 눈길을 돌리지 않았었다.

하지만 섬서 상방을 완벽히 제압한 교평천은 광동 상방을 견제할 목적으로 이곳에 공소를 세웠다. 이미 온주까지 북상한 광동상의 예봉을 이곳에서 막아보겠다는 전략도 있었다.

조함소(造艦所)에 규모가 제법 되는 선박을 몇 척 주문했고, 오늘 그 배를 인도받아 시승식을 하는 날이었다. 항구에는 초청을 받거나 구경 나온 수백 명의 사람들이 화려하게 치러지는 의식을 구경하기 위해 나와 있었다.

수백 명의 호위무사들이 배 위에 먼저 올랐고 나머지는 항구 주변을 순시하며 혹시라도 있을지 모를 돌발적인 상황을 감시했다.

조함소에서 인도받은 교역선은 모두 다섯 척이었다.

중형급 이상의 이 함선들은 앞으로 해상으로 진출하려는 산서 상방의 행보에 초석이 될 배들이었다.

북소리를 시작으로 악대들이 연주를 시작했다.

위풍당당하게 들어찬 배들을 보며 행두 연자기(燕子冀)는 상방의 모든 핵심 간부 상인들과 함께 항구에 인도된 배에 올랐다.

꽝! 꽝! 꽝! 꽝! 꽝!

그가 배에 올라 항구 쪽을 보며 손을 흔드는 순간 돌연 배에서 천지가 무너질 듯한 굉음이 항구를 뒤흔들었다. 폭발의 충격으로 배에 올랐던 사람들이 사방으로 튕겨져 나갔고, 이어 불길이 뒤를 이었다.

당당한 위용을 자랑하던 새 배들이 심하게 흔들리는가 싶더니 서서히 물속으로 잠겨갔다.

바닷바람을 타고 매캐한 유황과 화약 냄새가 항구에 나와 있는 사람들의 코를 찔렀다.

"으아악!"

배 위에는 몸에 불이 붙은 사람들이며 다쳐 몸을 제대로 가누지 못하는 사람들이 침몰하는 배에서 벗어나려고 비명을 지르며 앞서거니 뒤서거니 모두 바다로 뛰어들었다.

초청을 받아 참석했던 관리들이며 다른 상방의 간부들은 엄청난 충격에 그저 입만 벌렸고 구경꾼들도 비명을 지르며 흩어져 항구는 순식간에 아수라장이 되었다.

교평천은 정신이 없었다.

각지에서 날아오는 전서구는 산서 상방 거의 대부분의 공소들이 당했다는 내용이었는데, 전서구를 날린 곳도 공소가 아니라 공소 근처의 비선(秘線)들에 의한 것이었다.

공소를 통해 피해 상황을 제대로 알려 보낸 조직은 양주 염방이 유일했다. 총방에서 일하던 곽수민의 능력이 남달라 보여 기회를 주었던 것인데 기대 이상의 능력을 보여주고 있었다.

모두 삼백 이상이 죽었고 사백 이상이 부상을 당했는데 곽수민이 은밀히 키운 검수 이백 명이 마지막 지킴이 역할을 했다는 보고였다. 쳐들어온 적도들의 수는 모두 인근의 건달 수백 명과 광동 상방의 정예로 보이는 고수 이백이었는데 달아난 십여 명을 제외하고는 모조리 격살했다는 것이 그 내용이었다.

아무 일이 없었던 곳은 북경에서 황하로 이어져 서역으로 통하는 지역뿐이었고 강남 인근의 모든 공소는 초토화되다시피 했다.

가장 피해가 컸던 곳은 남경 공소였는데 얼마나 심하게 불에 탔는지 다음날 보니 잿더미만 남아 있더라는 비선의 보고였다. 그곳은 장차

강남 진출의 교두보로 삼기 위해 총방에서 다른 상방의 눈총을 받아가며 심혈을 기울여 확장했던 곳이었다.

영파 공소는 심혈을 기울여 건조했던 배를 모두 잃었다.

"한발 늦었구나."

교평천은 탄식했다.

공소를 지키는 고수들을 총방으로 불러 모으자 상대는 거꾸로 공소들을 일시에 날려 버렸다. 하기는 그들을 공소에 남겨두어 봤자 한두 곳이나 겨우 건졌을 것이었다. 공소나 행회는 상인들의 조직이지 무림 방파의 분타가 아니었다.

쾅!

'실수다!'

고개를 젓던 교평천은 문득 떠오르는 생각에 부서져라 탁자를 치며 자리에서 일어났다.

"선발제인(先發制人)!"

한발 늦었다. 가장 중요한 것을 놓쳤다.

상대가 먼저 공격을 가하도록 손을 놓고 있었다. 열 사람이 도둑 하나를 지키지 못한다는 말이 있지 않은가?

교평천은 두 주먹을 부르르 떨었다.

공격을 위해 온주와 복주로 보낸 팽가장과 암천으로부터는 아직 소식이 없었다. 대충 공격 시기와 소식을 보낼 거리를 계산하면 내일쯤은 되어야 결과를 알 수 있었다.

하지만 산서 상방은 그전에 이미 공격을 받았다.

앞으로 장기전을 위해 눈과 귀가 되어줄 여러 공소들이 큰 피해를 입었다. 숨어서 연락을 해오는 각지의 비선들이 있기는 하지만 조직적이고 체계적인 분석을 한다는 것은 불가능했다.

온주와 복주만 노린 것은 자신의 실책이었다.

이렇게 심하게 당하고도 가만히 있는다면 세인들은 산서 상방도 이제는 끝났다고 볼 것이 틀림없었다.

교평천은 뒷짐을 지고 바삐 방 안을 오갔다.

강남으로 뻗어 있던 손과 발이 모두 잘렸다.

그나마 양주 염방이 남아 있기는 하지만 그곳도 또 한 번의 공격을 가해온다면 버틸 수 없을 것이 확실했다. 그렇다고 이제 와서 총방의 고수들을 출동시킨다는 것은 상대에게 머리를 들이미는 격으로 산서 상방의 명을 재촉하는 첩경이 될 수도 있었다.

그는 자신은 이미 실기(失機)했다는 것을 알았다. 이제 공은 상대에게 넘어가 있었다.

'어떻게 해야 하나?'

처음 소식을 들었을 때 등 뒤에 흘렀던 식은땀이 다시 흘렀다.

'아비님.'

아버지 교등고가 중풍으로 쓰러지기 전부터 상방 내의 실권은 자기가 쥐고 운영했었다. 당신께서는 알면서도 눈을 감아주었다. 아마 후계자 수업 정도로 여기셨을 것이 틀림없었다.

그런데 아버지를 넘고자 했지만 그러지 못하고 오히려 주저앉았다. 섬서 상방이 쓰러지는 것을 지켜보면서도 산서 상방에 그런 일이 생기는 것은 적어도 일이백 년 후의 일로나 여겼었다.

그것도 못난 후계가 나왔을 경우에나.

지금 자신의 눈앞에 벌어진 일들이 현실로 여겨지지 않았다. 전서구에 매달려 온 비선들의 보고서를 믿고 싶지 않았다.

"허허허."

머리가 살아남았다고 산 것은 아니었다.

양주 이남이 떨어져 나간 지금의 산서 상방은 오히려 예전보다 크게 위축된 형국이었다.

섬서 상방을 밀어내고 차지한 감숙으로 통하는 서역 교역로도 상대가 두고만 보진 않을 것이 분명했다. 그 지역은 아직 확실히 기반을 잡지 못한 곳이라 다음 목표가 될 가능성이 농후했다.

이제 양주마저 내준다면 대산서 상방도 조그만 지역에 연연해야 하는 다른 군소상방과 크게 다를 바 없었다.

눈과 귀, 손과 발이 없으니 볼 수도 들을 수도, 움직일 수도 없었다.

문득 교평천은 아버지가 능력이 없어서 섬서 상방을 그냥 둔 것이 아니었을 거라는 생각이 들었다.

저울!

견제와 균형을 통해 서로 간에 적당한 선에서 타협점을 취하고 그 안에서 최대한의 이문을 구하려 했던 것이 아버지의 전략이었다.

'아버지가 옳았어.'

네 개의 축은 각자의 자리에서 그 역할을 다하고 있었는데 자신만 그걸 몰랐다. 보이지 않게 서로를 밀고 당기며 전체를 버티게 만드는 축이었는데 자신이 그 한쪽을 잘라 버렸다.

자신이 섬서 상방을 없앤 것은 정녕 우둔한 짓이었는지도 몰랐다.

교평천은 조용히 방을 나섰다.

그가 간 곳은 아버지 교등고가 누워 있는 곳이었다.

나이가 들어 거동을 제대로 하지 못했던 교등고는 일 년 전에 갑자기 풍을 맞아 몸이 굳어지는 중세를 보인 이래 간단한 말조차 하기 어려운 상태였다.

침상에 다가간 교평천은 의자를 당겨 앉은 후 조용한 목소리로 말을
시작했다.

"아버님, 며칠 전 광동 상방이 양주 이남의 우리 공소 열 곳 이상을
공격했습니다. 많은 사람들이 죽거나 다쳤기에 지금 남아 있는 공소는
전부 합쳐도 십여 곳이 채 되지 않습니다. 그래도 양주 염방은 아직 살
아남았습니다. 하지만 곧 이차 공격이 있으면 문을 닫겠지요."

죽은 듯 눈을 감고 있던 교등고의 안면 근육이 씰룩댔다.

교평천의 볼에서 눈물이 흘러내렸다.

"당분간 광동 상방의 기세가 하늘을 찌르겠지요. 섬서 상방을 밀어
내고 차지했던 자리도 곧 그놈들에게 내주어야 할 것 같으니 아무래도
상방의 규모가 대폭 축소되겠지요. 하지만 이게 끝이 아닙니다. 놈들
은 우리 산서 상방을 너무 모르고 있지요. 곧 대반격이 가해질 것입니
다. 그래도 당분간 동북의 교역로만은 굳게 지킬 생각입니다."

말을 마친 교평천이 눈물을 훔치더니 조용히 자리에서 일어섰다.

할 일이 많으니 바쁘게 움직여야 했다.

광동 상방도 이번 공격으로 많은 고수를 잃어 당분간은 조용할 테니
그 틈에 남아 있는 조직을 재정비해 놈들에게 치명적인 일격을 가할
반격을 준비하는 것이 급선무였다.

그가 등을 보이는 순간 교등고가 입을 벙긋거리며 무언가 말을 전하
려고 하는 듯했다. 눈빛으로 보아 무척이나 다급해 보였지만 교평천은
보지 못했다.

"암천의 친구들에게 알려 복주의 일이 끝나면 광동 상방의 영파 공

소를 치라고 해라. 우리도 당한 만큼 모든 전력을 퍼붓는다. 염방은 하문(厦門)을, 팽가장의 병력이 온주를 마무리하면 이번에는 남경과 영파를 치라고 해라. 암천과 팽가장에 각각 오십만 냥씩을 다시 보낸다."

남경과 영파의 공소를 잃었으니 그곳의 광동 상방 공소에도 같은 타격을 주지 않는다면 중원의 인심이 돌아설 우려가 있었다.

"존명."

"끝이 아니다. 마지막으로 남해대왕에게 광동 상방의 해상로를 봉쇄해 달라고 해라. 백만 냥을 주겠다고 해라. 선금은 오십만 냥이다."

"존명."

교가장에서는 사방으로 전서구가 날았다.

중원 상계에 몰아친 살풍(殺風)은 끝이 보이지 않았다.

'오늘은 어느 상방 무슨 공소가 불탔다더라.'
'호위무인들과 상인 몇이 죽었다더라.'
'팽가장은 산서 상방에 붙었다더라.'
'해남파가 정예를 이끌고 북상 중이라더라.'

끝도 보이지 않는 소문이 사람들의 입에서 오르내렸고, 각종 유언비어까지 뒤를 더해 그야말로 중원천하는 어수선하기 그지없었다. 중원 각대문파도 이 싸움에서 벗어나지 못했다.

무당파, 아미파, 당문과 하북팽가가 나서서 광동 상방을 무림 공적으로 몰았다. 광동 상방이 과거 마교의 잔당들을 규합해 상인들을 살상하고 있다는 것이 그 이유였다.

그러나 해남파와 전진파는 산서 상방을 맹렬히 비난했다. 암천과 흑방 등 무림의 살수 세력을 고용해 죄없는 광동 상방 상인들을 죽이고 있다는 것이 그 이유였다.

소림파와 화산파, 그리고 개방은 중립을 선언하며 각대문파에 대해 상인들의 일에 개입하지 말 것을 촉구했다.

무림맹주가 무림인들이 상인들의 싸움에 개입해 중원을 뒤흔드는 것을 막기 위해 곧 무림맹주령을 선포할 것이라는 소문도 돌았다. 무림맹에는 맹주의 발언권을 강화하고 그 입지를 확실히 지원해 주기 위해 옥허궁과 소림파, 화산파, 그리고 개방의 정예들이 속속 모여들었다.

맹주의 권위 실추를 우려해 세간에 알려지지는 않았지만 이미 역무군은 각대문파에 대해 중원 상계의 일에 관하여 엄정중립을 지키도록 권고했지만 먹혀들지 않고 있었기 때문이다. 각대문파의 첨예한 이해관계의 대립이 빚어낸 결과였다.

무림맹주 역무군의 행동은 겉보기엔 엄정한 중립을 지키려는 노력으로 보였지만 기실 그 속사정은 그렇지 않았다.

며칠 전 그는 금릉전장으로부터 또 한 장의 밀서를 받았다.

무림맹은 이번 상인들의 분쟁에 관하여 엄정중립을 선언하여 주시기 바랍니다.

그 대가로 수정궁에는 마차 한 대 분의 은괴가 들어왔다.

이번에 역무군은 갈등조차 하지 않았다. 중립을 선언하고 무림 각파가 상계에 관여하지 말라고 말하는 것은 무림맹주의 당연한 의무같이 보일 수 있기 때문이었다.

천주봉에 마교의 무공을 쓰는 자들이 출현한다는 말도, 무림맹에서 파견한 정탐조의 실종도 덮었다. 아미파의 참상이나 당문의 일도 일 년이 지난 지금 유야무야되어 그렇게 끝이 났다.

'흥, 죄다 제 잇속만 챙기는 것들……'

역무군의 눈에는 그렇게 보였다.

산서 상방이 하북팽가나 무당파의 돈줄이라는 얘기는 무림 수뇌부 사이에서 그리 큰 비밀이 아니었다. 당문과 아미가 그들과 한통속이 된 것은 광동 상방이 동원한 몇몇 무인들이 마교의 무공을 쓴다는 말 이 돌고 있기 때문이었다. 해남파와 전진파는 광동 상방이 뒤를 밀고 있으니 산서 상방을 비난하는 것은 너무도 당연한 일이었다.

모두 다 제 잇속을 위해 적당히 명분을 내세워 가며 상대를 비난하 고 있었다.

무림맹까지 뛰어들어 추악한 싸움의 대변인 노릇을 해야 한다고는 생각지 않았다. 그러지 않아도 어느 편을 들기도 어려운 마당에 자중 하라는 점잖은 충고와 함께 중립에 서서 쌍방을 나무리는 것은 누가 보기에도 무림맹주의 권위를 세워줄 만한 행동이었다. 게다가 내막을 모르는 무림의 지두라는 소림파와 화산파, 그리고 개방이 고수들을 무 림맹에 파견하여 자신의 뒤를 받쳐 주고 있었다. 하기는 그들도 금릉 전장으로부터 황금 마차를 받았는지도 모를 일이었다.

'허허허, 정말 요지경이야. 그나저나 이번 부탁은 그렇게 선물을 보 내지 않아도 들어줄 수 있었는데……'

역무군은 그렇게 웃었다.

금태산은 정말 예의를 아는 사람이었다.

제13장 어둠 속의 그림자

무영은 날마다 즐거웠다.

아직 정식으로 혼인식을 거행하지 못해서 그렇지 마누라가 셋이나 있는 거와 진배없었다.

'음, 나중을 생각해서 미리 순서를 정해둬야겠는데… 누구를 정실로 올리지?'

쉽지 않은 문제였다.

자칫 처신을 잘못했다가는 평생 바가지를 긁히며 살 우려가 있었다.

순서로 봐서는 아라 공주가 맨 위로 올라와야 하겠지만 남궁화의 반발이 두려웠다. 당사자는 차치하고라도 그녀의 뒷배경인 남궁세가도 결코 무시할 수는 없었다.

며칠 전 다녀간 남궁기의 사대봉공 중 한 사람이라는 남궁우와의 대화가 떠올랐다.

"험, 사내가 삼처사첩을 거느린들 흠이라고 생각하지는 않네. 자고로 영웅은 호색이라, 대장부로서 있을 수 있는 일이지. 하지만 우리 화아가 정실이라는 것은 확실히 해야 하네. 어험."

큰 기침으로 말을 마무리 지은 대안검호는 두 눈을 부릅떴다.

'헉!'

"예? 아, 예, 예, 아무래도 그래야겠지요?"

"지금 이 자리에서 확실히 하게. 천하제일가인 남궁가의 여식이라는 점을 잊지 말고. 게다가 눈치로 보니… 험, 험, 이미 자네와 넘지 못할 선을 넘은 것 같더군. 험, 떠들고 다닐 일은 아니지만… 험, 아닌가?"

"예? 아 예."

"그럼 얘기가 끝난 것으로 알겠네. 어 험."

"아, 안녕히 가십시오."

아라 공주는 또 어떠한가?

어제저녁 조용히 찾아와 아라 공주의 정실 자리를 못질하다시피 하고 간 시녀 단단의 말도 생각났다.

"공주마마께서는 아우들과 잘 지낼 생각이니 너무 심려하지 말라고 하시더군요. 다만 아우님들 중에서 함부로 윗사람을 능멸하는 일이 없도록 부마께서 잘 정리해 주셨으면 한다는 말씀입니다. 이미 시부모 되실 분들이 모두 돌아가셨으니 번거롭게 다시 혼인식을 올릴 필요는 없다는 말도 전해 드리라고 하셨습니다."

'음, 굳히기로 나오겠다는 말이군.'

행여 다시 혼인식을 하면 정실 자리를 두고 빌미를 제공할 수도 있으니 기왕에 한 혼인식을 빌미로 정실 자리를 굳히겠다는 말이었다.

"험, 잘 알았다고 전해 드려라."

달리 할 말은 없었다.

정실 싸움에 조용히 있는 여자는 곡완주뿐이었다.

하지만 그것도 속사정을 생각하면 간단하게 넘길 문제가 아니었다.

"정월에 아이를 낳을 것 같아요. 오라버니를 쏙 빼닮은 아들을 낳아야 할 텐데. 그래야 기죽지 않고 지낼 수 있을 것 같아요."

은근히 눈물까지 비치며 하는 말이었다.

'음, 사내애를 낳아 방패로 쓰려는군.'

곡완주는 내심 자신이 있었다.

그까짓 정실 후실이 뭐가 대단한가?

자신이 가장 먼저 사내아이 하나만 낳아놓으면 아무도 함부로 하지 못할 것이라는 계산이었다.

미래 처첩들의 신경전이 오가는 가운데 엄청난 소식이 들려왔다.

산서 상방과 광동 상방이 대규모로 무림인들을 동원해 일전을 벌였고 결과는 산서 상방의 완패로 끝났다고 했다.

"대세는 이미 광동 상방에 기울었다고 봅니다. 그런데 이렇게 되면 향후 무림이 재편될 가능성이 있습니다."

비응당주 설소소(雪素素)였다.

그녀는 정보를 수집하고 분석하는 일에는 남다른 재능을 보였는데 이미 중원 구석구석에 상당한 정보망을 심어놓고 있었다. 정보망의 핵심이 무엇인지는 풍요립만 알 뿐 다른 사람들은 일절 그 내용을 알 수 없었다.

"흠, 상인들 간의 싸움인데 중원 무림이 재편된다니, 그건 대체 무슨 소리요?"

아무리 생각해도 연관시킬 수 없었는지 풍 장문인이 물었다.

"산서 상방은 여태까지 장강 이북의 문파들에 막대한 지원을 아끼지 않았습니다. 매년 수십만 냥의 은자를 소림사에 시주하였고 무당에도 막대한 금액을 지원했다고 합니다. 팽가장은 아예 전적으로 그들에게 의지하고 있지요. 그뿐 아니라 종남파나 개방 등 장강 이북의 문파치고 산서 상방의 자금줄이 닿지 않는 곳이 없다고 하는데 산서 상방의 위축을 그대로 두고만 보지는 않을 것이라는 말이지요."

"하지만 그렇다고 설마 중이나 도사들이 상인들을 공격하기야 하겠습니까?"

달운이 고개를 갸우뚱거렸다.

'음, 답답하군. 저렇게 머리가 안 돌아서야.'

무영이 은근히 눈치를 주며 쓴맛을 다셨다.

다른 사람들은 몰라도 청해삼호는 무영의 눈치를 알아들었다.

'음, 나설 자리가 아니었구나. 뭔가 말을 잘못한 모양인데. 음, 가만히 있을걸.'

달운은 이내 반성했다.

얼마 전에 읽은 '성공하는 사람이 되는 법'이란 책에 크게 되려면 자기반성을 잘해야 된다고 써 있었다는 것을 기억했다. 본래 책하고는 좋은 인연이라 할 수 없지만 차기 장문인이 되기 위한 가시밭길을 간다고 생각하며 열심히 독서 중이었다.

설소소는 눈치가 빨랐다.

그녀의 눈에 다른 사람들 모두 달운과 비슷한 생각인 모양인데 무영의 생각이 남다르다는 듯이 보였다.

'음, 이 기회에 실력을 떠봐야지.'

"감찰단주께서는 어떻게 보시는지요?"

설소소가 무영을 보며 물었다.

눈길이 자신에게 와 닿은 순간 무영은 그녀의 생각을 읽었다.

'음, 한번 보여줄 필요는 있군.'

"명분이지요."

무영은 그렇게만 말했다.

설소소의 눈이 반짝 빛났다.

"역시 감찰단주께서는 남다른 안목을 지니셨다더니, 과연 오늘 뵈니 그 말이 정녕 소문만은 아니라는 것을 알겠군요."

다른 사람들은 두 사람의 수수께끼 같은 말에 눈만 멀뚱거렸다. 하지만 모두들 영 바보는 아닌지라 이내 그 말을 알아들었다.

"산서 상방의 주머니를 덜어갔던 문파에서는 어떤 방식으로든 분명 산서 상방을 도우려고 할 것입니다. 그러자면 광동 상방을 밀고 있는 문파들과 충돌을 빚을 수밖에 없지요. 예를 들면……."

설소소가 다시 무영을 바라보았다.

'네 능력이 어디까지냐?'

무영이 말을 이었다.

"마교와 해남파를 들 수 있겠지요. 장강수로채도 뒤를 밀고 있지 않나 보입니다만."

'이 정도면… 험.'

무영은 점잖게 어깨를 폈다.

설소소의 안색이 핼쑥하게 변했다.

하나같이 아직 무림에 알려진 바가 거의 없는 정보들이었다.

'음, 정말 재간이 대단하다더니…….'

설소소는 기가 죽었다.

"해남파가 광동 상방과 관련이 있다는 확증이 있습니까?"

해남파에 관한 것은 자신도 아직 확신을 하지 못하고 있었다. 멀리 섬 구석에 있다가 돌아왔다는 무영이 해남파를 언급하자 은근히 자신도 모르게 반발심이 생겨 꼬투리를 물고 늘어졌다.

사실 이런 종류의 정보 회의는 그동안 그녀의 독무대였다. 그런데 오늘 밀리고 있다는 생각에 자존심이 상했다.

설소소가 무영을 똑바로 쳐다보았다.

'어디 한번 대보시지.'

"해남파는 남동의 행상 교역이 주 수입원이지요. 하지만 성이 안 차 북방의 교역을 탐내고 있습니다. 광동 상방은 해남파를 동원해 다른 상방의 교역선이 해상을 지나다닐 수 없게 방해하고 있습니다."

"증거가 무엇이지요?"

회의장 상황이 이상하게 변하고 있었다. 누가 보더라도 설소소는 지금 무영을 핍박하고 있었다. 하지만 누구 하나 나서서 개입할 상황도 아닌 것 같아 모두들 입에 떡을 물었다.

"지금 군소상방의 상선들은 감히 남해를 지날 수 없습니다. 지금 트여 있는 해로는 조선과 왜국, 그리고 유구로 가는 동해의 해로(海路)뿐입니다. 남해를 지나야 하는 참파나 광남국, 안남국, 진랍국으로 가는 해로는 모두 해남파를 등에 업은 광동 상방이 장악하고 있지요. 얼마 전에는 용유 상방이 크게 피해를 볼 뻔했지요. 해남파의 문인들이 사주를 받아 광동 상방이 아닌 다른 상방의 선단에 대해서는 해적질을 하고 있다더군요."

무영이 설소소를 보았다.

'됐냐?'

설소소는 얼굴을 붉게 물들였다.

자신이 공을 들여가며 일궈놓은 정보선들도 미처 파악하지 못한 내용들이었다. 구체적인 피해 당사자까지 거명하니 더 이상 버틸 수 없었다.

자존심이 강하기로는 설소소만한 여자도 보지 못했다는 말이 있을 정도인 그녀였다. 일도 사내 열 사람 몫은 충분히 했지만 그런 만큼 뭇 사내들을 우습게 보는 경향이 있었다.

스스로 그럴 자격이 있다고 여기는 것이, 인물은 어디 내놓아도 빠지지 않는다고 자신하고 있고 지기 싫어하는 자존심이 그녀의 무공 수위를 높여주었다. 타고난 영특함에 더한 그런 것들이 풍요립으로 하여금 스물셋이라는 젊은 나이에도 불구하고 비응당주라는 중책을 맡기게 했다.

"험, 험, 좋은 정보요. 그럼 앞으로 어떻게 될 것인지에 대해 의논을 해봅시다."

모두들 살벌한 분위기에 떡을 물고 있자 풍요립이 얼른 화두를 바꾸며 나섰다.

무영도 기분이 상할 만큼 상해 있었다. 좋은 정보를 주면 그런가 보다 하고 듣고 참고하면 되는 것이 비응당주의 역할이 아닌가? 자신을 마치 범인 취조하듯 하는 태도에 열이 받아 회의에는 더 이상 끼어들고 싶은 마음도 없었다.

썰렁해진 분위기 덕분에 '그럼 밤도 늦었으니 내일 계속합시다' 로 끝을 맺는 풍요립의 말에 따라 모두 해산했다.

"너무 기분 상해하지는 마세요. 아마 제 딴에는 자기가 최고인 줄 알고 있었던 모양이에요."

곡완주가 뒤를 따라오며 기분을 풀어주려는 듯 말했다.

거처로 혼자 돌아온 무영은 언젠가 한번 단단히 손을 봐주리라 했다.

"감찰단주 계신지요?"

운공조식을 마치고 막 자리로 들려는데 여자 목소리가 들렸다. 비응당주 설소소였다.

여름이라 더웠기에 벌거벗고 누우려던 무영이 벌떡 일어나 얼른 바지와 긴 장삼만 대강 걸쳤다.

"들어오시오."

해시(亥時:저녁 10시 전후)가 다 되어가는 야심한 시각이라 여자가 사내의 방을 찾는다는 것은 그리 보기 좋은 상황은 아니었고, 자칫 소문이라도 나면 시끄러워질 수도 있었다. 해서 무영은 방문을 반쯤 열어두었다.

안으로 들어선 설소소는 그리 밝은 표정이 아니었다.

"회의석상에서 왜 그렇게 저를 망신 주셨죠?"

무영의 권유로 자리에 앉자마자 설소소가 대뜸 아까의 일을 따지고 나왔다.

"뭐요? 아니, 내가 언제 망신을 주었다는 말이오?"

"비웅당주인 제가 있는데도 그렇게 잘난 척을 하셔야 했나요?"

설소소는 무영이 자신보다 몇 살 아래라는 것을 알고 있기에 은연중에 동생뻘로 생각하는 마음이 있어 말을 쉽게 했다. 게다가 직제상으로도 무영은 자신의 아래였다. 전에야 어쨌든 곤륜파에 몸을 담고 있는 이상 서열은 분명하다는 것이 그녀의 생각이었다.

하지만 가뜩이나 찜찜한 마음으로 회의를 마쳤던 무영은 그 말을 듣자 겨우 억눌렀던 불쾌감이 다시 살아났다.

"그럼 내가 설 낭자의 말에 모르겠다고 입을 닫았으면 속 시원했겠구려."

틀린 말은 아니었지만 설소소의 자존심이 용납하지 못했다.

"말을 조심하세요. 설 낭자라니요? 나를 장 단주의 뒤나 졸졸 쫓아다니는 그런 여자들과 같이 보나요?"

말은 못했지만 무영의 엽색 행각에 무척 분개하고 있었다.

"뭐야?"

"어디나 반밀이야?"

설소소가 손을 들어 무영의 뺨을 후려쳤다.

하지만 그녀는 간단히 무영에게 팔목이 잡혔다. 무공이라면 결코 너한테 뒤지지 않는다고 생각하고 있던 설소소였다. 그녀는 재빨리 손을 돌려 뺀 후에 재차 뺨을 쳐왔다.

무영은 정말 화가 났다.

설소소의 팔목을 잡은 손을 그가 놓지 않으려고 생각했다면 그녀도 어쩔 수 없었을 것이다. 그런데 그녀가 재차 뺨을 때려오니 참을 수 없었다.

날아오는 손길을 살짝 쳐내 방향을 돌린 그가 거꾸로 설소소의 뺨을 후려쳤다. 하지만 여자라는 생각에 그 속도나 강도가 미미했기에 이번에는 설소소가 그 손을 쳐내며 다시 후려쳐 왔다. 이러기를 수차례 반복하다 보니 안 되겠다 싶은 무영이 그녀의 양손을 움켜잡고 완맥을 거머쥐었다.

"너, 너, 나한테 이럴 수 있어?"

힘이 쭉 빠진 그녀는 분노에 몸이 떨려왔지만 차마 발길질을 해댈 수도 없어 목소리까지 떨어가며 그렇게 말했다.

"그럼 나보고 어떻게 하라는 말이야?"

무영은 기가 막혔다. 그럼 뺨을 내밀고 맞아주어야 한다는 말인가? 미친……

'어맛!'

문틈으로 그 모습을 본 곡완주와 남궁화는 깜짝 놀랐다.

곡완주는 무영의 마음이 불편한 것을 보고 자신의 처소로 갔다가 문득 달래주어야겠다는 생각이 들었다. 하지만 늦은 밤 남들의 이목을 고려해 평소 친하게 지내던 남궁화를 찾아 끌고 왔다. 남궁화도 무영의 처소에 자주 오고 싶었지만 이목을 고려해 참고 있었는데 곡완주가 그렇게 말하니 얼씨구나 하고 따라나섰다.

그런데,

무영의 방문이 열려 있고 여자의 말소리가 들렸다. 깜짝 놀라 서로 쳐다본 두 여자는 얼른 몸을 숨긴 채 방 안의 동정을 살폈다.

방 안에는 놀랍게도 설소소가 있었다.

'이런 야심한 밤에?'

두 여자의 눈이 다시 마주쳤다.

그런데 반쯤 열려진 문 사이로 보니 무영이 설소소의 두 팔을 꼭 붙들고 있었다.

"너, 너, 나한테 이럴 수 있어?"

설소소가 무영에게 반말을?

"그럼 나보고 어떻게 하라는 말이야?"

무영도 반말을?
'어떻게 이런 일이?'
두 여자는 다시 눈길을 맞추었다. 서로 맞잡은 두 손이 떨려오고 있었다.
그들이 보니 두 사람은 보통 사이가 아니었다.
이 밤중에 서로 말까지 놓아가며 여자의 두 손을 붙잡고 할 얘기란 내체 무엇이란 말인가?

"너, 나한테 이럴 수 있어?"

그 말은 여자가 남자에게 책임을 추궁할 때 흔히 사용하는 말이 아니던가?
몸을 떨며 뛰쳐나가려는 남궁화의 손을 곡완주가 꼭 붙들었다.
방 안에서는 설전이 계속되고 있었다.
"나를 이렇게 만들어놓고도 무사할 줄 알아? 내일 정식으로 공론화하겠어."

"맘대로 하시지, 그래야 당신만 망신일걸?"

"못된 자식!"

"그래, 나 나쁜 놈인 걸 이제 알았냐?"

화가 난 무영은 순간적으로 설소소의 몸을 안았다가 밀쳤다.

가벼운 몸 다툼을 하는 중에 앞섶이 벌어지며 벌거벗은 무영의 웃통이 드러났다.

'어머낫!'

두 사람의 말싸움, 몸싸움은 다른 두 사람에게 낱낱이 보였고, 들렸다.

사랑싸움이었다.

아마 무영이 책임질 일을 했고 설소소는 그걸 추궁하고 있는 것이 틀림없었다. 기다리다 못한 그녀가 그걸 떠벌리겠다는 것이고 무영은 니 맘대로 하라고 배짱을 부리는 것이 틀림없었다.

벌거벗은 상의를 보니 방금 전에도 더러운 그 짓을 한 것이 틀림없었다.

두 사람이 함께 네 눈으로 보고 네 귀로 들었는데 더 이상 무슨 증거가 더 필요하다는 말인가?

'나쁜 놈!'

다시 뛰쳐나가려는 남궁화를 곡완주가 뒤에서 안았다. 그녀는 남궁화를 안고 재빨리 담을 넘어 떠났다.

더 이상 볼 필요도 없었다.

돌아온 지 보름밖에 되지 않았는데 벌써 바람을 피우다니! 그것도 다른 여자도 아니고 자신들과 함께 살고 있는 한 장원의 여자와……

"다 쌌어?"

보퉁이 하나를 메고 곡완주의 방에 들어선 남궁화가 물었다.

두 사람은 친구처럼 지내기로 했었다.

"응."

목소리에 떨려왔다.

"그럼 가."

곡완주가 일어섰다.

두 사람은 힘없이 방을 나섰다.

이미 아이를 가지고 있는 곡완주는 자신의 결정이 잘못된 것은 아닌지 몇 번이고 망설였다. 하지만 다른 여자는 참을 수 있었지만 한 장원 안에서 그런 행각을 벌였다는 것은 도저히 참을 수 없었다.

문득 사부의 말이 떠올랐다.

"사내에게 정을 주지 말아라. 다 도둑놈들이다. 필경은 네 몸만 망치고 마는 것이지."

그리고 보니 사부님의 유언을 잊고 있었다.

가슴에 열십자의 칼자국이 있는 사내.

'그래, 어디 조용한 곳에 가서 아이를 낳고 나면 스승님의 복수나 하고 은거하자.'

남궁화는 눈물 자국이 마를 틈이 없었다.

동가장에 와보니 아라 공주가 있었다.

아라 공주만을 자신의 경쟁자로 여겼는데 불쑥 나타난 곡완주, 하지만 남궁우 할아버지의 설득에 서로 간에 마음을 주고 오순도순 살아보리라 했었다.

무영이 하경 등에게도 신경 썼지만 다행히 아무런 관계가 아닌 것 같기에 안심했었다.

설소소로 이어지는 애정 행각에는 더 이상 참을 수 없었다.

나중이라도 이웃에 얼굴 반반한 계집이 있으면 어디 안심하고 살 수가 있겠는가?

그때 가서 속을 끓이느니 차라리 지금 떠나는 것이 좋을 듯싶었다. 이것저것 따지기 전에 정말 더 이상은 참을 수 없었다.

담을 넘은 두 사람은 새벽길을 터벅터벅 걸었다.

공연히 아라 공주에게 좋은 일만 시켜주고 떠나는 것이 아닌가 하는 생각마저 들었다.

무영은 아침부터 바빴다.

날마다 아침이면 문안 인사를 올리러 오듯이 아라 공주나 남궁화, 곡완주 등이 다녀갔지만 오늘은 아라 공주만 왔다는 것을 미처 생각할 겨를도 없었다.

그를 가장 먼저 찾은 사람은 영후발이었다.

그는 무영의 소금을 팔아 종자돈을 만든 후에 그걸 밑천 삼아 소금 밀매를 하는 염효의 뒷돈을 대서 은자를 몇만 냥으로 불려놓았다. 그런데 요 며칠 사이에 외지의 염효들이 나타나 그를 핍박하는 통에 장사에 손을 놓고 있었다. 몇 배로 돈을 불려 돌려달라는 무영의 덕담을 진심으로 알아들은 그는 은자의 주인 격인 무영에게 현재 상황을 상담하러 온 것이었다.

"놈들의 뒤에는 광동 상방이 있는 것 같습니다."

"근거라도 있습니까?"

"염효들이 모두 남방어를 사용하고 있습니다. 게다가 소금은 그동안 염방이 독점하다시피 했는데 염방이 문을 꼭꼭 걸어 잠그고 수성에만 열중하고 있는 처지니 그쪽은 아닙니다. 소항(蘇杭)에서 힘을 쓸 세력은 광동 상방뿐입니다. 염효들이 하는 일이 원래 뒷배경이 없으면 하기 어렵습니다."

당장 대책이 마땅치 않아 적당히 말만 나누다가 돌려보냈는데 이번에는 시복이 찾아왔다. 그도 일 년 사이에 직기를 열 대로 불려놓았다. 직기를 들여놓은 사람치고 그 정도로 성공하지 않은 사람이 없다고 하니 그 업계에서는 크게 성공한 편은 아니었지만 남들보다 물리는 속도가 조금 빨랐다고 했다. 역시 그쪽 방면은 꿰뚫고 있어서 그런지 수완이 남달랐다.

서로 수입을 반타작하기로 했으니 무영도 만족하고 있었다.

"비단의 판로가 막히고 있습니다. 광동 상방을 통하지 않으면 판매가 어려운 실정입니다. 그런데 그쪽으로 납품을 하려고 해도 값을 워낙 후리는지라 이문이 무척 박합니다."

그날따라 웬 사람들이 그렇게 많이 찾아오는지 다음에는 상문인이 왔다.

"무사히 호송을 마쳤습니다. 하지만 이제 배를 정박해 둘 곳이 걱정입니다."

"다른 건은 아직 없는 겐가?"

"용유 상방은 한 달 후에나 있을 것이라고 합니다. 그전에라도 다른 상방에 교역품이 있는가를 알아준다고는 했지만 아직 약속된 것은 아니니……"

'참 오늘은 골치 아픈 일만 생기는군.'

상문인과 얘기를 나누다 보니 어느 결에 오후가 되었다.

이번에는 쌍쌍이 찾아왔다.

"무슨 일이오?"

"저, 아가씨께서 보이지 않으시는지라……."

"곡 낭자의 거처에는 가봤느냐?"

"곡 낭자도 집에 없습니다."

"그럼 같이 나들이라도 간 게지."

"저도 그런가 했습니다만 말씀도 없이 나가셨던 적이 없었는지라……."

그리고 보니 오늘 아침부터 두 여자가 보이지 않았다는 사실을 깨달았다.

'에잉, 속 썩이네.'

무영은 쌍쌍을 앞세워 남궁화의 거처로 갔다.

"흥, 그 편지를 보고도 감히 나타날 생각을 하겠어? 얼굴이 두꺼우니 혹시 모르기는 하지만."

남궁화가 말했다.

두 사람은 항주 포구 곁에 있는 개심루(改心樓)라는 주루에서 무영을 기다리고 있었다. 개심루는 무영과 남해에서 처음 중원에 도착했을 때 함께 식사를 한 곳이었다.

두 사람 모두 편지를 남겼는데 남궁화는 원망하는 말만 잔뜩 써놓았고 아이를 가진 곡완주는 마지막으로 해명을 들어보겠다는 말과 함께 항주의 개심루에서 기다리겠다는 말도 덧붙였다.

막상 나오기는 했지만 갈 곳이 막막했던 곡완주는 남궁화의 '그럼 뻔뻔한 낯짝으로 무슨 소리를 하나 들어보겠다' 는 동의를 얻어 그곳에서 기다렸다.

그런데 편지에 일러둔 시간이 한 시진이나 넘도록 무영은 코빼기도 보이지 않았다.

"가자."

이번에는 실망이 컸던 곡완주가 먼저 일어섰다.

"어디로 가지?"

남궁화가 물었다.

너무 울었는지 눈이 붉게 물들었다.

"나도 몰라."

남궁화나 곡완주나 강호 물정을 제대로 모르기는 마찬가지였다.

그런데 우연히 포구를 지나던 곡완주의 눈에 함선 한 척이 눈에 들어왔다.

'그래, 바다로 가는 거야.'

어차피 무영의 아이를 낳아야 하는 자신이었기에 무영을 떠나면서도 그가 모를 곳으로 가버려서는 안 된다는 생각이 알게 모르게 그녀의 뇌리에 있었다.

"저 배를 타지."

"바다로 가게?"

"응."

남궁화는 그 배가 무영의 소유라는 것을 모르고 그저 여객선 정도로 생각하고 있었다. 하기는 포구에 들어오면서 이미 함포나 기타 무기는 관병의 눈에 띄지 않도록 위장을 했으니 남궁화가 알아보지 못하는 것도 당연했다.

두 여자는 배에 올랐다.

곡완주의 얼굴을 익히 알고 있는 선원들이 그녀를 보고 깍듯이 인사를 하자 남궁화가 놀랐다. 곡완주는 그녀에게 배의 내력을 간단히 설명해 주었다.

남궁화도 내심으로는 이대로 훌쩍 떠나는 것에 대해 망설이고 있었기에 무영의 배라는 말에 오히려 잘되었다는 눈치였다.

배는 곡완주의 지시에 따라 동해로 나갔다.

그녀가 포구를 떠난 지 반 시진도 되지 않아 상문인과 남궁우를 대동한 무영이 헐레벌떡 개심루로 달려왔다.

"가버렸어."

두 사람이 없자 주루 주인에게 확인한 무영이 낙담한 투로 말했다.

오후 늦게 두 사람이 남긴 편지를 발견했다. 편지지 위에는 눈물 자국이 가득했고 구구절절 설소소와의 더러운 관계를 비난하며 무영의 바람기를 나무라고 있었다. 아마도 어제저녁 두 사람의 일을 몰래 지켜보고 오해를 하고 있는 것이 분명했다.

이게 다 잘난 척하는 설소소 때문이었다.

'망할……'

"찾아내."

옆에서 남궁우가 싸늘한 표정으로 말했다. 남궁화가 실종되었다는 말을 듣고 허둥지둥 무영의 뒤를 쫓아 나온 그였다. 그도 남궁화가 남긴 편지를 읽었다. 가주의 질책은 뒤로하고라도 자신이 참을 수 없었다.

무영은 입이 열 개라도 할 말이 없어 고개만 숙이고 있었다.

"주공, 배가 보이지 않습니다."

"뭔 배 말이오?"

머리 속에 두 여자 생각으로 가득 차 있는 무영의 귀에 배 따위에 관한 말이 들어올 리가 없었다.

"제가 타고 온 전함 말입니다. 마음대로 이곳을 떠나지 않았을 터인데……."

"알게 무어야."

아무렇게나 대답하던 무영에게 번뜩 스치는 생각이 있었다.

"맞아! 바다로 갔어."

상문인도 말귀를 알아들었다.

"가장 빠른 배를 준비하겠습니다."

배는 전속력으로 달렸다.

위진헤는 배를 타고 북상 중이었다.

그가 탄 배의 앞뒤로 각종 함포로 중무장을 한 여섯 척의 호위선이 따라붙었다.

'음모, 음모야!'

중원천하에 문어발처럼 널린 광동 상방의 정보망에도 불구하고 아직까지 사건을 일으키는 세력의 정체를 전혀 알 수 없다는 것도 기이했다.

요즘 들어 하루에도 몇 번씩 각종 피해 상황에 대해 보고가 올라오는 어려운 시국에 총행두인 그가 총방을 떠나 배를 탄 이유는 교평천을 만나기 위함이었다.

이미 전서구를 통해 여러 번 자신이 움직인 것이 아니라는 것을 해명했고 교가장 측도 뭔가 이상하다는 것을 느끼고 있다는 것을 알았다. 그쪽에서는 광동 상방에 가한 피해의 일부는 자신이 사주를 한 것이었지만 대부분은 아니라는 것을 밝혔다. 일이 이렇게 된 마당에 상대에게 숨길 만한 이유도 없었다.

싸움의 시발점이 된 통제 하에서의 상검수 몰살 사건도 광동 상방이 일으킨 것이 아니라는 것도 밝혔다. 물론 교평천이 완전히 믿지는 않겠지만 다른 대부분의 증거를 볼 때 상당히 설득력이 있다고 받아들이는 것이 분명했다.

두 거두는 은밀한 곳에서 회담할 것을 약속했다.

그렇게 되기까지는 우여곡절도 많았지만 어렵게 성사된 일이었다.

'마지막 기회야.'

이번에 해결을 짓지 못한다면 중원 상계는 계속 피로 물들고 말 것이라는 생각이었다.

'교평천도 바보는 아니니……'

위험이 따르는 행보였지만 위진해도 그 정도 배짱은 있었다.

천하 상권을 움직이는 광동 상방과 산서 상방의 두 총행두가 지금 측근들만 아는 모처에서 회동을 하기 위해 각각의 처소를 떠나 움직이는 중이었다.

'교평천도 지금쯤 등주는 지났겠지……'

〈제5권 끝〉